As árvores

Percival Everett

As árvores

tradução
André Czarnobai

todavia

Para Steve, Katie, Marisa, Caroline, Anitra e Fiona

A arte da guerra é muito simples. Descubra onde seu inimigo está. Vá ao encontro dele o mais rápido possível. Ataque-o com força máxima, o máximo de vezes que você puder, e depois siga em frente.

U. S. Grant

Levanta

I

Money, no Mississippi, combina muito bem com seu nome. Batizada de acordo com a longeva tradição sulista da ironia, e acompanhada por sua também tradicional falta de cultura, o nome se converte em algo um pouco triste, símbolo de uma ignorância encabulada que é melhor assumir de uma vez, porque, vamos reconhecer, ela não vai desaparecer do nada.

Nos limites da cidade há uma coisa que talvez possa ser considerada, vagamente, um subúrbio, quem sabe até mesmo ser chamada de bairro, um conjunto não exatamente pequeno de sobrados e casebres conhecido, de maneira informal, como Small Change. Num dos quintais de grama seca, às voltas das bordas puídas de uma piscina vazia decorada com sereias desbotadas, uma pequena reunião de família acontecia. Não era uma reunião festiva nem especial, apenas trivial.

Essa era a casa de Wheat Bryant e sua esposa, Charlene. Wheat estava momentaneamente desempregado, como sempre esteve, o tempo todo, momentaneamente desempregado. Charlene sempre se apressava em dizer que a palavra *momentaneamente* costumava sugerir um intervalo temporário entre dois pontos ou coisas, e que, como Wheat tinha tido apenas um emprego em toda a vida, aquilo não era algo momentâneo. Charlene trabalhava de recepcionista no Comércio de Tratores de Money Proprietário J. Edgar Price (esse era o nome oficial do estabelecimento, sem vírgulas), especializado tanto em vendas quanto em manutenção, embora o lugar não tivesse comercializado muitos tratores nos últimos tempos, ou mesmo os consertado. As coisas estavam difíceis na cidade de Money e seus arredores. Charlene sempre vestia uma frente única amarela da mesma cor de seu cabelo tingido e armado, e fazia isso porque Wheat ficava furioso. Wheat bebia uma lata de cerveja Falstaff atrás da outra e fumava um cigarro Virginia Slims atrás do outro, alegando que fazia aquilo por culpa das feministas; dizia aos filhos que precisava da bebida para manter a pança sempre inflada, e que os cigarros eram importantes para regular seu intestino.

Quando estava fora da casa, a mãe de Wheat — a Vovó Carolyn, ou Vovó C — deslizava sobre rodas num desses carrinhos elétricos de pneus largos do Sam's Club. O veículo não era apenas parecido com os carrinhos elétricos do Sam's Club; havia mesmo sido tomado emprestado permanentemente do Sam's Club que ficava em Greenwood. Era todo vermelho, com letras brancas que diziam *am's Clu*. O diligente motor elétrico emitia um ruído constante e altíssimo que tornava as conversas com a velha senhora um tanto desafiadoras.

Vovó C parecia estar sempre meio triste. E por que não estaria? Wheat era seu filho. Charlene detestava a mulher quase tanto quanto detestava Wheat, mas jamais demonstrava; ela era idosa e, no Sul, você respeita os mais velhos. Seus quatro netos, entre os três e os dez anos de idade, não se pareciam nem um pouco uns com os outros, mas não poderiam pertencer a nenhum outro lugar ou a nenhuma outra família. Eles chamavam o pai pelo primeiro nome, e a mãe de Mamãezona Gritalhona, o apelido que ela usava no rádio PX quando conversava com os caminhoneiros durante a madrugada, depois que a família dormia e, às vezes, enquanto cozinhava.

Essas conversas no rádio PX enfureciam Wheat, em parte porque o faziam lembrar do emprego que ele tivera um dia:

motorista de uma carreta que transportava frutas e vegetais para a rede de supermercados Piggly Wiggly. Ele perdeu o emprego quando pegou no sono e fez o caminhão despencar da ponte Tallahatchie. Na verdade não chegou a despencar, sua cabine ficou pendurada sobre o rio Little Tallahatchie por várias horas até ele ser resgatado. Wheat foi salvo pela caçamba de uma escavadeira trazida de Leflore. Talvez tivesse conseguido manter o emprego se o caminhão não tivesse ficado suspenso, se ele tivesse simples e rapidamente saltado da ponte e mergulhado, de forma imediata e anticlimática, no rio lamacento lá embaixo. Do jeito que aconteceu, houve tempo suficiente para que a história se espalhasse, aparecendo na CNN, na Fox e no YouTube, sendo repetida a cada doze minutos e viralizando. O que acabou com tudo foi uma imagem de algo como quarenta latas vazias de cerveja Falstaff rolando para fora da cabine e sendo levadas pela corrente do rio. E talvez nem isso tivesse sido assim tão ruim se Wheat não estivesse segurando uma lata com a própria mão gorda enquanto se pendurava nos dentes da caçamba.

Junto com eles também estava o filho mais novo do irmão de Vovó C, Junior Junior. Seu pai, J. W. Milam, era chamado de Junior, portanto o filho era Junior Junior, nunca J. Junior, nunca Junior J., nunca J. J., só Junior Junior. O mais velho, chamado de Só Junior depois do nascimento do filho, tinha morrido "do câncer", como Vovó C dizia, uns dez anos atrás. Ele morreu um mês depois de Roy, marido dela e pai de Wheat. Por algum motivo, ela considerava importante o fato de os dois terem morrido da mesma coisa.

"Vovó C, você não tá com calor com esse chapéu ridículo aí?", gritou Charlene para a idosa, por cima do barulho do carrinho.

"Como é?"

"Quer dizer, ele não é nem de palha. É meio uma lona, um troço assim. E não tem nem uma abertura pra respirar."

"Quê?"

"Ela não tá te ouvindo, Mamãezona Gritalhona", disse sua filha de dez anos. "Ela não consegue ouvir coisa nenhuma. É surda que nem um poste."

"Caramba, Lulabelle, eu sei. Mas depois ninguém vai poder dizer que eu não avisei sobre aquele chapéu quando ela desmaiar de calor." Ela olhou mais uma vez para Vovó C, de cima a baixo. "E essa geringonça em que ela anda por aí também esquenta muito. Isso vai te deixar com mais calor ainda!", ela gritou para a mulher. "Como é que ela ainda tá viva? Isso é o que eu queria saber."

"Deixa minha mãe em paz", disse Wheat, meio rindo. Talvez ele estivesse meio rindo. Como saber? Sua boca ficava permanentemente retorcida, presa numa risadinha irônica eterna. Muitos acreditavam que ele havia sofrido um leve derrame enquanto comia costelas, alguns meses atrás.

"Ela tá usando aquele chapéu ridículo de novo", disse Charlene. "Vai acabar passando mal."

"E daí? Ela não tá nem aí. Por que diabos você se importa?", disse Wheat.

Junior Junior girou a tampa de rosca da garrafa que trazia dentro de um saco de papel e disse: "Por que vocês não botam água nessa porra dessa piscina?".

"Essa merda vaza", disse Wheat. "Tem uma rachadura de uma vez que a Mavis Dill caiu sobre a beirada com aquele bundão dela. Ela nem tava querendo entrar nem nada, só tava passando por ali e caiu."

"Como é que ela conseguiu cair?"

"Ela só é muito gorda, Junior Junior", disse Charlene. "Se você joga o peso numa direção, é nessa direção que você vai.

Gravidade. O Wheat pode te falar melhor sobre isso, né, Wheat? Você sabe tudo sobre gravidade."

"Vai se foder", disse Wheat.

"Não vou admitir esse linguajar perto dos meus netos", disse Vovó C.

"Como é que ela ouviu isso?", disse Charlene. "Ela não me escuta quando eu grito, mas isso ela escuta."

"Eu ouço muito bem", disse a idosa. "Não é verdade, Lulabelle?"

"Com certeza", disse a garotinha. Ela havia montado no colo da avó. "Você consegue ouvir tudo, não é mesmo, Vovó C? Você tá quase morrendo, mas ouve muito bem. Né, Vovó C?"

"Pode apostar, minha bonequinha."

"Então, o que você vai fazer com essa piscina?", perguntou Junior Junior.

"Por quê?", perguntou Wheat. "Você tá querendo comprar? Eu te vendo na hora. Me faz uma proposta."

"Eu podia pôr uns porcos nessa coisa. Era só tirar o fundo e meter uns porcos aí."

"Pode levar", disse Wheat.

"Eu podia trazer os porcos pra cá. Ia ser muito mais fácil, você não acha?"

Wheat balançou a cabeça. "Daí eu ia ter que ficar sentindo o cheiro dos teus porcos. Eu não quero sentir o cheiro deles."

"Mas você montou isso aí tão bem. Vai ser uma trabalheira danada tirar daí." Junior Junior acendeu um charuto verde fininho. "Eu te deixo ficar com um dos porcos. Que tal?"

"Eu não quero porco nenhum, caralho", disse Wheat.

"Olha a língua!", gritou Vovó C.

"Se eu quiser comer bacon, compro no mercado", disse Wheat.

"E compra com meu dinheiro", disse Charlene. "Traz os porcos pra cá, Junior Junior, mas eu quero dois, os maiores, e você é quem vai carnear."

"Fechado."

Wheat não disse nada. Ele atravessou o quintal e ajudou a menina de quatro anos a entrar no carrinho de plástico cor-de-rosa.

Vovó C estava olhando para o nada. Charlene ficou observando a sogra por um minuto. "Vovó C, tudo bem?"

A idosa não respondeu.

"Vovó C?"

"Qual o problema dela?", perguntou Junior Junior, inclinando o corpo para a frente. "Ela tá tendo um derrame ou algo assim?"

Vovó C deu um susto neles. "Não, seus caipiras boca-mole, eu não tô tendo um derrame. Pelo amor de Deus, uma pessoa não pode mais refletir sobre a vida por aqui sem que algum idiota comece a acusar ela de estar tendo um derrame? Será que *você* não tá tendo um derrame? Quem tá com sintomas é você!"

"Por que você tá se botando em cima de mim?", perguntou Junior Junior. "Quem tava olhando pra você era a Charlene."

"Deixa ele pra lá", disse Charlene. "No que você tava pensando, Vovó C?"

Vovó C voltou a olhar para o nada. "Numa coisa que eu não queria ter feito. Na mentira que eu contei, muitos anos atrás, sobre aquele crioulinho."

"Deus do céu", disse Charlene. "Isso de novo?"

"Eu fiz uma coisa errada praquele moleque. É, como diz no bom livro, tudo que vai, volta."

"E que bom livro é esse?", perguntou Charlene. "A revista *Guns and Ammo*?"

"Não, é a Bíblia, sua herege."

O quintal ficou em silêncio. A idosa continuou falando. "Eu nunca disse que ele tinha dito alguma coisa pra mim, mas o Bob e o J. W. insistiram que ele tinha falado, então eu concordei com eles. Juro por Deus que eu queria não ter feito aquilo. O J. W. odiava os crioulos."

"Bom, agora já foi e ficou no passado, Vovó C. Desencana. Não tem nada que possa mudar o que aconteceu. Você não pode trazer aquele menino de volta."

2

O policial Delroy Digby estava dirigindo sua viatura, um Crown Victoria de doze anos de idade, pela ponte Tallahatchie, quando recebeu uma chamada para ir até Small Change. Ele estacionou o carro no quintal da frente da casa de Junior Junior Milam e viu a esposa do homem, Daisy, andando de um lado para o outro, chorando e gesticulando feito louca. Delroy havia namorado Daisy por um breve período durante o ensino médio, e terminou quando ela mordeu sua língua. Depois disso, ele se alistou no exército e se tornou ajudante no quartel-mestre da corporação. Delroy voltou para casa, no Mississippi, para se deparar com Daisy casada com Junior Junior, e grávida do quarto filho. Essa criança estava abraçada ao seu quadril enquanto ela andava de um lado para o outro, e as outras três estavam sentadas, como zumbis, no primeiro degrau da varanda.

"O que é que tá acontecendo, Daisy?", perguntou Delroy.

Daisy parou de agitar os braços e olhou para ele. Seu rosto estava devastado pelo choro, os olhos vermelhos e afundados.

"O que foi? O que aconteceu, Daisy?", perguntou.

"O quarto lá nos fundos", ela disse. "É o Junior Junior. Ai, meu Deus, acho que ele tá morto", ela sussurrou para que as crianças não ouvissem. "Ele só pode estar morto. A gente acabou de voltar da feira de trocas no estacionamento do Sam's Club. Os bebês não viram nada. Meu Deus, que horror."

"Ok, Daisy. Fica aqui."

"Tem ainda uma outra coisa lá nos fundos", ela disse.

Delroy pôs a mão sobre a pistola. "O quê?"

"Alguém. Ele também tá morto. Deve estar morto. Ah, ele tá morto, sim. Só pode estar. Você vai ver."

Delroy ficou confuso e, agora, estava um pouco assustado também. O máximo que ele já havia feito em serviço tinha sido contar rolos de papel higiênico. Ele voltou para a viatura e pegou o rádio. "Hattie, aqui é o Delroy. Eu tô na casa do Junior Junior Milam e acho que vou precisar de reforços."

"O Brady tá aí por perto. Vou mandar ele."

"Obrigado, Hattie. A senhora diz pra ele que eu tô nos fundos da casa." Delroy pôs o rádio de volta no lugar e foi até Daisy. "Vou dar uma olhadinha. Manda o Brady lá pros fundos quando ele chegar."

"O quarto fica atrás da cozinha", ela disse. "Delroy." Ela pôs a mão no braço dele, com delicadeza. "Sabe, eu sempre gostei de você quando a gente tava no colégio. Eu não mordi sua língua de propósito e me arrependo profundamente daquilo. A Fast Phyllis Tucker me disse que todos os meninos gostavam disso, e foi por isso que eu fiz. Você não gostou. Acho que eu mordi muito forte."

"Tá bom, Daisy." Ele começou a entrar na casa e se virou para olhar para a mulher. "Daisy, você não matou ele, né?"

"Delroy, fui eu quem chamou a polícia."

Delroy ficou olhando para ela.

"Não, eu não matei ele. Nenhum dos dois."

Delroy não sacou a arma quando entrou na casa, mas ficou com a mão grudada firme nela. Foi andando devagar pela sala da frente. Estava escura porque as janelas eram formidavelmente pequenas. Havia uma fileira de pequenos troféus de boliche no aparador em cima da lareira, com pilhas de tigelas, pratos e copos de plástico colorido. A casa estava tão silenciosa e tranquila que ele ficou mais assustado ainda e sacou a pistola. E se o assassino ainda estivesse aqui? Será que ele deveria voltar lá para fora e esperar por Brady? Se ele fizesse isso, talvez Daisy achasse que ele era um covarde. Brady certamente riria dele e o chamaria de franguinho. Então, seguiu em frente. Ele olhou rapidamente para dentro de cada quarto e depois ficou um bom tempo parado na cozinha antes de entrar no quarto dos fundos. Seus coturnos faziam muito barulho sobre o piso de linóleo.

Delroy ficou paralisado assim que entrou no quarto. Não conseguia se mover. Nunca havia visto duas pessoas mortas em toda a sua vida. E ele tinha estado na porra de uma guerra. Quem ou o que ele achou ser Junior Junior estava com o crânio esmagado e ensanguentado. Dava para ver parte de seu cérebro. Um fio comprido de arame farpado enferrujado dava diversas voltas em seu pescoço. Um dos olhos havia sido arrancado ou saltado para fora e estava no chão, ao lado de sua perna, olhando para ele. Havia sangue por todo lado. Um de seus braços estava dobrado num ângulo impossível, nas costas. Suas calças estavam abertas e haviam sido puxadas abaixo dos joelhos. A virilha estava coberta de sangue seco, e parecia que o escroto não estava mais ali. A uns três metros de distância de Junior Junior havia o corpo de um homem negro e pequeno. Seu rosto tinha sido terrivelmente espancado, sua cabeça estava inchada, o pescoço estava todo retorcido e parecia ter sido costurado de volta. Aparentemente ele não estava sangrando, mas não havia dúvidas de que estava morto. O homem negro vestia um terno azul-escuro. Delroy olhou mais uma vez para Junior Junior. Suas pernas expostas pareciam estranhamente vivas.

Delroy levou um susto quando Brady apareceu às suas costas.

"Pelo amor de Deus!", disse Brady. "Puta que pariu! Esse aí é o Junior Junior?"

"Acho que sim", disse Delroy.

"Alguma ideia de quem seja o crioulo?"

"Não."

"Que horror", disse Brady. "Meu Deus, meu Deus, meu Deus, meu Deus, Jesus. Olha só pra isso. Arrancaram as bolas dele!"

"Eu vi."

"Acho que tão na mão do crioulo", disse Brady.

"Tem razão." Delroy inclinou o corpo para olhar mais de perto.

"Não toca em nada. Não toca em coisa nenhuma. A gente tem algum tipo de crime aqui. Meu Deus."

3

"Puta merda, eu odeio assassinatos mais do que qualquer outra coisa", disse o xerife Red Jetty. "Eles estragam o dia."

"Porque uma vida foi desperdiçada?", perguntou o legista, o reverendo Cad Fondle. Ele havia acabado de declarar Junior Junior e o homem negro não identificado mortos sem nem precisar tocá-los.

"Não, porque é um caos."

"Tem muito sangue aí", disse Fondle.

"Eu tô cagando pro sangue. Meu problema é com a papelada." Jetty apontou para o chão. "O que você vai fazer com as bolas do Milam que tão ali?"

"Diz pros seus homens enfiarem num saco plástico. Não vejo muito sentido em costurar de volta nele. Mas o agente funerário pode decidir o que fazer junto com a família."

O xerife Jetty se agachou, tomando cuidado para não encostar o joelho no chão, e começou a examinar o cadáver negro, inclinando sua cabeça de lado.

"O que você tá vendo, Red?", perguntou Fondle.

"Ele não te parece familiar?"

"Não consigo reconhecer. Ele tá bem machucado. Além do mais, eles parecem todos iguais pra mim."

"Você acha que o Junior Junior fez isso com ele?"

Fondle balançou a cabeça. "Nenhum dos dois parece recente."

"Bom, vamos pôr os dois no rabecão e levar pro necrotério." Jetty olhou para a cozinha. "Delroy! Traz os sacos."

"Você quer que a gente procure impressões digitais?", perguntou Delroy. "A gente ainda não tocou em nada. Pelo menos aqui, neste quarto."

"Pra quê? Mas, enfim, por que não? Você e o Brady podem fazer isso. Depois, ajudem a limpar todo esse sangue."

"Isso não faz parte do meu trabalho", disse Brady.

"Você quer continuar tendo um?", perguntou Jetty.

"Limpar o sangue", repetiu Brady. "Vamos lá, Delroy."

4

O xerife Jetty estacionou seu carro particular, um Buick 225 muito bem conservado, que havia pertencido a sua mãe mas sido repintado, numa vaga oblíqua em frente ao prédio de tijolos no qual ficava o escritório do legista, na periferia da cidade. Estava na hora do jantar, e sua enorme barriga roncava alto o suficiente para que os outros ouvissem. O xerife entrou no prédio e passou direto pelo homem que ficava na recepção, cujo nome ele nunca conseguia lembrar.

O dr. reverendo Fondle estava sentado diante de uma mesa de metal na sala de autópsia. O foco hospitalar estava ligado, mas virado para longe dele.

"E então, Cad? Por que eu tô aqui nessa porra dessa geladeira e não jantando, na minha casa, junto com minha família?"

"A gente tem um problema", disse Fondle.

"Que tipo de problema?"

Fondle foi andando até uma das quatro gavetas contendo cadáveres na parede mais distante. "Foi bem aqui que eu enfiei aquele crioulo morto."

"E daí?"

Fondle puxou a gaveta, revelando uma plataforma vazia.

Jetty se aproximou e olhou para a superfície metálica resplandecente. "Não tem ninguém aí."

"Então você também tá vendo", disse Fondle. "Bom, aquele filho da puta daquele negrinho tava aqui faz quarenta e cinco minutos."

"O que você tá querendo dizer? Que o cadáver desapareceu?"

"Eu tô dizendo que eu não sei onde ele tá."

"Puta que pariu, Fondle. Os mortos não levantam e saem andando por aí", disse Jetty. "Ou saem?"

"Eu só conheço um que fez isso", disse Fondle.

"E quem era?"

Fondle franziu o cenho. "Nosso Senhor Jesus Cristo Todo-Poderoso, seu herege. Você precisa arrastar essa sua bunda até a igreja de vez em quando."

Jetty balançou a cabeça. "Você não colocou ele num outro lugar?"

"Achei que tivesse. Eu até fui olhar as outras três gavetas. O Milam tá naquela ali. Eu olhei dentro do armário. Olhei no rabecão. Vou te dizer uma coisa, alguém roubou o cadáver daquele crioulo."

"Que merda, hein?", disse o xerife. "Desculpa minha língua, pastor."

"Quem faria uma coisa dessas?"

"A gente nem sabe quem diabos ele era. Talvez as digitais revelem alguma coisa." Jetty olhou para a porta por onde havia entrado e, depois, para as janelas. "Você chegou a sair daqui?"

"Por volta das duas, saí pra levar um pouco de adubo pra minha esposa. Fiquei fora uns vinte minutos, no máximo. Mas o Dill tava na recepção."

"Puta merda." Jetty puxou o celular do bolso e olhou para ele. "Brady, onde diabos você tá?"

"Limpando o sangue, como você mandou", disse Brady.

"Não banca o espertinho pra cima de mim, seu bosta. Você e o Delroy, venham agora mesmo até o escritório do legista."

"Mas e o sangue?", perguntou Brady.

"Esquece essa porra desse sangue e vem logo pra cá." Ele encerrou a ligação com a ponta de um dedo gordo. "Você lembra como era bom quando a gente batia o telefone na cara de alguém? Eu odeio esses telefoninhos de viado. Chama o Dill aqui."

Fondle apertou o botão do intercomunicador. "Dill, vem aqui, por favor."

"O Dill é um homem correto?", perguntou Jetty.

"Sim. Tenho certeza de que ele não teria nada o que fazer com um crioulo morto."

Dill entrou na sala. "Sim, senhor, dr. reverendo?"

"Você se lembra do corpo daquele homem negro que a gente trouxe pra cá hoje de manhã?", perguntou Fondle.

"Se eu me lembro? Como assim se eu me 'lembro'?"

"O corpo sumiu", disse o xerife Jetty. "Você ficou o dia inteiro na recepção?"

"Sim. Até almocei lá. Salada de ovo."

"Você não levantou nem pra dar uma cagada?"

"Eu faço isso todas as noites, às sete, que nem um reloginho. Depois eu assisto uma reprise do *Maverick* antes de preparar uma tigela de mingau pra comer."

"Você saiu do prédio por qualquer outro motivo?"

"Não."

"Você tá me dizendo que não teve nenhum momento em que alguém pudesse ter passado por você e entrado naquela sala?"

"É o que eu tô te dizendo."

"E a porta dos fundos?"

"Tá emperrada faz uns dois anos", disse Fondle.

"Um perigo em caso de incêndio", disse Dill.

"Onde você mora, Dill?", perguntou o xerife.

"Eu moro com minha mãe, na periferia de Change."

"Ah, você é o filho da Mavis Dill", disse Jetty.

Dill fez que sim com a cabeça.

“Como ela tá?”, ele perguntou.

“Gorda. Feliz. Gorda. Você tá me dizendo que um corpo desapareceu daqui?”

“É o que parece”, disse Fondle.

“Alguma ideia?”, Jetty perguntou a Dill.

“Eu não peguei.”

“Você disse que a porta dos fundos tá trancada”, disse Jetty.

“Emperrada”, disse Dill.

“Vamos dar uma olhada mesmo assim.” Jetty seguiu Dill e Fondle por um corredor imundo e abarrotado de equipamentos.

“O interruptor está aqui em algum lugar nesta parede”, disse Fondle. Enfiou o braço por trás de um armário de metal muito alto e encontrou o interruptor, acendendo a luz. As lâmpadas fluorescentes começaram a zunir e a piscar.

A porta dos fundos estava aberta, a tranca claramente arrebentada, uma das dobradiças enferrujadas exibia as roscas dos parafusos.

“Puta merda, olha só pra isso”, disse Dill. “Essa porta aí não abria faz uns dez anos.”

Jetty examinou a fechadura. Nenhuma chave havia sido inserida naquele buraco enferrujado e coberto de pó. “Quem poderia ter aberto isso?”

“Quer dizer, esse troço tava emperrado pra valer”, disse Dill.

“Isso é fato”, disse Fondle. “Eu vou te dizer quem fez esse trabalho.”

“O diabo?”, perguntou Dill.

Fondle concordou com a cabeça. “O diabo em pessoa. Jesus nos salvou.”

Jetty olhou para o pequeno degrau de concreto do outro lado da porta pesada. “Dill, volta pra recepção e fica sentado lá. Não toca em nada. E não é pra tocar em nada mesmo.”

"E quanto a mim?", disse Fondle.

"Você também, não toca em nada." Ele usou o telefone de novo. "Hattie, diz pro Jethro vir pra cá trazendo o kit de coleta de impressões digitais." Ele enfiou o telefone de volta no bolso e sacudiu a cabeça. "Meu Deus."

5

Daisy, que havia acabado de se tornar viúva de Junior Junior, estacionou o carro no quintal de Wheat e Charlene Bryant. Ela estava chorando quando Charlene saiu para cumprimentá-la.

"Cadê o Junior Junior e aqueles porcos dele?", perguntou Charlene. Então, viu as lágrimas. "O que você tem? Aquele desgraçado monte de merda filho de uma puta te bateu de novo? Eu juro que eu vou lá chutar a bunda branca daquele viadinho."

Daisy mandou as crianças irem para os fundos da casa. "Não é isso, Charlene. Ele tá morto", ela disse.

"Quem tá morto?", perguntou Charlene.

Vovó C veio deslizando até a varanda na cadeira de rodas que ela usava dentro de casa. Wheat vinha logo atrás dela.

"Oi, Vovó C. Oi, Wheat", disse Daisy.

"Quem tá morto, Daisy?", Charlene perguntou de novo.

"O Junior Junior. O Junior Junior tá morto, assassinado por um crioulo na nossa própria casa. O Junior Junior faleceu."

"Misericórdia", disse Wheat.

"O que aconteceu, criança?", perguntou Vovó C.

"Ah, Vovó C, foi terrível, horrível." Daisy foi correndo até a varanda e deitou a cabeça no colo da idosa. "Eu tava com as crianças na feira de trocas no estacionamento do Sam's Club. Você sabe qual é. Eu fui bem cedo porque tinha uma liquidação de frentes únicas dessas que a Charlene usa e eu queria uma verde-limão pra mim, mas eles só tinham azul, azul-claro. As filas no Sam's Club estavam gigantescas, e o Jota Triplo deu um chilique porque eu não quis comprar pra ele um pacote de Skittles. As pessoas olhavam pra gente como se nunca tivessem visto uma criança chorar."

"As pessoas são horríveis", disse Vovó C.

"Daisy, continua essa sua história, porra", disse Wheat.

"Calma, rapaz", disse Vovó C. "Continua, criança."

"Daí a gente voltou pra casa. Tipo, eles não tinham a frente única verde-limão. Eu já disse isso. Deixei as crianças no quintal e entrei em casa. Eu sabia que tinha alguma coisa errada assim que entrei. Dava pra sentir o cheiro no ar, dava pra sentir. Eu passei pela cozinha, entrei no quarto dos fundos e aí vi tudo. Era horrível."

"Você já disse isso", disse Wheat. "O que era horrível?"

Vovó C fuzilou Wheat com um olhar severo.

Daisy enxugou as lágrimas do rosto e limpou o nariz com as costas da mão. O rímel escorria, desenhando listras em seu rosto. "O Junior Junior. Ele tava deitado todo retorcido no chão, que nem um boneco Gumby, daqueles molinhos. Tinha sangue por toda parte. A cabeça dele tava toda machucada. Toda destroçada, parecia um melão atropelado por um trator."

"Jesus", disse Charlene. "Ai, Daisy."

O menino de cinco anos de Daisy veio correndo até a frente da casa. "Mamãe, preciso fazer xixi."

"Então vai procurar uma moita, caramba!", Daisy gritou. "Misericórdia."

O menino saiu correndo.

"Daí eu fiquei olhando e vi esse, esse..." Daisy mordeu um dedo.

"Esse o quê?", disse Charlene.

"Era um crioulo."

"Parado de pé ali?", perguntou Wheat.

"Não, deitado ali. Deitado. Ele também tava morto. Todo fodido e inchado e mais morto do que qualquer um que eu já tenha visto."

"Meu Deus", disse Charlene. "O Junior Junior matou ele?"

"Não sei, não sei. E tem mais uma coisa. Ai, senhor. Arrancaram as bolas do Junior Junior."

"Puta que pariu!" Wheat deu alguns passos para trás e depois voltou. "Arrancaram as bolas dele? As bolas? Você diz, o saco dele? Tipo, aqui embaixo?"

"Ele tá morto, Wheat", disse Charlene. "Essa é a menor das suas preocupações."

O rosto de Vovó C estava inexpressivo, sem emoções.

Daisy se afastou e olhou para o rosto da idosa. "Vovó C? Vovó C, tá tudo bem?"

"Vovó C?", disse Wheat.

"Você reconheceu ele?", perguntou Vovó C.

"Quem?"

"O crioulo, sua tonta."

"Não. Ninguém ia reconhecer aquele homem, do jeito que o rosto dele tava desfigurado. Sua própria mãe preta não ia ter reconhecido ele. Também não sei por que ia fazer diferença quem ele é. Era. O Junior Junior tá morto."

"Cala a boca, sua tonta", Vovó C explodiu. "Alguém me empurra de volta pra dentro de casa, caralho."

Wheat a levou.

"O que foi isso?", Daisy perguntou a Charlene.

"Não sei, não sei. Eu nunca tinha ouvido a Vovó C falar um palavrão." Charlene olhou para o céu cinza de ardósia, e depois para o rosto simplório de Daisy. "Mas, enfim. Que dia de merda. Já limpou o sangue?"

6

Encostados na viatura, Delroy Digby e Braden Brady ficaram olhando Red Jetty estacionar seu 225 a vários metros de distância deles, nos fundos do escritório do legista. O sol estava tentando vencer as nuvens.

"E aí?", Jetty perguntou.

"Olhamos por toda parte", disse Brady.

"A gente achou um rastro que sai do prédio e vai em direção ao leito do córrego."

"Não dá pra dizer se é recente ou não, mas é fraco. De alguém que não pesa mais do que uns cinquenta e poucos quilos", disse Brady.

"No máximo", acrescentou Delroy.

"Bom, isso não faz o menor sentido. Aquele corpo pesava, só ele, pelo menos uns setenta. Uma mulher pequena ou uma criança grande não conseguiriam carregar ele. Nem arrebentar uma porta daquele jeito."

"Não sei o que te dizer, xerife", disse Delroy.

Jetty olhou para o prédio. "O Jethro terminou com as digitais?"

"Acho que sim", disse Brady. "Mas ele ainda tá lá dentro."

"Vocês dois, palhaços, vão caçar alguma coisa pra fazer."

"Certo, chefe", disse Brady.

Lá dentro, o xerife encontrou Jethro lavando as mãos na pia dentro da sala de exames. "Tull, você já acabou?"

"Sim, senhor. Achei digitais por tudo quanto é canto aqui.

Como era de se esperar. E tudo daqui até a porta dos fundos tava coberto de pó."

"Você tá me dizendo que não tem nenhuma digital lá pra trás?"

"Bom, não. Com certeza tem alguma digital lá pra trás, mas, como eu disse, tá tudo coberto de pó. O pó tá intacto, então nada foi tocado desde que ele se acumulou."

"Você tá tirando uma com minha cara?", perguntou Jetty.

"Não, senhor."

"Todo mundo sabe que você foi pra escola técnica."

Jethro deu um suspiro. "De todo modo, imagino que as digitais que encontrei pertençam ao dr. reverendo Fondle e àquele tal de Dill."

"Bom, qualquer coisa me avisa", disse Jetty. Ele balançou a cabeça. "Que confusão do caralho. Uma porra dum arranca-rabo."

"Chefe, arranca-rabo é uma palavra ou são duas?", perguntou Jethro.

"Quê?"

"Deixa pra lá."

"Volta pra porra da delegacia."

"Sim, senhor."

7

As notícias sobre a morte de Junior Junior Milam se espalharam como uma praga por todo o condado. Assim como a história do desaparecimento do estranho cadáver negro. Red Jetty não sabia se era o caso de emitir um alerta geral para todas as delegacias, de modo que não o fez, pelo menos não de forma oficial. O que fez foi mandar seus três subordinados se revezarem dirigindo em círculos cada vez maiores em volta da cidade. A foto do homem negro que entregou a eles, como se fosse necessária, acabou parando no jornal local, o *Money Clip*. Depois disso, as agências de notícias começaram a veicular a imagem e, em seguida, ela chegou à internet e à TV a cabo. Era uma história maluca, que fez com que as pessoas de Money, no Mississippi, parecessem malucas, e isso irritou Jetty. Também irritou o prefeito, Philworth Bass.

Bass andava de um lado para o outro na sala de Jetty. "Eu não entendo como é que você deixou isso acontecer."

"Qual parte?" Jetty se recostou em sua cadeira giratória e pôs as botas em cima da mesa.

"Qual parte?", perguntou Bass. "A parte em que um homem morto saiu da sua custódia. Obviamente ele não tava morto."

"O Fondle disse que ele tava."

"Aquele picareta? E você não conferiu?"

"Não é meu trabalho. Além disso, se você tivesse visto, até você ia dizer que ele tava morto. Você viu a foto."

"Sim, isso eu vi. Eu e todo filho da puta da porra desse país. Ele parecia mortinho da silva, nisso eu vou concordar, mas, pelo jeito, não tava."

"Bom, olha, ninguém viu o cara se contorcer nem peidar quando enfiaram ele dentro do saco. Muito embora ele fedesse demais. Fedia que nem um esquilo que morre dentro de uma parede. Se aquele homem não tava morto, eu sou um índio pele-vermelha."

"O governo tá me ligando", disse Bass.

"Eles viram o cara?"

"Não, eles ficam perguntando se a gente precisa de ajuda, se os caipiras de merda do Tallahatchie precisam de ajuda. O que eu digo pra eles?"

"Diz pra eles que os caipiras de merda tão procurando por toda parte, mas não tão conseguindo achar o crioulo morto que anda."

"Isso não é brincadeira. Nós somos motivo de riso em todo o país. Você, xerife, é um palhaço aos olhos da polícia estadual — porra, da polícia nacional. O que você tem a dizer sobre isso?"

Jetty sorriu olhando para o ventilador de teto desligado e fingiu soltar anéis de fumaça. "Sr. prefeito, este é o estado soberano do Mississippi. Não temos policiais aqui, apenas caipiras como eu, pagos por caipiras como você."

"Bom, essa força policial inexistente vai mandar alguém pra ajudar você na sua investigação."

"O MBI?"

"Lá de Hattiesburg. Vai chegar aqui amanhã de manhã."

Jetty pôs os pés no chão e apoiou os cotovelos nos joelhos. "Puxa vida, mas que maravilha. Policiais lá da cidade vindo até aqui pra ajudar os matutos. Não se preocupe. Vou ser bem legal com esses filhos da puta."

8

Ed Morgan fez questão de vir dirigindo em seu carro particular. Os carros do departamento eram grandes, mas simplesmente não eram capazes de acomodar seu um metro e noventa e cinco e seus cento e quarenta quilos. Jim Davis vinha no banco do passageiro, o cotovelo pendurado para fora da janela. Embora tivesse estatura mediana, os joelhos estavam praticamente grudados ao porta-luvas, porque o assento estava quebrado e não recuava. Ele abria a mão e deixava o vento balançá-la.

"Você sabe que eu tô com o ar-condicionado ligado, né?", disse Ed.

"Você chama essa merda de ar-condicionado? O bafo do meu cachorro é mais gelado que esse vento que tá saindo. Odeio essa bosta desse carro."

"Ele é confortável."

"Você tem que consertar esse banco pra eu poder jogar mais pra trás."

"Ele é confortável."

"É um Toyota Sienna de dez anos. Tem uma foto dele ao lado da palavra *desconfortável* no dicionário. Eu me sinto como se tivesse crianças sentadas no banco de trás." Jim olhou para trás e viu que, de fato, havia uma cadeirinha de criança logo atrás do banco de Ed.

"Eu não gosto de ficar todo apertado", disse Ed.

"Então você devia perder uns trinta quilos. E eu aqui?"

"Tá bom, já chega."

Ed e Jim não eram oficialmente parceiros, mas eram colocados para trabalhar juntos com frequência porque todos os demais tinham dificuldade de trabalhar com os dois. No fundo, eles gostavam um do outro, embora não estivesse muito claro se gostavam de qualquer outra pessoa. Porém, mais importante do que isso: eles confiavam um no outro. Ambos sabiam que o outro não apenas era um bom policial, mas também tinha vivência de rua, e não hesitaria em tomar uma atitude caso a situação se tornasse delicada ou perigosa.

Jim pôs um cigarro na boca, mas não o acendeu; estava tentando parar. "Esses branquelos vão ficar confusos pra caralho quando virem a gente chegando na cidade deles com o carro da tua mãe. Você já esteve em Money?"

"Porra", disse Ed, "eu nunca nem tinha ouvido falar de Money, no Mississippi, até hoje de manhã. E para de falar da porra do meu carro. Ele é confortável. Não me interessa o que você acha. Eu já rodei quase quinhentos mil quilômetros nesse filho da puta."

"Mil quilômetros pra cada quilo desse seu rabo."

Ed fuzilou Jim com um olhar severo. "Abre aí essa porra desse prontuário e me ajuda a lembrar onde a gente tá se metendo."

Jim puxou uma pasta azul de dentro de sua maleta reforçada e abriu. "Parece que os jecas locais perderam um cadáver. Homicídio. Tudo muito macabro, se essas fotos forem reais. Um homem branco chamado Milam foi assassinado dentro de casa. Encontrado pela esposa. O corpo de um homem negro também tava na cena do crime."

"A mesma pessoa matou os dois?"

"Não diz. Mas diz que os testículos do homem branco foram arrancados e tavam na mão do homem negro."

Ed soltou um assobio. "Ai. Que bizarro. Será que um matou o outro? Qual corpo desapareceu?"

"O do homem negro. Ou, como diz aqui, 'o corpo do indivíduo afro-americano parece ter sido extraviado'."

"E a *causa mortis*?"

"Não especificada. Pra nenhum dos dois. Ambos foram brutalmente espancados", disse Jim.

"O que você acha?", disse Ed, olhando, do banco do motorista, para as fotografias no colo de seu parceiro.

"Escuta aqui, filho da puta, eu só tô lendo o relatório. E olha pra estrada. O cadáver do homem negro sumiu do necrotério da cidade. Aparentemente não há sinais de nenhum tipo de invasão."

"Obviamente, o mano não tava morto", disse Ed. "Ele levou o saco do caipira quando fugiu?"

"Não diz aqui."

Ed abriu um pouco sua janela. "Você tem razão, tá um pouco abafado aqui dentro."

"Mas puta merda, hein?", disse Jim. "O cara negro tava bem fodido. Nunca vi ninguém que parecesse mais morto que esse filho da puta."

"Cara, eu só espero que a gente não precise passar a noite nesse buraco de capiau", disse Ed, enquanto eles passavam por uma placa que, um dia, havia sido colorida, onde se lia *Bem-vindo a Money! Vale uma visita!*

"Dedos cruzados."

A próxima placa era um outdoor que dizia *Pesque um bagre no Little Tallahatchie! Eles são deliciosos! Visite o Dinah!*

"Deus me livre", disse Ed.

"Você sabe que quer comer esse bagre", disse Jim.

"Cala a boca, porra." Ed olhou para o parceiro e os dois caíram na gargalhada. "Tá, você tem razão."

9

"Vamos lá, Wheat, tem outras pessoas nesta casa que também precisam usar o banheiro!", Charlene gritou para a porta fechada. "O que você tá fazendo aí dentro?"

"Diz pra esse tonto sair daí", disse Vovó C. Ela estava usando o andador agora. A cadeira não passava na porta do banheiro. "Diz pra esse tonto que eu preciso fazer xixi e número dois também."

"Mamãezona Gritalhona, eu preciso muito fazer xixi", disse o pequeno Wheat Junior.

"Então vai lá pra fora e mija no mato", latiu Charlene. Ela bateu na porta mais uma vez. "Wheat?"

"Não tô ouvindo nada", disse Vovó C.

"Tem alguma coisa errada aí", disse Charlene. "Crianças, vão lá pra fora", ela disse para as três filhas. Foi até o armário perto da porta da frente e pegou um cabide de arame. "Wheat, eu vou entrar aí." Ela desfez a curva do cabide e enfiou a vareta no buraco da fechadura. Clique.

"Você abriu", disse Vovó C.

Charlene empurrou a porta, mas ela não se mexeu. "Que diabos?", ela disse. "Não tá abrindo."

"Empurra com mais força, garota", disse Vovó C.

"Eu não sou tão pesada assim", disse Charlene.

"Você é bem pesada, sim."

"Vaca", Charlene falou, bem baixinho.

"O que você disse?"

"Deixa pra lá." Charlene apoiou os pés na parede oposta e conseguiu empurrar a porta por alguns centímetros.

"Tem sangue no chão!", disse Vovó C. "Ai, meu Jesus!"

"Wheat!", gritou Charlene. "Wheat, meu amor." Ela empurrou a porta mais alguns centímetros e conseguiu enfiar a cabeça dentro do banheiro para olhar. Deu um grito. "Puta que pariu, meu Deus!"

"Olha a língua!", disse Vovó C.

"Vai se foder, sua velha. O Wheat tá morto!"

"O quê? Ai, meu Deus!"

Charlene saiu correndo a toda a velocidade em direção ao telefone na parede da cozinha. "Meu marido tá no banheiro e ele tá morto", ela disse. "Eu moro no fim da Nickel Road. Não sei o que aconteceu. Ele tá morto lá dentro. Eu acho que ele tá morto. Ele parece morto, pode apostar. Tem sangue dele por toda parte!"

Vovó C estava com o corpo inclinado para dentro do banheiro, com uma das mãos ainda segurando o andador. "Wheat? Levanta."

"O que foi, Mamãezona Gritalhona?", uma de suas filhas apareceu perguntando. "Aconteceu alguma coisa com o Wheat?"

"Porra, Lulabelle, vai lá pra fora!"

Charlene correu de volta para o banheiro e empurrou um pouco mais a porta.

"Empurra com mais força, garota", disse Vovó C.

"Por que você não me ajuda?", disse Charlene.

Vovó C largou seu andador e pôs as duas palmas das mãos contra a porta, mas aquilo não ajudou em nada. "Ai, meu senhor Jesus."

10

Delroy Digby e Braden Brady saíam desembestadamente da delegacia de polícia. Brady se chocou com Ed Morgan e caiu para trás. Ele ficou furioso por um instante, até perceber o tamanho do homem que o jogara longe.

"Vamos lá, Brady", disse Delroy. "Nós temos que ir."

Ed e Jim entraram na delegacia mal iluminada. Foram recebidos por uma mulher alta, de ombros estreitos, usando um par de óculos de gatinho pendurados numa corrente. "Posso ajudar vocês, cavalheiros?", ela perguntou.

"Estamos aqui pra falar com o xerife Jetty", disse Jim.

"Vou ver se ele está." Ela foi andando até a porta aberta da sala do xerife e disse: "Tem dois homens aqui atrás de você. Você está?".

"Bom, acho que agora eu tô, não é mesmo?", disse Jetty, e saiu pela porta. Ele ficou momentaneamente surpreso pela aparência dos dois homens, mas se recompôs rápido. "Vocês são os caras de Hattiesburg?"

"Eu sou o detetive especial Jim Davis, e este é o detetive especial Ed Morgan. Nós somos do MBI."

"Detetives especiais", repetiu Jetty.

"E não só porque somos negros", disse Jim. "Embora em grande parte seja por isso também."

Aquilo pegou Jetty desprevenido. A recepcionista, cujo nome real e de batismo era Hattie Berg, tossiu uma risadinha repentina.

"Vai cuidar do telefone, Hattie", disse Jetty.

"Sim, xerife."

"Bom, podem entrar." Jetty deu um passo para o lado para deixar que os homens entrassem em sua sala. "Gostaria de poder oferecer alguma coisa pra vocês, mas não posso."

"Que comoção toda foi aquela ali fora?", perguntou Ed. "Seus homens quase atropelaram a gente, de tanta pressa que estavam."

"Ainda não sei. Acabou de entrar um chamado." Jetty gesticulou para que eles sentassem.

"Vamos direto ao ponto", disse Jim. "O que você sabe?"

"Nada. Foi por isso que os figurões mandaram vocês dois bonzões pra cá. Imagino que vocês tenham lido o prontuário."

"Nós lemos, sim", disse Jim.

"Obviamente, o indivíduo afro-americano não tava morto", disse Ed.

"Você não viu ele", disse Jetty.

"Vou concordar com você que ele parece morto na foto", disse Jim. "Mas parecer morto não é a mesma coisa que, bom, estar morto."

"Obrigado por isso", disse Jetty.

"Você tirou as digitais do homem", disse Ed.

"Sim, e não apareceu nada."

"Não houve nenhuma comunicação de desaparecimento de alguém que se encaixasse, em linhas gerais, na sua descrição?", perguntou Ed. "Você sabe, homem negro, um metro e setenta, terno azul, morto."

Jetty balançou a cabeça. "Aparentemente se sabe o paradeiro de todos na cidade, seja vivo ou morto. E não que tivesse algo de muito geral ou normal pra ser colocado na sua descrição." Jetty olhou para Ed e depois para Jim. "Detetives especiais, vocês gostariam de ver o lugar em que esses crimes ocorreram?"

Jim olhou para Ed. "Bom, a gente já veio até aqui, né?"

Jetty acendeu um cigarro. "Sabe como é, nunca dá pra saber o que nós, caipiras, podemos ter deixado pra trás."

Ed olhou para Jim e disse: "Isso faz sentido".

"Todo o sentido."

"Espertinhos", disse Jetty.

"Achei que ele ia chamar a gente de *insolentes*. Você não achou também? Até cheguei a ouvir ele dizendo, mesmo que ele não tenha dito", Jim disse para Ed.

"É isso mesmo", disse Ed. "E não foi só isso que eu ouvi ele dizer. Xerife, você não disse o que eu acho que você não disse, não é mesmo?"

"Vocês dois têm um problema de comportamento, né?", disse Jetty.

"Pra dizer o mínimo", disse Jim.

II

"Ele tá no banheiro", Charlene disse aos policiais.

Vovó C estava, agora, sentada na cadeira de rodas, na sala da frente, chorando, tremendo, se balançando para a frente e para trás.

"Você acha que ele tá morto?", disse Brady, vindo logo atrás de Charlene.

"Ele tá no chão bloqueando a porta, não consigo tirar ele de lá", disse Charlene. "Ele ficou muito tempo lá dentro."

Na porta, Delroy tentou enfiar a cabeça dentro do banheiro para ver se enxergava alguma coisa. "Tem muito sangue, mas não consigo ver merda nenhuma. Me ajuda a empurrar, Brady."

Os policiais jogaram todo o peso contra a porta. No começo houve uma forte resistência, mas, de repente, a porta se abriu bem rápido, quase como se o corpo de Wheat tivesse se quebrado em pedaços. O cômodo rescendia a merda e pasta de dente.

Delroy entrou no banheiro. "Puta que me pariu", ele disse.

"O que foi?", perguntou Charlene, tentando entrar.

"Não deixa ela entrar aqui", Delroy disse a Brady.

Brady segurou Charlene. "O que foi?", ele perguntou a Delroy.

"Puta que me pariu", Delroy repetiu.

"Para de dizer isso e fala alguma coisa", disse Brady. "Ele tá morto?"

"Ah, sim, ele tá morto, sim."

Charlene deu um berro. Isso fez com que Vovó C gritasse no outro cômodo. "O que aconteceu?", Charlene gritou.

"Jesus", disse Delroy.

"Caralho, sai daí e deixa eu dar uma olhada", disse Brady.

Delroy saiu do banheiro e tomou o lugar de Brady, contendo Charlene.

Brady respirou fundo, como se fosse mergulhar na água, e entrou no banheiro. "Que porra é essa?"

"O que foi?", Charlene gritou.

"Chama o xerife, Delroy. Chama ele agora."

12

Hattie chamou o xerife quando ele conduzia os detetives do MBI para fora da delegacia. "É o Delroy", ela disse. "Ele disse que você precisa ir agora mesmo até a casa do Wheat Bryant."

"Ele disse por quê?"

"Não, mas parecia bem abalado."

"Estavam atirando nele?"

"Acho que não", disse Hattie. "Ele não disse nada sobre levar tiro. E eu não ouvi nenhum tiro."

Jetty se virou para Ed e Jim. "Por que vocês não vão até o final dessa rua e comem alguma coisa por lá? Eu preciso verificar uma ocorrência."

"Quer que a gente vá com você?", perguntou Ed.

"Não, tá tudo bem, detetive especial, acho que nós, matutos, podemos cuidar dessa situação", disse Jetty.

"Ele não tá soando meio sarcástico pra você?", Jim perguntou a Ed.

"Um pouquinho", disse Ed. "Mas eu não acharia ruim comer alguma coisa."

Jim sorriu para Ed.

"Aqui tá meu cartão", Ed disse para o xerife. "O número do meu celular tá aí. Liga quando estiver disponível."

"Pode ter certeza que eu vou fazer isso", disse Jetty.

13

Atrás da caixa registradora no Dinah, quase na ponta de um longo balcão, havia uma foto de uma mulher branca grandalhona vestindo uma calça branca e um avental branco que parecia uma barraca. O avental trazia bordadas uma grande letra *D* e, debaixo dela, a frase *Gorda e feliz.*

O lugar estava razoavelmente cheio. Um casal negro cumprimentou os homens com um gesto de cabeça quando eles entraram. Ed e Jim sentaram-se no balcão e pegaram o cardápio.

Uma garçonete magrela e sorridente veio na direção deles trazendo um bule de café. "Vocês querem um pouco?"

"Por favor", disse Ed.

Jim empurrou sua caneca na direção dela. "Imagino que aquela seja a Dinah", ele disse, apontando com a cabeça para a foto.

"Nada, aquela é a Delores. Ela abriu esse Dinah muito tempo atrás. Antes de eu nascer. Dizem que ela fazia um bagre frito tremendo. Mas não sabia escrever uma palavra."

"Entendi", disse Ed.

"E então, o que vocês, rapazes sofisticados, vão querer?", ela perguntou.

"Acho que vou ter que pedir esse bagre", disse Ed. "Diz pra mim, ele é frito?"

"Frito? Ele vem com uma angioplastia de acompanhamento."

Ed e Jim riram.

Jim olhou para a plaquinha com o nome da garçonete: Dixie. "Por algum motivo, acho que este não é seu nome."

"E você acertou em cheio", ela disse. "As Dixies ganham gorjetas melhores do que as Gertrudes."

"Bom, Gertrude, você parece estar bem deslocada por aqui", disse Jim. "Tomara que a gente também pareça."

"Nisso você tá certo", ela disse. "E aí, o que vai querer?"

"Que tal é o chili?", perguntou Jim.

"Você gosta de chili?"

"Sim, eu gosto."

"Então você vai detestar o daqui. Bagre ou búrguer?"

"Xisbúrguer."

"Você gosta de queijo?", perguntou Gertrude.

"Búrguer, então."

"Excelente escolha. E você?", ela perguntou a Ed.

"Bagre."

"Já tá saindo." Ela se virou e voltou para a cozinha.

"Bonitinha, ela", disse Jim.

"Posso te lembrar que estamos em Money, no Mississippi? Acho que vou até repetir: Money, no Mississippi. A parte mais importante é a palavra *Mississippi.* Você entendeu o que eu tô dizendo, né?"

"Estamos no século XXI", disse Jim.

"Ah, é? Vai dizer isso pra esses filhos da puta de boné do Trump por aí."

"Pelo menos tem um pouco de cor nessa birosca. Digo, além de nós dois." Jim olhou para as paredes. Estavam cobertas de fotos dos anos 50 e 60 e propagandas de produtos enlatados antigos: refrigerante Nehi, mistura para biscoitos Blue Ribbon. Também havia fotos de Elvis Presley e Billy Graham colorizadas de forma bizarra.

"Então, nós também somos clichês?", perguntou Jim.

"Não. Nós somos dinossauros, mas não somos clichês."

Gertrude voltou trazendo a comida.
"Que rapidez", disse Ed.
"Por sorte já tínhamos pescado o peixe", ela disse. "E aí, o que vocês tão fazendo em Money?"
"Detesto te dizer isso, mas somos tiras", disse Jim.
"Por que você detesta me dizer isso?"
Jim deu um gole no café e colocou sua caneca sobre o balcão. "Por que as pessoas ou odeiam ou amam os tiras. Na minha experiência, as pessoas mais interessantes sempre odeiam. Bom, eu sou um tira e eu os odeio."
"Eu também", disse Ed. "Especialmente este aqui. E eu também me odeio, às vezes."
"Então você me achou interessante?", Gertrude disse a Jim.
Flagrado, Jim olhou para Ed e, depois, disse: "Acho que sim".
"Vou trazer umas fritas de cortesia pra vocês."
"Eu tô dizendo pra você tomar cuidado", disse Ed.
"Não posso evitar, eu transbordo charme."
"Bom, quem sabe você faz um favor pra mim, pra você e talvez até pra tal da Dixie aí e vê se para de transbordar um pouquinho."
"Vou me esforçar", disse Jim. "E você, vê se controla aí o consumo de comida gordurosa."

14

Delroy estava esperando no quintal da frente quando Jetty chegou, fazendo barulho, derrapando o carro em cima do cascalho. O policial estava visivelmente abalado enquanto andava na direção do xerife.

"Que porra é essa que é tão urgente?", perguntou Jetty.

"Outro."

"Outro o quê?"

"Outro homicídio. Wheat Bryant."

Jetty balançou a cabeça e ficou olhando para a casa como se ela estivesse em chamas. "Mas puta que pariu, que merda é essa que tá acontecendo?"

"E não é só isso", disse Delroy.

"O que mais?"

"Você precisa ver."

"Não fica fazendo joguinho comigo, Digby."

"Sério, xerife, você precisa ver isso."

Jetty seguiu Delroy pela porta da frente, passando por Vovó C, que ainda se lamuriava. Charlene estava encostada na parede de frente para o banheiro.

"É o Wheat, xerife. O Wheat tá morto", disse Charlene.

"Lamento", disse Jetty. "Vai lá pra fora e dá uma atenção pros seus filhos. Nós vamos cuidar disso aqui."

"Acho que vou fazer isso mesmo. É o Wheat que tá aí, xerife. É o meu marido que tá aí. Tô com tanto frio." Ela cruzou os braços nus por cima de sua frente única amarela. "Vou botar um casaco e vou lá pra fora com as crianças, como você disse."

"Faz isso", disse Jetty. Quando ela se afastou, ele entrou no banheiro. Suas botas escorregaram de leve no sangue e, em seguida, ele congelou.

"Viu?", disse Delroy.

"Mas puta que me pariu, que merda foi essa que aconteceu aqui?", disse Jetty.

Wheat era, realmente, uma visão perturbadora, morto e ensanguentado como ele estava, com arame farpado enrolado no pescoço, igual a Junior Junior. Porém, dentro da banheira, sentado de costas para os registros das torneiras, estava o mesmo homem negro que eles haviam encontrado com Junior Junior Milam. O mesmo homem negro irreconhecível de tão deformado, usando o mesmo terno azul encardido de poeira, segurando outro par de testículos com o punho preto, cerrado e ensanguentado.

"O que é que tá acontecendo, xerife?", perguntou Brady.

"Não sei." Jetty saiu do banheiro e ficou olhando longamente para Delroy. "Chama o Jethro pra procurar por digitais e tirar fotos de novo. E liga pro Fondle."

"E eu digo o que pra ele?"

"Jesus, Delroy. Ele é o legista. Acho que ele vai saber por que a gente precisa dele."

"Eu quero dizer, o que você quer que eu diga pra ele sobre, você sabe, o crioulo ter voltado", disse Delroy.

"Não diz nada sobre isso", disse Jetty. "Bom, acho que a gente não vai mais precisar dos tais detetives especiais. Encontramos nosso corpo."

"Esses são aqueles dois que a gente tropeçou chegando na delegacia?", perguntou Brady.

"Tiras da cidade", disse o xerife. "Nojentos igual ranho numa maçaneta. Espertinhos. Acham que somos uns matutos."

"Quer que a gente mostre pra eles como as coisas funcionam aqui na cidade?", perguntou Brady. "Pra ter certeza de que eles não voltam?"

"Cala a boca, Brady."

"Como foi que esse cadáver veio parar aqui?", perguntou Delroy.

Jetty não respondeu. "Puta merda." O xerife voltou, a passos largos, para dentro da casa, disparando em direção ao banheiro. Delroy e Brady o seguiam de perto.

"O que foi, xerife?", perguntou Brady.

"Algum de vocês conferiu o pulso do crioulo?"

"Eu não", disse Brady. "Você viu, Delroy?"

"Eu não. Fiquei com medo de tocar nele."

Jetty se agachou ao lado da banheira, encostando o joelho no sangue no piso. Pôs os dedos na garganta do homem negro.

"Nada. Este homem tá geladinho."

"Ele tá morto mesmo, então", disse Delroy.

"Tá morto mesmo, pra valer."

15

Jim Davis guardou o celular. "Era o xerife Red Jetty, de Money, no Mississippi, ligando pra avisar a gente que eles recuperaram o cadáver desaparecido do indivíduo afro-americano, e que nossa ajuda não é mais necessária."

"Ele disse onde encontraram o cara?", perguntou Ed.

"Não."

"Ele disse se o homem tava morto ou vivo?"

"Não."

"Você quer dar uma passada na delegacia pra dar uma olhada nisso antes de a gente voltar pra Hattiesburg?"

"Sim."

Ed empurrou para o lado sua torta comida pela metade. "Eu também."

Jim deixou uma generosa gorjeta. "Tchau, Dixie. Valeu."

"Vocês não me disseram seus nomes", disse Gertrude.

"Ele é o Ed. Eu sou o Jim."

Gertrude acenou com a cabeça. "Voltem."

"Você vai acabar fazendo uma merda e levando um tiro", Ed disse, assim que eles pisaram na rua. "Ela pode ter um marido ou um namorado maluco. Você sabe, um caipira idiota e armado."

"Isso é uma redundância."

16

O dr. reverendo Fondle caiu sobre seus joelhos artríticos e começou a rezar assim que se deparou com a segunda cena do crime, especialmente ao ver o negro morto. "Oh, Jesus, meu Senhor, eu sei que você tem um plano, mas nós, pobres brancos mortais, estamos morrendo de medo desse crioulo esquisito que você fica mandando pra gente. Ele é um mau agouro, meu Deus, um sinal? Ou ele é o diabo, e nós devemos esquartejar ele e cremar o corpo imediatamente? Jesus Nosso Senhor Todo-Poderoso, já está claro que você não está querendo nos tomar o que nós possuímos de melhor, já que você levou Wheat e Junior Junior, mas, ainda assim, nós estamos apavorados por aqui. Então, nós agradeceríamos muito se você pudesse nos dar um sinal mais claro. Muito obrigado, Senhor, pelo seu tempo e consideração. Amém."

"Você já terminou?", perguntou Jetty.

"Sim, terminei."

"Tem certeza de que os dois estão mortos?", perguntou o xerife. "Você examinou eles desta vez? Tocou neles?"

"Sim, examinei. E sim, estão mortos."

"Enfia os dois no rabecão pra gente poder ir embora daqui e deixar essa família em paz com o luto dela", disse Jetty.

Delroy e Brady cobriram o corpo de Wheat, rosto e tudo, e o fecharam dentro do saco em respeito à família. Ainda assim, Charlene, as quatro crianças e Vovó C estavam todas sentadas na varanda, e todas choraram quando os dois passaram carregando o corpo. Eles tinham apenas um saco para cadáveres e não viram motivos para cobrir o homem negro, apesar de seu rosto e pescoço estarem terrivelmente desfigurados. Sua visão fez com que as crianças e até mesmo Charlene gritassem, horrorizadas, mas Vovó C não emitiu absolutamente nenhum ruído. Ela ficou ali, paralisada, sentada, olhando para o nada, como um manequim, a boca aberta, os dedos agarrando com força os apoios de braço, de vinil, rachados e corroídos de sua cadeira de rodas.

"Vovó C, tudo bem com a senhora?", perguntou Charlene.

"Vovó C, Vovó C", as crianças chamavam por ela.

Charlene a sacudiu. "Vovó C, sai dessa." Ela deu um tapa no rosto da idosa. Nada. Charlene gritou pelo quintal: "Reverendo dr. Fondle! Reverendo dr. Fondle!".

"Sim?"

"É a Vovó C, tem alguma coisa errada com ela."

Fondle subiu os degraus da varanda e examinou a idosa, tomando seu pulso e olhando em seus olhos.

"Ela tá morta?", perguntou Charlene.

"Ela tá viva. Não tá respondendo, mas tá viva." Ele examinou suas pupilas. "Como vocês chamam ela?"

"A gente chama de Vovó C", disse Lulabelle.

"Vovó C?", disse Fondle. "Ela parece em choque. E por que não estaria? O filho dela acaba de ser brutalmente assassinado e castrado por um crioulo estranho que não só achávamos que estivesse morto, mas que foi, de verdade, encontrado morto ao lado do corpo do filho dela." Ele fez uma pausa e olhou para Charlene. "Você entende o que eu quero dizer. Leva ela pra dentro, põe ela na cama e vê se amanhã ela tá melhor."

"Obrigada", disse Charlene.

17

"Eu já disse que não preciso mais de vocês, rapazes", disse o xerife Jetty quando entrou na delegacia e se deparou com Ed Morgan e Jim Davis. "Nós achamos nosso morto desaparecido e, desta vez, não há a menor dúvida de que ele tá morto."

"Só pra constar no nosso relatório", disse Ed, "você pode dizer pra gente onde vocês encontraram o corpo?"

Jetty olhou à sua volta. "Vamos pra minha sala." Jim e Ed o acompanharam. "Fechem aquela porta."

Jim a fechou.

Jetty olhou pela janela e, em seguida, fechou a cortina. "Nós encontramos o corpo na cena de outro homicídio. Horroroso, assim como o anterior. Ele tava segurando as bolas da vítima, exatamente como da primeira vez."

"Você tem certeza de que este homem é o assassino?", perguntou Ed.

"Quem mais poderia ser? Ele tava segurando os testículos de outro homem na mão. Desta vez foi dentro de um banheiro de uma casa de família. Uma porta, sem janela. Esposa, filhos e mãe da vítima, todos em casa no momento do crime."

"Alguém viu o sujeito entrando na casa?", perguntou Jim.

"Não. Ninguém viu porra nenhuma."

"Se ninguém viu, por que não podia ter outra pessoa lá, que também não foi vista?", perguntou Jim.

"Eu sei lá, *detetive esssspecial.*"

"Você sabe que essa história não vai colar, xerife", disse Ed. "Nós vamos dirigir tudo de volta até Hattiesburg só pra ouvir nossos superiores dizer pra gente voltar aqui e tentar entender melhor o que aconteceu."

"Na verdade, eu não tenho nenhum superior", disse Jim.

"Vocês dois são muito engraçados", disse Jetty. "Então, o que vocês tão dizendo? Que vocês querem ver as provas?"

"E as cenas", disse Ed.

"E por que vocês não disseram isso antes? Uma das cenas já foi até limpa, embora, certamente, não muito bem", disse Jetty.

"A gente quer dar uma olhada mesmo assim", disse Jim.

"Vocês tão levando tudo isso muito a sério." Jetty acendeu um cigarro. "Vocês sabem que aqui é Money, no Mississippi?"

"O que você quer dizer, xerife?", Ed perguntou.

"Aqui não é a cidade grande. Porra, não é nem o século XXI, aqui. Mal é o século XX, se vocês entendem o que eu quero dizer. Mas eu sei que é o seu trabalho. Vou pedir pra um dos meus homens acompanhar vocês." Ele pegou o telefone. "Hattie, diz pro Delroy vir aqui."

"Nós preferimos que seu homem não vá conosco", disse Jim. "Sem ofensas, mas costumamos trabalhar melhor sozinhos."

"Ah, é mesmo?" Jetty ficou encarando os dois. "Vocês não me ouviram? Aqui é o M-I cobrinha-cobrinha-I-cobrinha-cobrinha-I-P-P-I."

"Nós não precisamos dele", disse Ed. "Mas gostei da musiquinha."

A porta se abriu e Delroy enfiou a cabeça por ela.

"Deixa pra lá", disse o xerife. "Vai patrulhar alguma coisa. Diz pro Brady instalar um radar de velocidade lá na ponte."

"Sim, senhor."

Hattie abriu a porta assim que ela se fechou. “O reverendo dr. Fondle está no telefone. Parece transtornado.”

Jetty pegou o telefone, ouviu, e depois o colocou de volta no lugar.

“O que foi?”, perguntou Ed, olhando para o rosto do xerife.

“Era nosso estimado médico legista”, disse Jetty. “Parece que perdemos nosso negro mais uma vez.”

18

Charlene Bryant conseguiu, de alguma maneira, colocar suas crianças chorosas para dormir aquela noite. Vovó C ainda estava na cama, com o olhar vazio voltado para o teto rachado e descascado, balbuciando sem parar alguma coisa que ninguém conseguia decifrar.

Charlene lavou o rosto e escovou os dentes na pia da cozinha. Ela ainda não conseguia usar aquele banheiro. Pediu a todos que fizessem xixi no quintal, e agora eles estavam enterrados debaixo das cobertas. Charlene estava se preparando para voltar lá e limpar os azulejos e a banheira com água sanitária, embora já soubesse que o rejunte ficaria para sempre manchado de rosa. Tudo bem que não ficasse limpo, mas, pelo menos, podia não ficar cor-de-rosa.

"Ah, Wheat, que merda aconteceu aqui?", ela disse. Ajoelhada do jeito que estava na varanda, alguém talvez pudesse pensar que ela estava rezando, imaginou, mas Charlene estava falando com Wheat, apesar de ele estar morto. Ele provavelmente a ouviria tão bem quanto a ouvia quando estava vivo. "Foi aquele negrinho que te matou? Você matou ele? Você conhecia ele? E por que ele tava com suas bolas na mão dele? Isso era o que eu realmente queria saber. Você era um viado enrustido e ele era seu amante? Eu não vou te julgar, só quero saber. Essa possibilidade ia fazer de você uma pessoa muito mais interessante. Eu gostaria de conhecer esse seu lado. A Vovó C parecia conhecer aquele homem quando carregaram ele pra fora daqui. Ela tá em choque agora. Ela sabia que você era gay? Ela nunca deu a menor pista de que sabia. Não vai ser muito difícil seguir em frente sem você, então não precisa se preocupar. Quer dizer, você nunca botou um mísero centavo dentro de casa, e nunca lavou um prato nem trocou uma fralda suja. Mas, ainda assim, você era um corpo quente do meu lado na cama. Não que eu tenha encostado em você nos últimos tempos, mas você tava lá. Eu devia ter suspeitado que você era gay pelo jeito que você gostava de assistir àquelas lutas na TV. É verdade o que eles dizem sobre os homens negros? Não precisa responder. Ah, Wheat, onde você tá agora? Ah, Senhor, por favor, cuida do meu Wheat, embora eu tenha lá minhas dúvidas se ele tá mesmo com você. E, por favor, não permita que esse sangue manche os azulejos da banheira. Eu não me incomodo com o rejunte cor-de-rosa, mas a gente precisa sentar nessa banheira. Amém." No fim das contas, aquilo foi uma prece. Ela ficou de pé e estapeou os joelhos.

Munida de água sanitária e uma escova, Charlene voltou ao banheiro.

19

O reverendo dr. Fondle andava de um lado para o outro na calçada irregular em frente ao seu escritório, balançando a cabeça enquanto murmurava algo para si mesmo. Ele ergueu a cabeça para ver o xerife Jetty saindo do carro. Os homens do MBI tinham vindo logo atrás, em seu próprio carro.

Fondle começou a falar na mesma hora. "Eu examinei aquele cri..." Ele se conteve. "Até encostei meu estetoscópio no peito dele. Nenhum som, bosta nenhuma — me perdoe, meu Senhor — de som. Jetty, você me viu fazendo isso. Depois a gente colocou ele dentro do carro. O Brady e o Delroy enfiaram ele no rabecão. O Jethro fechou a porta. Eu não parei nenhuma vez na minha vinda pra cá. O Dill tava dirigindo e eu tava sentado bem do lado dele."

"Vai direto ao ponto, cara", disse Jetty.

"Abrimos o rabecão, o Dill e eu, e adivinha o que a gente encontrou?", perguntou Fondle. "E aí? Adivinha?"

"Fala logo", disse Jetty.

"Só um corpo ensacado. Eu até abri o saco pra ver se não tinham enfiado os dois corpos lá dentro. Mas, não, só tinha um cadáver, um cadáver branco. O cri... o negro desapareceu. De novo."

"E você não fez nenhuma parada?", perguntou Jetty.

Fondle balançou a cabeça. "E seu homem tava logo atrás de mim o caminho inteiro. Ele pode confirmar que a gente não parou."

"Jethro!", o xerife chamou.

"Xerife?"

"Você veio atrás do rabecão o caminho todo?"

"Sim, senhor. Quer dizer, quase todo. Um trem de carga separou a gente por um minuto, ou algo assim, não era muito comprido."

"Tá bem."

"Fondle, estes homens são do MBI", disse Jetty. "Eles vieram lá de Hattiesburg pra ajudar a gente a localizar o corpo desaparecido." Jetty olhou para Ed e Jim. "Eles me disseram que são detetives especiais."

"Bom, espero que sejam mesmo", disse Fondle.

"Deixa a gente ver o rabecão", disse Ed.

"Tá bem ali", Fondle apontou.

Ed e Jim começaram a se afastar de Fondle e Jetty, andando em direção ao furgão, um antigo Ford Econoline. "Caralho, que bagulho doido", Jim disse ao seu parceiro.

"Nisso você tem razão", disse Ed.

"E preciso admitir que esses caipiras bizarros filhos da puta me apavoram", sussurrou Jim.

Eles examinaram o furgão, seu interior, suas portas, a parte de baixo. Jim fechou e abriu as portas, prestando atenção no mecanismo e nas dobradiças. As portas traseiras não apenas emperravam como tinham de ser puxadas com força, fazendo o carro inteiro tremer, produzindo todo tipo de ruído e estalo. "Não tem como alguém ter entrado aqui sem que o motorista ou o passageiro percebessem."

"E, além disso, o policial tava vindo logo atrás."

"Xerife Jetty", Jim chamou.

Jetty veio andando até ele.

"Você tirou fotos do homem negro na segunda cena do crime?", perguntou Jim. "Tem certeza de que era o mesmo homem?"

"Era o mesmo homem", disse Jetty, irritado. "Jethro, pega tua câmera e mostra pros detetives especiais as fotos da cena do crime."

"Sim, senhor."

Jethro foi andando rapidamente até o carro, abriu a porta traseira, pegou a câmera digital e a trouxe até eles.

"Mostra as fotos pra eles", disse Jetty.

Jim e Ed ficaram olhando por cima do ombro de Jethro enquanto ele fuçava na câmera. "Perdão, essa era minha namorada."

"Meus parabéns", disse Jim.

Jethro ficou passando as fotos. "Esse aqui é o Wheat Bryant. Dá pra ver que ele tá morto, a garganta estraçalhada pelo arame farpado. Isso deve doer pra caramba, vocês não acham? Sangue no chão, a privada."

"Bem completo", disse Ed.

"Obrigado", disse Jethro. "E ele tá bem aqui."

Ed acenou com a cabeça para Jim. "É o mesmo cara."

"O que vocês acham?", Jethro perguntou aos detetives. "Eu queria que vocês soubessem que eu não sou como a maioria dos caras por aqui."

"Ah, é?", perguntou Jim.

"Eu fui pra escola técnica."

"Bom pra você", disse Ed.

"Sabe o que eu acho?", disse Jethro.

"Tomara que não", disse Jim.

"Quê?"

"Não dá bola pra ele", disse Ed. "Me diz o que você acha, Jethro. É Jethro, né?"

Jethro olhou para trás para ver se alguém estava escutando. "Eu acho que todo mundo tá sofrendo de histeria coletiva aqui. Pra mim, não tinha um homem negro em nenhuma cena de crime. É que a gente tem tanto medo de negros neste condado que vemos eles por toda parte. Quer dizer, tem negros por toda parte aqui, mas não mortos. Não como este aqui."

"E como você explica as fotos?", perguntou Ed.

"Isso eu ainda não consegui descobrir."

"Mas é uma boa teoria", disse Jim. "Continua trabalhando nela."

"Sim, senhor."

O detetive ficou observando enquanto Jethro se afastava deles e ia se juntar a Jetty e Fondle.

"O que a gente tá fazendo da nossa vida?", perguntou Jim.

"Aí você me pegou."

Dentro do prédio, Dill já estava sabendo quem eram os dois homens negros e parecia disposto a ajudá-los. Ele também não parecia muito impressionado nem pelo fato de que eles eram negros nem por serem do MBI. Ele parecia, mais do que qualquer outra coisa, extasiado em poder conversar com alguém que não fosse de Money.

"Esse filho da puta é um fantasma", disse Dill. "É isso que ele é, a porra dum fantasma."

"Por que você diz isso?", perguntou Ed.

Dill lançou um olhar perplexo e decidiu que aquela pergunta não era digna de uma resposta.

Jim apontou para o corredor com a mão espalmada. "Por que um fantasma ia precisar abrir uma porta?"

"Você é especialista em fantasmas?", perguntou Dill.

"Bom ponto", disse Jim.

"Você também foi pra escola técnica?", perguntou Ed.

"Três anos, em Auburn. O Jethro acha que escola técnica é que nem faculdade. Bom, tem gente aqui que acha que Auburn é faculdade. Eu só voltei pra esse buraco infecto por causa da minha mãe."

"Doente?", perguntou Ed.

"Gorda. Ela é muito gorda. Isso cobra seu preço." Dill olhou para a circunferência de Ed.

Ed limpou a garganta.

"Você já viu um fantasma?", perguntou Jim, meio que mudando de assunto. "Digo, na vida real."

"Sim, ontem e hoje."

"E antes disso?"

"Não."

"Quem descobriu que o corpo tinha desaparecido?", perguntou Ed.

"O Fondle", disse Dill.

"O que você acha do Fondle?", perguntou Jim.

Dill olhou por cima do ombro para ver se alguém poderia escutá-lo. "Mais doido do que uma mosca com uma asa só."

"Isso foi muito poético", disse Jim.

"Eu estudei escrita criativa em Auburn. Poesia. Sempre quis ser um poeta beatnik. Nasci na geração errada. Agora, eu enfio gente morta em gavetas. Acho que é mais ou menos a mesma coisa se você se dedica."

Ed e Jim trocaram olhares.

"Obrigado, Dill", disse Ed.

Dill os deixou sozinhos no corredor.

"Ok, chega de bagre pra mim", disse Ed.

"Não tem nada pra ver aqui", disse Jim.

20

Quando Jim e Ed estacionaram na frente do sobrado de Daisy Milam, a primeira coisa que viram foi um menino e uma menina correndo atrás de um leitãozinho. Daisy estava sentada nos degraus de madeira da varanda segurando um biscoito Newton de figo na frente da boca de uma criança desinteressada. Tinha um olhar vidrado e vazio. Seu cabelo estava uma maçaroca. Ela estava vestindo uma frente única azul. Levantou a cabeça e olhou para os dois homens que se aproximavam.

"Quem diabos são vocês?", ela disse.

"Somos da polícia", disse Ed. "Sra. Milam?"

"Sim?"

"Lamentamos muito sua perda", disse Ed.

Jim acenou com a cabeça e ficou olhando as crianças e o porco passarem correndo.

"Senhora, gostaríamos de fazer algumas perguntas, se você não se importar. Tudo bem pra você?"

"Eu não tenho mais nada pra fazer mesmo, né?", ela disse. "Meu Junior Junior tá morto. Assassinado na própria casa. As pessoas podem dizer o que quiserem, mas o Junior Junior era um homem bom. Ele era um bom pai pra esses capetas aqui." Ela ficou olhando enquanto as crianças agarravam o leitãozinho. "Não vão machucar o porquinho, hein?" Em seguida, se virou para os detetives: "Ele não tinha dinheiro nem o mínimo de bom senso, mas era um homem bom".

"Sim, senhora", disse Jim. "Sra. Milam, você conhecia o outro homem, o negro que encontraram na sua casa?"

"Como eu vou saber?", ela disse. "O rosto dele tava todo fodido. Mal parecia uma pessoa."

"Seu marido tinha algum amigo próximo, colega de trabalho ou inimigo que fosse negro? Ele mencionou alguma vez ter problemas ou atritos com alguém?" Ed ficou olhando para os degraus frágeis da varanda e para a tela frágil na porta. "Alguém, alguma vez, já fez algum tipo de serviço por aqui? No seu quintal, consertando alguma coisa na casa?"

Daisy balançou a cabeça dizendo que não. "Não, a gente mandou o jardineiro embora depois que contratou o mordomo." Ela deu uma risadinha sarcástica.

"Então ninguém viu ou ouviu o homem negro ou qualquer outra pessoa entrar na casa?", perguntou Jim.

"A gente não tava aqui. A gente tava na feira de trocas no estacionamento do Sam's Club. Eu falo isso pra todo mundo, mas ninguém me escuta, caralho. Eu queria comprar uma frente única verde-limão, mas acabei comprando essa azul."

"Sim, senhora."

"Por que aquele negro matou meu marido?", ela perguntou, sincera.

"Não sei", disse Ed. "Talvez não tenha sido ele. Talvez tenha sido outra pessoa. Parece improvável que um tenha matado o outro."

"Aconteceu alguma coisa hoje na casa do Wheat Bryant?", perguntou Daisy. "Alguém ligou todo histérico de lá, mas não pude dar atenção por causa do bebê. Toda vez que eu entro em casa parece que vou ficar louca."

"Você se importaria se a gente entrasse pra dar uma olhada?", perguntou Jim. "Vamos tomar cuidado pra não bagunçar nada."

Daisy riu. "Bagunçar? Podem bagunçar à vontade. Não vai fazer a menor diferença. Mas é engraçado", ela disse.

"O quê?", perguntou Ed.

"Nunca teve nenhuma pessoa de cor na minha casa, exceto pelo cara da parabólica e, em dois dias, três de vocês entram aqui."

"Sim, senhora", disse Jim.

A tela da porta fez tanto barulho quanto Ed imaginou que faria. A casa estava limpa e abarrotada de brinquedos de plástico coloridos. Encostadas numa parede da sala da frente, pilhas de camisetas muito brancas.

"O relatório diz que o crime aconteceu num quarto que fica nos fundos da cozinha", disse Jim. Ele foi na frente.

Não havia uma fita de isolamento da polícia, apenas um balde de dezoito litros, amarelo, vazio, posicionado na frente da porta fechada, como se tivesse sido colocado ali a título de barreira. Jim tirou o balde da frente, abriu a porta e entrou no quarto.

"Odeio cenas de homicídio", disse Ed.

Jim ficou olhando pelo quarto, examinando-o lentamente de uma ponta a outra. Parecia um quartinho sobressalente que tinha sido transformado numa espécie de depósito, nada de anormal. A única coisa que realmente destoava do lugar era o que parecia ser uma bicicleta de corrida caríssima, virada de cabeça para baixo, apoiada sobre o banco, sem as rodas.

"O Milam tava bem aqui", disse Jim. "Nosso homem *de cor* não identificado tava aqui. Nenhuma arma foi encontrada."

"Tem outro ponto de entrada e saída ali." Ed apontou para uma porta de vidro de correr. Havia caixas empilhadas à sua frente. Ed a examinou de perto. "Só que essa porta não é aberta faz muito tempo. Tem um monte de sujeira intacta acumulada nos trilhos."

"Que bagulho mais doido", disse Jim.

"A gente não vai descobrir nada por aqui", disse Ed.

"A gente não vai descobrir nada. Ponto", disse Jim. "Só

estamos matando tempo aqui, meu parceiro. Pondo os traços nos Ts e os pingos nos Is."

"Que horas são?"

"Quatro e pouco."

"Acho que vou ligar pra casa e avisar a Joyce que não vou voltar esta noite. Minha filha tinha um recital."

"Opa." Jim apontou. "Só por curiosidade, o que tem nessas caixas?"

Ed destampou uma delas. "Camisetas." Ele abriu outra, do lado dessa. "Mesma coisa aqui. Todas brancas."

"Você acha que alguma dessas pessoas tá mentindo pra nós?", perguntou Jim.

"Isso é o mais esquisito. Eu acho que não. Acho que todas tão dizendo a verdade. Até o Jethro com sua teoria de fantasma."

Jim coçou a nuca. "Sempre ajuda quando alguém tá mentindo."

21

Braden Brady e Delroy Digby afundaram no sofá de vinil virado de frente para o xerife. O Dinah estava abarrotado porque todo mundo queria evitar o movimento da hora do jantar. Isso acontecia todos os dias. O restaurante lotava das cinco às seis e meia e, depois, ficava praticamente às moscas até seu fechamento, às nove, e só permanecia aberto até tão tarde para um eventual caminhoneiro e uns poucos clientes fiéis, além daqueles que não conseguiram chegar a tempo de evitar o movimento da hora do jantar.

"E aí, cadê os caras?", perguntou Brady.

"Quem?", perguntou Jetty.

"Você sabe, o Shaquille O'Neal e o Samuel L. Jackson", disse Brady. "Não sei a porra do nome deles."

Delroy riu.

"Investigando, eu acho", disse Jetty.

"E a gente vai deixar esses dois pretinhos soltos pela cidade desse jeito?", perguntou Brady.

"Qual é seu problema?", perguntou Jetty. "Sua mãe deixou você cair de cabeça no chão, foi isso?"

Brady lançou um olhar perplexo para Delroy.

"Você tá dizendo que quer eles por aqui?", perguntou Delroy.

"Vocês encontraram o corpo?", perguntou o xerife. "Foi uma pergunta retórica. Talvez eles encontrem. E daí eles vão poder voltar pra Hattiesburg se sentindo superiores e rindo dos caipiras idiotas lá de Money. A única coisa que eu posso dizer é que isso é uma loucura. E é assustador. Cadáveres que desaparecem. O que vem depois disso?"

Os policiais ficaram olhando de uma maneira aparvalhada para Jetty. O xerife examinou suas expressões vazias e balançou a cabeça.

"O quê?", perguntou Delroy.

"Nada", disse Jetty.

Gertrude veio até a mesa deles e ficou parada, pronta para anotar, com um lápis e um bloquinho nas mãos.

"Pra mim o chili", disse Delroy.

"Pra mim também", disse Brady. "E joga um pouco de queijo ralado por cima. Eu gosto de queijo."

"Vou ficar só no café", disse o xerife.

"Pode deixar", Gertrude disse, e se afastou.

"Sabe, eu não vou muito com a cara dela", disse Brady. "E nem acho que Dixie seja realmente o nome dela. Ela é meio insolente."

"Delroy", Jetty apontou sua caneca de café para o homem, "quero que você pegue seu carro particular e veja se pode ficar de olho nos detetives especiais."

"Você acha que eles tão aprontando alguma?", perguntou Brady.

"Não, eu não acho que *eles tão aprontando alguma.* Eu só quero ficar por dentro do que tá acontecendo. E tenta não ser visto."

"Então eu vou estar, tipo, disfarçado?", disse Delroy.

"Isso, disfarçado, Delroy."

"Visto minhas roupas civis, então?"

"Bom, é claro."

"Quer que eu vá junto com ele?", perguntou Brady.

"Não." Jetty terminou seu café.

22

O cheiro de gambá empesteava todo o terreno. Charlene Bryant enfileirava palavrões em alta velocidade, mandando os filhos ficarem dentro de casa. Três gambás estavam arranhando a porta de vidro na lateral da casa.

"O que eles tão fazendo aqui, Mamãezona Gritalhona?", perguntou Lulabelle. Ela estava com medo dos animais.

"A Vovó C não alimentou eles, como sempre faz, então agora eles tão procurando por comida", disse Charlene.

"O que a Vovó C tem?", perguntou a criança.

"Bom, querida, seu pai acaba de ser brutalmente assassinado. Isso deixou ela meio mexida. Você sabe que o papai era filho dela. Eu? Eu também tô chateada, mas ninguém se preocupa comigo. É uma bosta."

"O papai tava morto quando levaram ele daqui?", disse Lulabelle.

"Sim, bebê."

"A Vovó C vai morrer?", perguntou a criança.

"Não, bebê."

Do lado de fora, na varanda, Jim Davis tampava o nariz. "Isso é cheiro de cadáver em decomposição?", perguntou.

"Acho que é de gambá", disse Ed.

"É terrível."

"Eu até que gosto desse cheiro."

"Bate logo nessa porta", disse Jim.

Ed tamborilou os dedos na tela da porta.

"Quem são vocês? O que vocês querem?", Charlene apareceu do outro lado da tela. "Eu vou chamar a polícia se vocês não saírem da minha propriedade."

Ed mostrou seu distintivo. "Senhora, nós somos da polícia."

"Eu nunca tinha visto vocês por aqui antes", ela disse.

"Eu sou o detetive especial Morgan e este é o detetive especial Davis. Nós somos policiais estaduais do Mississippi."

"Bom, e o que vocês querem? Deixa eu ver esse distintivo de novo. Qualquer um pode arrumar um distintivo."

Ed mostrou o distintivo e a identidade. Jim também exibiu seus documentos.

"Ok", ela disse, mal olhando para eles. "O que vocês querem?"

"Sentimos muito pela sua perda", disse Ed.

"Vocês sabem que foi um crioulo que matou ele. Eu tenho todo o direito de estar com medo de vocês. Eu podia atirar em vocês se eu quisesse. Podia dizer que fiquei muito assustada com vocês e tive que atirar. Vocês tão escutando o que eu tô dizendo?"

"Eu gostaria que você não fizesse isso", disse Jim.

"Você não acha que já morreu gente demais por aqui?", perguntou Ed.

"Gente demais? Que papo de maluco é esse?" Charlene olhou por trás deles para ver se havia mais alguém no quintal. "Como é que o xerife não tá aqui com vocês?"

"Esta é uma investigação estadual agora, sra. Bryant", disse Ed, muito embora aquilo não fosse tecnicamente verdade. "Senhora, podemos entrar e lhe fazer algumas perguntas? O cheiro de gambá tá muito forte aqui fora."

Charlene o fuzilou com o olhar. Ela soltou a tranca da porta e deixou que eles entrassem. "Podem sentar aqui."

Os homens sentaram-se um ao lado do outro num sofá de dois lugares. Lulabelle entrou correndo na sala e parou ao ver os dois homens.

"Quem são eles, Mamãezona Gritalhona?"

Jim olhou para Ed e, enquanto Charlene se concentrava na criança, moveu a boca formando as palavras *mamãezona gritalhona?*

Ed deu de ombros.

"Esses homens vieram fazer umas perguntas sobre seu pai", disse Charlene. "Agora, vai lá brincar."

"Meu pai morreu."

"Lamentamos muito por isso", disse Ed. "Sabe, eu tenho uma filhinha da sua idade. Ela presta atenção em tudo. E você?"

"A mamãe diz que eu sou enxerida."

"Você viu alguma pessoa que você não conhecia hoje de manhã?", perguntou Jim.

"Não."

"Você ouviu a voz de alguém que não fosse da sua família?"

"Não." A garotinha olhou para a mãe. "Acho que os gambás tão desistindo."

"Que bom", disse Charlene.

Jim disse para Charlene: "Senhora, você viu o estranho entrar na sua casa? Ou ouviu?".

"Ninguém viu nem ouviu nada. Eu precisava mijar, na verdade mais que mijar, e a Vovó C também, e o Wheat estava trancado no banheiro já fazia um tempão. Foi aí que eu tentei entrar lá. Nós só temos um banheiro aqui. O Wheat estava sempre falando que ia instalar outro banheiro na varanda dos fundos." Seus olhos se encheram de lágrimas. "Ele tava no chão, bloqueando a porta. Eu me senti mal por ter gritado com ele. Achei que ele tava lá dentro com uma revista ou algo assim."

"Tá tudo bem, Mamãezona Gritalhona", disse Lulabelle.

"Posso perguntar por que ela te chama desse jeito?", perguntou Jim.

"É o apelido que eu uso no rádio PX", ela disse. "Todas as

crianças me chamam desse jeito agora. Mamãezona Gritalhona, dez-quatro."

Jim assentiu com a cabeça.

"O outro homem que tava dentro do banheiro, você já tinha visto ele antes?"

"Não do jeito que ele tava. Não reconheci ele. Eu sei que ele nunca esteve por aqui, não com aquela aparência."

"E será que seu marido conhecia ele?", perguntou Ed. "Será que trabalhou com ele ou teve algum tipo de envolvimento com ele longe daqui?"

"O Wheat nunca saía de casa. E, com certeza absoluta, ele nunca trabalhou. Então, não. Não sei como o Wheat poderia conhecer o cara."

"Você percebeu alguma coisa estranha ou diferente nos últimos tempos?", perguntou Jim. "Alguém rondando a casa?"

Charlene balançou a cabeça. Ela parecia muito mais relaxada agora, embora estivesse demonstrando mais seu luto também. Ela respirou fundo e deu um suspiro. "Vocês querem ver onde a gente encontrou o Wheat? Eu já limpei toda a sujeira."

Ed olhou para Jim. Jim disse: "Acho que não será necessário. Quem mais mora na casa?".

"Meus outros filhos. Eles são mais novos que a Lulabelle aqui. E a mãe do Wheat. A gente chama ela de Vovó C."

"Você acha que a gente pode falar com ela?", perguntou Ed.

"Vocês podem falar com ela, mas ela não vai responder. Ela simplesmente paralisou quando viu os caras levando o Wheat e aquele crioulo pra fora. Desculpem, não quis ofender."

"Não ofendeu", disse Jim.

"A Vovó C esteve aqui a manhã inteira?", perguntou Ed.

"Esteve, sim."

"Tentaremos não incomodar ela", disse Ed.

Charlene conduziu os homens pelo corredor e os fez entrar no quarto da Vovó C. Ela estava deitada de costas, com uma coberta pesada puxada até a altura do queixo. "Ela não disse uma única palavra desde que viu aquele homem negro."

Os olhos de Vovó C encontraram Jim, ou Ed, ou talvez os dois. Sua boca se abriu como se ela estivesse prestes a dizer a palavra *eita* e soltou um tremendo grito. Seu corpo todo estremeceu, e escorreu saliva pelo canto dos lábios retorcidos. Charlene tentou acalmá-la. Seus braços começaram a se agitar e o grito se transformou na palavra *desculpe.* Ela a repetia, prolongando seu fonema final por diversos segundos.

"É melhor deixarmos ela em paz", disse Jim.

Assim que eles saíram do quarto, a idosa se acalmou. Charlene veio falar com eles. "Isso foi muito esquisito", ela disse. "Vocês não acharam esquisito? Ela sempre foi doida, mas não desse jeito."

"Acho que a gente já tomou muito do seu tempo", disse Jim.

Ed se ajoelhou para falar com Lulabelle. "E você, continue sendo uma enxerida, tá bem?"

"Tá bem."

23

O Nissan Sentra 97 azul-celeste de Delroy Digby era o único carro estacionado na Dime Drive, uma rua sem meio-fio. Ele tinha parado o carro na frente de um casebre desocupado do outro lado da rua, não muito longe da casa dos Bryant. A casa estava programada para ser demolida, mas, já que também podia ser utilizada como laboratório de metanfetamina, permanecia de pé. Delroy, que escondia o rosto atrás de um jornal, deu uma espiadinha pela lateral e viu os dois homens negros entrando no Toyota Sienna verde-escuro. Ele ligou para o xerife Jetty.

"Xerife, sou eu, Delroy Digby. Estou ligando aqui do disfarce."

"O que foi, Delroy? Eu sei seu sobrenome."

"Tô estacionado perto da casa do Wheat Bryant. Ou do que costumava ser sua casa. Ainda é a casa dele? Digo, levando em conta o fato de ele estar morto e coisa e tal? Acho que é melhor dizer que é a casa de Charlene Bryant agora. Né?"

"Por que você me ligou?", perguntou Jetty.

"Acabo de ver os elementos deixando a casa. Eles acabam de entrar na van. Eles não me viram. Estou estacionado do outro lado da rua."

"Tem algum outro carro estacionado perto de você?"

"Não, mas não se preocupe", disse Delroy.

"Você pode me dizer por que não?"

"Eles não tinham como me ver porque eu fiz de conta que tava lendo jornal."

Jetty deu um suspiro. “Delroy, quando foi a última vez que você viu alguém lendo jornal?”

“Eu sei lá.”

“Fica de olho neles”, disse o xerife. “Não me liga de novo.”

24

Jim e Ed decidiram dar uma passada no restaurante chamado Dinah para jantar mais cedo. Gertrude os cumprimentou com um aceno e gesticulou para que eles se sentassem numa mesa perto da janela. Os assentos de vinil eram daquele tom verde--abacate dos anos 60, cheios de rachaduras, consertados com fita adesiva quase da mesma cor. Alguns nomes haviam sido entalhados na mesa

Ed pegou o telefone. "Tá, então vou reservar um quarto pra nós naquele Motel 6 que a gente viu na estrada."

"Oito", disse Jim.

"Quê?"

"É Motel 8."

"Você tá louco", disse Ed. "Isso não existe."

"É Motel 8."

Gertrude veio até a mesa deles trazendo café. "Vocês querem café?"

"Eu quero, ele não", disse Jim.

Ed olhou para ela. "É Motel 6 ou Motel 8?"

"É um Motel 8", ela disse.

"Que diabos isso quer dizer, afinal das contas?", resmungou Ed. "Esse oito é de quê?"

"E o seis, é de quê?", Jim perguntou.

Ed congelou. "Bom, tudo bem, você tem um ponto aí. Vou ligar e reservar um quarto na porra do Motel 8."

"Como foi seu dia?", Jim perguntou a Gertrude.

"Igual a ontem, e anteontem, e amanhã será igual também. E quanto a vocês? Ouvi falar dos homicídios. É por isso que vocês tão aqui?"

Jim concordou com a cabeça. "Não que estejamos fazendo muita coisa."

"Alguém disse que tinha um feiticeiro ou fantasma preto solto pela cidade", ela disse.

"É o que parece."

"Quê?" Sua ausência de ironia a confundiu.

"Desculpe dizer isso, mas essa é uma cidade bem fodida."

"Estranho seria se você não dissesse isso", ela disse.

"O que você tá fazendo aqui?" Jim olhou em seus olhos. Eram castanhos, como os seus. Ela tinha algumas sardinhas ao redor do nariz.

"Desculpe minha pergunta, mas você é negra?", perguntou Jim.

"Bom, sou."

"Eu sabia", ele disse. "Eu não sabia que você era negra. Disso eu não sabia, mas eu sabia que tinha alguma coisa. Os brancos sabem disso?"

"Eles sabem", disse Gertrude. "Eles esquecem." Ela precisou atender outro cliente, que a chamava às suas costas. "Já volto."

Ed desligou o telefone.

"Ela é negra", disse Jim.

"Você não tinha percebido?", disse Ed.

"Você tinha?", perguntou Jim, incrédulo.

"Eu tô te dizendo que eu sabia. Eu sabia que ela era negra assim como eu sabia que era Motel 8."

Jim riu.

"Isso não muda nada, né?", perguntou Ed.

"Claro que não."

Ed empurrou o telefone para o lado. "A gente pegou o último quarto. Por que as pessoas querem se hospedar em Money, no Mississippi, eu não sei. Caminhoneiros, acho. Eu liguei pra Joyce e disse pra ela que a gente tá preso aqui. Ela achou engraçado."

Gertrude voltou. "E aí, o que vai ser?"

"Acho que hoje eu vou passar", disse Ed.

"Muito engraçado", disse Gertrude.

"Vou querer a milanesa de frango", disse Ed.

Jim olhou para ele.

"Um passo de cada vez, meu irmãozinho", disse Ed. "E uma salada."

"Vou querer o club sandwich", disse Jim.

"Pelo que entendi, vocês vão passar a noite aqui em Money, então?"

"Temo que sim", disse Ed.

Jim apontou para o homem sentado numa mesa para duas pessoas num canto do restaurante. "Ó nosso amigo, ali", ele disse.

"Qual tira da pesada é esse?", perguntou Ed.

"Aquele ali é o Delroy Digby", disse Gertrude. "Ele é sobrinho da mulher do estimado xerife Jetty."

"Ele vem seguindo a gente desde a última cena do crime", disse Jim.

"Ele é inofensivo", disse Gertrude.

"Já ouvi essa história antes", disse Ed. "Me diz, o que você acha do estimado xerife?"

"Ele é ok. Se esforça pra não ser o babaca racista que ele não consegue evitar ser. É um esforço sincero, acho. Às vezes ele é racista, às vezes é um babaca, e de vez em quando é as duas coisas", disse Gertrude. "Mas, então, que história é essa de feiticeiro preto? Ou fantasma."

Jim deu de ombros. "Talvez seja verdade. Você viu alguma pessoa diferente por aqui?"

Ela balançou a cabeça.

"Preta ou branca", ele acrescentou.

"Não." Gertrude bateu no bloquinho com o lápis. "Vou pedir os pratos de vocês. Vocês querem pão?"

Ed disse sim, e Jim disse não. "Nada de pão", disse Jim. "Pra ele também não."

Gertrude cantou os pedidos e serviu café para um caminhoneiro obeso sentado no balcão. Jim olhou para a televisão suspensa sobre ele. "Dixie, você poderia aumentar a TV, por favor?"

Gertrude o fez.

Um repórter estava numa rua de uma cidade, o logotipo da CNN estampado na tela. A legenda correndo na parte de baixo dizia "Homem espancado até a morte encontrado em apartamento em Chicago". Ed também olhou para a TV.

O repórter tentava se equilibrar, fustigado pelo vento de novembro. "Numa unidade de um condomínio residencial no bairro de Brighton Park, em Chicago, foi encontrado um homem brutalmente espancado até a morte. O espancamento foi tão severo que as autoridades entraram em alerta. A polícia divulgou a identidade da vítima. Ele é Lester William Milan. Com cinquenta e poucos anos, ele morava sozinho no apartamento de um quarto, nessa comunidade degradada, no meio de Chicago. A cabeça do homem quase foi arrancada do corpo. E ele estava enrolado em arame farpado. Foi descoberto pelo síndico do prédio, que disse ter recebido reclamações sobre o cheiro. Novamente, a enorme brutalidade do espancamento causou uma séria preocupação com a segurança pública, e solicitou-se aos residentes do condomínio que tomem cuidados redobrados. Temos aqui conosco Anthony McDougall, o síndico do prédio. Sr. McDougall, você pode nos contar o que viu?"

"Foi horrível", disse McDougall. "Quer dizer, este é um prédio tranquilo, uma vizinhança tranquila. Não tem gangues por aqui, nem nada do tipo, se você me entende. O cheiro tava muito forte, quando eu abri aquela porta quase desmaiei. Como só tinha um quarto, eu vi ele logo de cara, deitado ali no chão. Acho que uma parte do sangue ainda não tinha secado. Eu nunca tinha visto ninguém espancado desse jeito em toda a minha vida. Espero nunca mais ver." McDougall sorriu para a câmera.

"Uma cena terrível aqui em Chicago", disse o repórter.

Passou uma propaganda da Coca Zero.

"Valeu", disse Jim.

Gertrude abaixou o volume.

"O que você tá pensando?", disse Ed.

"Morte por espancamento", disse Jim. "Tô vendo fantasmas por toda parte."

"Paranoia é uma coisa boa", disse Ed.

25

O xerife Red Jetty estava sentado atrás de sua mesa de metal. Seus cotovelos estavam apoiados na superfície entulhada de coisas e ele segurava o rosto nas mãos. Levantou os olhos quando Delroy Digby entrou pela porta. "O que foi?", perguntou o xerife.

"Tô aqui pra apresentar meu relatório", disse o policial.

"Vai em frente."

Delroy puxou um caderninho e o abriu. "Observei os dois elementos deixando a casa dos Bryant às cinco e doze. Depois segui os dois, a uma distância segura, pra que eles não me vissem, até o Dinah. A Dixie atendeu os caras, e eles pediram comida. O grandalhão comeu o frango à milanesa, e o outro, bom, não sei o que ele pediu. Eles comeram e depois foram até o Motel 8."

"Então, você veio até aqui me relatar que não tem nada a relatar?"

Delroy não disse nada.

"Deixa eu ver esse seu caderninho", disse Jetty.

Delroy o entregou a ele.

O xerife, sem nem olhar para o caderno, o jogou, sem a menor cerimônia, na lata de lixo debaixo de sua mesa.

"Você quer que eu fique de campana no motel?"

Jetty ficou olhando para ele por um segundo. "Sim, claro. É melhor você ficar de vigia pro caso deles tentarem fugir no meio da madrugada."

"Sério?"

Jetty fez que sim com a cabeça. Ficou observando o homem ir embora.

Hattie entrou na sala. "Você vai mesmo deixar ele passar a noite inteira no carro?", perguntou.

"Não sei", ele disse. "Talvez eu devesse. Daqui a pouco eu ligo pra ele e digo pra ele ir pra casa."

"Tá tudo bem, Red?"

"Não. Eu odeio essa merda. Odeio esse trabalho. Odeio esses policiais estaduais metidos a besta. Odeio os idiotas dos meus homens. Odeio esta cidade idiota."

"Você me odeia?", perguntou Hattie.

"Ainda não, mas você já tá na fila."

"É muito bom quando a gente se sente incluída."

"Como é que um homem morto pode simplesmente se levantar e sair andando e depois aparecer em outro lugar? Talvez isso fosse até uma coisa divertida, se não tivesse outros cadáveres envolvidos. Eu já falei que odeio pessoas mortas? Ainda mais crioulos mortos que desaparecem."

"Tem muita gente falando sobre um fantasma negro", disse Hattie.

"Quem?"

"Praticamente todo mundo na cidade."

"Jesus."

"Eu devia ficar assustada?", perguntou a mulher.

"Porra, Hattie, como é que eu vou saber? Eu tenho dois caipiras no necrotério e um crioulo morto solto por aí que pode estar matando outras pessoas e se matando em seguida, várias vezes em sequência. O que eu vou pensar duma coisa dessas?"

"Você me dá uma carona pra casa?"

"Claro, Hattie."

26

Jim e Ed perguntaram ao recepcionista do Motel 8 onde eles poderiam ouvir música negra por ali. Bom, eles começaram perguntando pela música. Depois de algumas sugestões, a pergunta foi ficando mais específica. O homem ficou acariciando seu cão pequinês enquanto ponderava a questão. Ele os mandou para um inferninho em Bottom. "Antigamente se chamava Black Bottom", disse o homem. "Agora a gente chama só de Bottom. Todo mundo sabe do que se trata. Ninguém nunca ouviu falar de um lugar chamado White Bottom."

"Acho que faz algum sentido", disse Jim. "Qual é o nome do seu cachorro?"

"Ah, ele não tem nome."

"Por quê?"

"Eu não gosto de nomes", disse o homem, olhando para o bichinho.

"Como você chama ele?", perguntou Jim.

"Chamo?"

Os dois detetives estavam, agora, do lado de fora do inferninho, composto de blocos de concreto e barulho.

"Sinais de vida", disse Jim.

"Você trouxe a foto?", perguntou Ed.

"Sim."

Eles foram caminhando sobre o cascalho do estacionamento em direção ao bar. Não estavam mais usando blazers, mas ainda tinham muita pinta de policiais.

"A gente sempre teve esse aspecto ou ficou assim depois que virou policial?", perguntou Jim.

"Aí você me pegou. Mas é difícil disfarçar, isso é o que eu sei."

Eles entraram no lugar para se depararem com uma jukebox tocando Earth, Wind & Fire a todo volume. O lugar estava iluminado por uma luz muito branca, muito mais clara do que se espera de um botequim. Vários casais dançavam no meio do salão, outros estavam sentados às suas mesas, e diversos homens e algumas mulheres estavam sentados no balcão. Quando eles entraram, tudo parou. Tudo, menos a música. Jim e Ed ficaram encarando o rosto de quem os estava encarando.

"Sim, nós somos policiais", Jim disse, subindo a voz. "E também não gostamos disso. Mas podem continuar aí. Divirtam-se. Desrespeitem as leis, se quiserem."

Primeiro, algumas pessoas riram. Depois, mais algumas. Ouviu-se o som de alguém estourando as bolas no começo de um jogo de sinuca lá no fundo. A dança e as conversas voltaram a acontecer.

No bar, o barman, que se parecia muito com Isaac Hayes, disse para Jim: "Ô, essa foi muito boa".

"O público é bom", disse Ed.

"Isso não é nada", disse o homem. "Você tinha que ver quando a gente ainda tava aberto. O que vocês vão querer beber?"

"Cerveja", disse Ed. "Qualquer uma."

"Pra mim, um Jameson", disse Jim.

"Gelo?"

"Claro."

"Você ficou sabendo dos assassinatos?", perguntou Jim.

"Sim."

"Ninguém aqui parece muito abalado com isso", disse Jim.

"Porra, mas é justamente por isso que a gente tá dando essa festa. Ninguém daqui vai sentir a menor falta daqueles racistas filhos da puta. Nem as famílias deles vão sentir saudades."

"Você ficou sabendo do negro que encontraram com eles?", perguntou Ed.

"Você tá falando do Anjo Negro? É assim que o povo tá chamando ele."

"Você tem alguma ideia de quem seja esse anjo?", perguntou Ed.

O barman balançou a cabeça.

"Olha, a gente nem sabe ainda se ele matou mesmo aqueles brancos", disse Jim. "A mesma pessoa que matou os caras pode ter matado ele também."

"Tudo que eu sei é o que o povo anda dizendo."

Jim puxou a foto do bolso. "Eu sei que é meio difícil olhar pra essa foto, mas me diz se você reconhece este homem."

O homem se contorceu ao ver a imagem. "Ninguém vai conseguir reconhecer esse cara. Que porra aconteceu aí?"

Jim deu de ombros. "Se este homem estiver vivo, a gente gostaria de encontrar ele antes desse xerife branquelo e dos seus homens."

"E como esse cara estaria vivo?", perguntou o barman.

Jim deu de ombros novamente.

"Franklin, vem aqui dar uma olhada nisso."

O outro barman se aproximou. Jim mostrou a foto a ele: "Deus do céu. O que é isso?".

"Isso é um ser humano", disse Ed. "Alguém fez isso a outro ser humano. Você reconhece ele?"

O segundo homem balançou a cabeça. "Ele só pode estar morto. Ele tá morto?"

"Mais ou menos", disse Jim.

O homem lançou um olhar desconcertado.

“A gente não sabe”, disse Ed.

As pessoas, ainda que estivessem dançando e envolvidas nos próprios assuntos, estavam também ligadas na conversa que acontecia no bar, mesmo sem conseguir ouvi-la.

“Apareceu uma pessoa estranha por aqui nos últimos tempos?”, perguntou Ed. “Um homem baixinho, menos de um metro e setenta, magrinho.”

“Não vi ninguém diferente, não”, disse o primeiro barman. “É claro que, de vez em quando, aparecem uns caminhoneiros. A maioria para pra comer no restaurante na cidade. Até os pretos. Eles podem estacionar nos fundos do motel. A gente não tem espaço aqui. Mas, de qualquer jeito, eles não iam vir aqui.”

Ed e Jim ficaram ouvindo.

“Mas e aí, os branquelos também tavam tão fodidos quanto esse mano aqui?”, perguntou o segundo barman.

“Ah, sim”, disse Jim. “Alguém deu uma camaçada de pau neles. E amarrou arame farpado em volta do pescoço.”

Os homens ficaram em silêncio por alguns segundos.

“E arrancou as bolas deles”, disse Jim.

“Como é que é?”

Jim não repetiu.

Então o primeiro barman deu um assobio. “Pelo menos o irmão não foi o único que se fodeu. Arame farpado.”

“Quem sabe ele não ganhou isso aí do baixinho?”, disse o segundo homem. Ele e o outro barman se cumprimentaram com os punhos.

“Vocês sabem de alguém que odiasse tanto o Milam ou o Bryant a ponto de fazer algo assim com eles?”, perguntou Ed.

“Ah, todo mundo”, disse o primeiro. “Eu não conhecia nem branco que gostava do Milam. O outro eles chamavam de Junior Junior. Não é uma idiotice, essa porra? Junior Junior. Imagina uma coisa dessas.”

“Ser odiado por sua própria gente?”, perguntou Ed.

"Não", disse o primeiro. "Esse nome. Puta que pariu, Junior Junior."

"É real", disse o segundo. "Ninguém gostava dele."

"E sobre esse Bryant?", perguntou Jim.

"Um babaca. Não sei muita coisa dele. Ele apareceu nas notícias uma vez, não faz muito tempo", disse o que parecia Isaac Hayes. "Tu lembra dessa porra? O caminhão dele ficou pendurado na ponte. Parecia um pauzão do Piggly Wiggly."

"Ah, é", disse o número dois. "Ninguém deu muita bola pra ele depois disso. Ele nunca apareceu por aqui."

"Por que todo mundo odiava o Milam?", perguntou Ed.

"Ele enganava as pessoas. Dizia que ia te pagar uma quantia, depois mudava de ideia. Roubava gado também", disse o número dois.

"Principalmente porcos", disse Hayes.

"Ele amava porcos", disse o número dois. "As pessoas aqui no Bottom não costumam marcar as vacas ou os porcos, ou seja lá o que você tenha. Então, se alguém rouba um bicho, como saber de quem é? E o Junior Junior tava sempre rondando por aqui, só esperando pra tirar uma casquinha."

"Saquei", disse Ed.

Hayes olhou para o número dois e disse: "Acho que eles não sabem".

"Não sabemos o quê?", perguntou Ed.

"Sobre essas duas famílias", disse Hayes.

"Do que você tá falando?", perguntou Ed.

"Muito tempo atrás. Foram os pais deles que mataram o Emmett Till, nos anos 50", disse Hayes.

"Tá de sacanagem", disse Jim.

"É real", disse o número dois.

Jim e Ed, é claro, conheciam o caso. Era famoso. Fazia parte da história norte-americana. Uma mulher branca do Mississippi alegou que um garoto negro de catorze anos tinha dito algo sugestivo a ela, e seu marido e o irmão dele deram uma surra no rapaz, enrolaram arame farpado em seu pescoço, atiraram em sua cabeça e o jogaram da ponte que passa por cima do rio Little Tallahatchie. A imagem do garoto no caixão aberto fez a nação despertar para o horror dos linchamentos. Pelo menos, a parte branca da nação. O horror dos linchamentos era o que os negros norte-americanos chamavam de "vida". Os assassinos, Roy Bryant e J. W. Milam, foram absolvidos por um júri composto apenas de brancos.

"Isso quer dizer que aquela idosa é...", começou Jim.

"A vadia maluca que o acusou", disse Isaac Hayes.

"Anos mais tarde, ela finalmente revelou pra todo mundo que o garoto não tinha dito nada pra ela, nem sequer assobiado. Dá pra acreditar numa porra dessas? Ela não disse uma palavra na época, e falou pra caralho vários anos depois. Tarde demais praquele garoto."

Jim concordou com a cabeça.

"O pai do Wheat Bryant, esse tal de Roy Bryant, era dono de uma loja na época, mas perdeu tudo", disse o número dois. "Ele virou uma pessoa amarga pra cacete depois disso. Do jeito que odiava a gente, parecia que era ele quem tinha sido linchado. Esse era um homem ruim. Mas quem era ruim mesmo era aquele J. W. Milam. Esse era totalmente um homem da Klan. Todo mundo sabe que aquele garoto não foi o único preto que ele matou. Sabe o que ele disse uns anos depois do julgamento?"

"Diz aí", disse Ed.

"'Aquele crioulinho tá morto, não sei por que ele insiste em não ficar morto.' Dá pra acreditar numa porra dessas?"

Número dois disse: "Meu vô me disse que nos anos 1910 você via um homem negro enforcado em cada lavoura".

Jim ficou examinando a foto e depois olhou para seu parceiro. "Cara, isso tá ficando cada vez melhor."

27

Na funerária, um estabelecimento relativamente novo chamado Easy Rest, que ocupava um ponto que antigamente era de uma Dairy Queen, Charlene Bryant aguardava enquanto Daisy Milam cuidava da papelada com Otis Easy, o agente funerário. Charlene ficou folheando exemplares da revista *Mecânica Popular* enquanto tentava escutar a conversa. Ela preferia as revistas científicas à *People*. Ela odiava as elites intelectuais que apareciam na *People*. Estava se esforçando para ouvir a voz de Daisy. Só conseguia escutar a voz profunda e barítona de Otis Easy.

Easy estava sentado atrás de uma enorme mesa de carvalho e sorria com todos os dentes a que uma pessoa tinha direito e ainda mais alguns. Daisy estava à sua frente, sentada numa cadeira perceptivelmente mais baixa em relação ao homem. Embora tivesse quase um metro e oitenta, ela parecia uma criança sentada ali. Seu lado da mesa estava adornado com caixas de lenço de papel. Os painéis de carvalho nas paredes deixavam a sala escura, num forte contraste com o homem pálido e magricela com aquela voz grave. Ele era a figura de um agente funerário nos menores detalhes, com os dedos compridos que pareciam acariciar o ar enquanto ele falava. Se ele entrasse numa casa e ninguém estivesse morto ainda, em breve alguém estaria, imaginou Daisy.

"Que coisa pavorosa encontrar seu amor desse jeito", disse Easy. "Deve ter sido terrível, horrível, deprimente."

"Nossa, foi mesmo, sr. Easy", disse Daisy.

"Nós vamos fazer tudo que estiver ao nosso alcance pra tornar isso o mais contornável e tranquilo possível pra você", ele disse. "Puxa, eu tô falando muito de mim mesmo! Mas não é que eu seja vaidoso, juro."

"Isso aqui não era uma Dairy Queen antes?", perguntou Daisy. "O ponto, eu quis dizer. Não era uma Dairy Queen aqui?"

"Era, sim. Serviu muito bem pra nós. A cozinha virou nossa sala de embalsamento e é claro que já tinha um congelador gigante aqui. Não dá pra deixar ninguém passar do ponto." Easy olhou ao seu redor e abriu um sorriso.

"Eu vinha aqui quando era uma Dairy Queen", disse Daisy. "Todos os alunos do colégio vinham aqui." Ela olhou para uma janela levemente manchada às costas de Easy. "A máquina de refrigerante ficava encostada bem naquela parede ali atrás."

"Sim, ficava. Que memória maravilhosa você tem."

"Você não é de Money, né?"

"Bem que eu gostaria", disse Easy, mas Daisy não achou graça. "Mas, não, senhora, eu sou de Biloxi. Sua cidadezinha estava precisando de um agente funerário, então aqui estou eu pra atender necessidades e tapar alguns buracos. É uma coisa do jargão do meio. E eu prefiro ser chamado de agente funerário, não preparador de velório. Soa mais profissional e, além disso, é mais preciso. Não lido apenas com simples funerais; lido com a morte, com passagem, com transição."

"Aham."

"Que tipo de velório você está imaginando para o finado?", perguntou Easy.

"Pra quem?"

"Seu marido."

"Ah."

"A maioria das pessoas acha que quer uma coisa simples, mas eu sempre faço com que elas lembrem de que esta é a última coisa que farão pro ente querido."

"Ente querido?"

"Seu marido. O homem morto."

"O Junior Junior?"

"Sim, o Junior Junior. Que nome interessante, não é mesmo? Repetido desse jeito, eu digo. Junior Junior."

"E não é?", disse Daisy. "Eu também sempre achei. Foi por isso que batizei meu filho de Jota Triplo." Ela arrumou a frente única azul. O encosto da cadeira de madeira estava pressionando o nó do tecido contra sua coluna. Corrigiu a postura.

"Acho que nosso pacote ouro é bem bom. A gente oferece também um pacote platina, mas até eu admito que ele é um pouco caro. Mesmo assim, tem gente que não mede limites quando o assunto é homenagear seus amados. O pacote ouro é bem razoável."

"O que vem nele?", perguntou Daisy.

"Deixa eu detalhar pra você. Seu marido, Junior Junior, vai ser colocado no caixão. Eu, pessoalmente, vou supervisionar o embalsamento e todo o trabalho cosmético. Ele vai ficar exatamente como você se lembrava dele."

"Você sabe que o rosto dele foi desfigurado na paulada, né?"

"O quê?"

"Ah, o rosto dele tá todo destruído. É assim que eu me lembro dele agora, e não é nada bonito. Não que tenha sido algum dia."

Easy se recostou na cadeira. "Ainda não vi ele, mas tenho certeza de que posso deixar seu marido como ele era. Você tem fotos?"

"Com certeza. Mas, como eu te disse, ele nunca foi nenhuma beldade, pra começo de conversa. Ninguém nunca disse que ele era bonito", disse Daisy.

"Se o que você está me dizendo for verdade, talvez eu precise de um pouco mais de tempo. Mas confie em mim, vou dar um jeito", disse Easy.

"O Junior Junior costumava dizer que tempo é dinheiro. Então, quanto vai me custar esse seu tempo a mais?"

Easy soltou um suspiro. "Vai te custar um pouquinho a mais."

"Quanto custa esse pacote ouro?"

"Deixa eu terminar de detalhar pra você. Você e seus filhos vão entrar na capela e andar pelo corredor, escoltados pelos meus auxiliares, é claro, e aí vocês verão ele, o Junior Junior, ali deitado, num caixão elegante, onde vai parecer que ele está vivo. Vai ficar como se ele pudesse se levantar dali e sair andando a qualquer momento."

"Acho que isso vai assustar as crianças", disse Daisy. "Quer dizer, eu disse pra elas que o papai tá morto. Elas já viram a morte de perto — porcos, gambás, cachorros — e nenhum desses bichos parecia que ia levantar e sair andando a qualquer momento."

Easy tirou os óculos e massageou as têmporas. "O que eu quis dizer é que ele não vai parecer todo machucado."

"Ah, bom, isso parece bom."

"E enfim o organista estará tocando uma delicada música de igreja. Você vai poder escolher as músicas de que ele mais gostava quando era vivo."

"O Junior Junior só gostava de 'Sweet Home Alabama'."

"Mas aqui é o Mississippi", disse Easy, se arrependendo de ter dito isso.

"Sim, e o Junior Junior detestava o Alabama, mas adorava essa música. Como é que não existe nenhuma 'Sweet Home Mississippi'?"

Easy seguiu em frente. "Todos os outros, família e amigos, vão ficar sentados atrás de vocês. Eu vou até o púlpito falar algumas palavras e, permita-me dizer que eu sou muito, muito bom com as palavras, e depois algumas outras pessoas também vão falar — seu pastor, você, parentes, amigos, todo mundo que você quiser que diga alguma coisa."

"Você acha que a gente consegue trazer o Archie Manning pra dizer alguma coisa? O Junior Junior adorava o Archie Manning."

"O jogador de futebol?"

"Isso."

"Teu marido conhecia o Archie Manning?"

"Que nada."

"Sra. Milam, tem que ser alguém que vocês conheçam."

"Eu não conheço você, e você vai falar", disse Daisy.

"É, você tem razão."

"Tá, já chega de descrever, quanto isso tudo vai me custar?"

"O pacote ouro custa oito mil."

"Dólares?", perguntou Daisy.

Easy concordou com a cabeça. "O valor pode ser parcelado."

"O que mais você tem?"

"Nós temos o pacote prata", ele disse.

Daisy balançou a cabeça. "Alguma coisa que não seja de metal. Ou desse tipo de metal. Estanho. Vocês têm um pacote estanho? Ou alumínio? Madeira?"

"Quanto você tá pensando em gastar?"

"Mil dólares."

"Mil dólares", repetiu Easy. Ele olhou para ela. "Tá bem, vamos fazer acontecer. Agora, quanto ao caixão."

"O quê? Você tá me dizendo que o caixão não tá incluído nesse preço?"

"Não, senhora."

"Quanto custa o mais barato que vocês têm?"

"Devo te lembrar que seu estimado falecido estará nessa caixa por toda a eternidade", disse Easy. "E por eternidade eu quero dizer pra sempre."

Daisy ficou encarando o homem.

"Nós temos um modelo popular. Vendemos pro condado, pra ser usado em cadáveres não identificados, ou que não foram procurados por ninguém."

“Quanto?”

“Quatrocentos.”

Daisy soltou um assobio.

“Trezentos dólares.”

“Isso eu posso pagar.”

“Acho que é com isso que o Junior Junior terá de se contentar, então”, disse Easy.

“Pode apostar que sim”, disse Daisy.

“Tem alguém esperando por mim, sra. Milam. Fico muito satisfeito em saber que a Easy Rest vai auxiliar a senhora ao longo de todo esse processo.” Ele se levantou.

“É, tá bom”, disse Daisy.

“A Sylvia, ali fora, vai te ajudar com a papelada.”

Do lado de fora do escritório de Easy, Daisy olhou para Charlene, usando sua frente única amarela.

“Como foi?”, perguntou Charlene.

“Bizarro”, disse Daisy. “Boa sorte.”

28

Red Jetty deu uma mordida na torrada e a largou de volta no prato. Ele estava sentado à mesa com a esposa, Agnes. Seu cão, um foxhound-americano, estava de pé ao lado de Jetty, o focinho comprido repousando sobre a perna.

"Tudo bem, Red?", perguntou Agnes.

"Tudo."

"O Wallace só enfia a cara no seu colo desse jeito quando você não tá legal", ela disse.

"São esses homicídios", ele disse.

"Pavorosos", disse Agnes. A porta dos fundos estava aberta, e um vento gelado soprou para dentro. Ela fechou o roupão.

"Quer que eu feche a porta?", perguntou Jetty.

Ela balançou a cabeça. "Eu gosto."

"Dois homens em dois dias", disse o xerife.

"Odeio quando fico sabendo que alguém foi morto", disse Agnes, "mas ninguém gostava muito daqueles rapazes. Mesmo assim, não imagino quem se daria o trabalho de matar os dois."

"É muito estranho", disse Jetty.

"O quê?"

"O nome deles. As famílias são todas emaranhadas."

"Talvez isso tudo tenha sido uma briga doméstica", disse Agnes. Ela levantou o olhar ao ouvir o som de um carro estacionando no quintal. "Quem será?", ela perguntou.

"Tenho a sensação de que é meu agente disfarçado."

Delroy apareceu do outro lado da tela. "Bom dia, tia Agnes."

"Entra, Delroy", ela disse. "Quer um café?"

"Sim, senhora."

"Tem bacon na mesa. Se você quiser ovos, vai ter que fazer."

"Só o café já tá bom, tia Agnes, obrigado."

"Como você é educado", disse Agnes. "Sua mãe fez um bom trabalho. O que não me surpreende, já que ela é minha irmã."

"A Aeronáutica também fez."

"O que foi, Delroy?", finalmente falou o xerife.

"Eu segui os rapazes até aquele inferninho em Bottom. Fiquei sentado no carro lá na frente durante uma hora e caí no sono. Quando acordei, o lugar tava fechado e tinha esse bilhete no meu para-brisa." Ele entregou um pedaço de papel a Jetty.

Jetty o leu em voz alta. "'Estamos no motel, se precisar de nós.'"

"Desculpa, xerife."

"De quem vocês dois tão falando?", perguntou Agnes.

"O estado mandou dois detetives especiais bonzões pra ajudar os capiaus aqui", disse Jetty.

"Os dois são gente de cor", acrescentou Delroy.

Agnes levou um susto. "Red, você deve estar arrasado."

"Eu tô."

"Eu tava pensando", disse Delroy.

Jetty olhou para ele.

"E se forem dois negros diferentes? Não os detetives, esse que a gente fica encontrando morto. Se forem dois? Gêmeos. Eles tavam com o rosto totalmente desfigurado, quem iria reconhecer eles?"

"Dois homens negros diferentes, mortos, que ficam desaparecendo", disse o xerife. "Por que isso ia ser melhor, Delroy? Como isso ia ajudar? Puta que pariu, isso ia ser ainda pior. Dois cadáveres que a gente não conseguiu encontrar. Mas continua aí pensando."

"Continuo seguindo os caras também?", perguntou Delroy.

"Não. Volta pra delegacia. Diz pro Brady e pro Jethro que eu quero que vocês três intensifiquem as patrulhas na região do Bottom. Talvez algum de vocês encontre nosso negro desaparecido atravessando uma rua ou qualquer coisa assim."

"Sim, senhor."

"O que você vai fazer, Red?", perguntou Agnes. "Tem um assassino à solta em Money?"

Delroy olhou para Jetty, esperando por sua resposta.

O xerife soltou um suspiro. "Deixa as portas e as janelas trancadas."

"Você tá indo pra delegacia, xerife?", perguntou Delroy.

"Eu vou mais tarde. Primeiro, preciso conversar com uma senhora de idade."

29

Ed estava parado na frente da pia do lavabo, olhando para o rosto ensaboado. Ele não tinha gostado do barbeador adquirido na lojinha na entrada da cidade, mas ia usá-lo mesmo assim. Jim estava sentado na minúscula escrivaninha que ficava ao lado de uma pequena televisão, olhando para a tela de seu notebook.

"Pode surgir mais um cadáver nesta cidade se eu cometer algum erro com essa lâmina", disse Ed. "Como é que uma coisa pode ser tão afiada e tão cega ao mesmo tempo?"

"O wi-fi desse lugar é uma merda."

"O que você esperava de um Motel 8?"

"Sei lá. Que fosse dois pontos melhor que um Motel 6?"

"Boa."

"Você precisa ver isso", disse Jim.

"Ai", Ed se cortou mais uma vez.

"Ed, você precisa ver isso."

Ed saiu do lavabo secando o rosto e olhando para o sangue na toalha. "O que eu preciso ver?"

Jim se afastou da tela do computador. Havia a foto de um rosto que mal parecia ser humano, ligado a um corpo, dentro de um caixão.

"Este é o Emmett Till", disse Jim. Em seguida, mostrou a foto do homem negro desaparecido.

"Puta que me pariu", disse Ed.

30

Charlene tinha saído. As crianças estavam em algum lugar, mas não em casa. De modo que Vovó C estava completamente sozinha. Ela conseguiu sair de seu estado comatoso enquanto a família estava longe, na feira de trocas. Assim que recobrou a consciência, ela se deparou com a angústia pela perda do filho. Wheat nunca lhe deu nenhum orgulho em qualquer sentido, mas era seu único filho. *Nenhum pai ou mãe deveria enterrar seu próprio filho*, pensou e, em seguida, ficou pensando num passado longínquo. Havia outra mãe em Chicago que tinha enterrado o filho, e Carolyn Bryant sabia muito bem que a culpa por aquela perda era dela. Sentiu o vazio de sua casa se transformando, talvez começando com um odor, um aroma adocicado e enjoativo. Usou os braços para erguer o corpo e se apoiar em seu andador barato. Lá fora, o dia de sol tinha ficado nublado. Ela sentia alguma coisa soprando pela casa, mas não era um vento comum. Um objeto pequeno, um garfo, uma colher, talvez uma faca, caiu no chão da cozinha.

"Quem tá aí?", perguntou. Não houve resposta. Ela foi avançando em seu andador, aos poucos, na direção da porta do quarto. A porta não estava fechada. Ela nunca estava inteiramente fechada. Ela não ficava fechada. A madeira havia se dilatado e estava tão inchada nas dobradiças, perto do batente, que não conseguia vencer os últimos oito centímetros. Um vulto? "Quem tá aí?" Empurrou a porta para abri-la. As dobradiças reclamaram. Wheat estava sempre dizendo que ia aplicar um pouco de WD-40 nelas, mas nunca o fez. Onde estavam Charlene e as crianças? Lulabelle e Tammy estavam na escola, mas os menorzinhos deveriam ter ficado aqui, junto com ela. Mas, também, estava deitada na cama como se estivesse em coma. Outro barulho. Vindo da cozinha novamente. Carolyn Bryant atravessou a sala da frente o mais rápido que suas pernas de oitenta e cinco anos de idade e seu andador puderam levá-la, em direção ao quarto de Wheat e Charlene. Entrou e fechou a porta, trancando-a com o gancho que havia sido instalado bem alto, para que as crianças não conseguissem alcançar. Ela mesma mal conseguia alcançar. Fez uma pausa para recuperar o fôlego. Enfiou a mão por trás do armário e apanhou a espingarda calibre doze, de dois canos, de Wheat, pegou alguns cartuchos na gaveta da cômoda e carregou. Os estalos dos mecanismos da arma engatilhando a fizeram se sentir melhor.

Agora ouvia passos do lado de fora. Saíram da cozinha e vieram pelo corredor, na direção de onde ela estava. Ela apoiou o cano gelado da espingarda em cima da barra acolchoada de seu andador e se recostou contra o peitoril da janela. “Não sei quem tá aí, mas se você passar por essa porta, vou te partir em dois. Você vai se arrepender pra caramba!”, gritou. Sua camisola estava encharcada de suor e, talvez, urina. Ela respirou bem fundo e começou a rezar. “Senhor, meu Senhor, por favor, me perdoa pelo que eu fiz. Eu tentei ser boa minha vida toda desde que eu menti sobre aquele menino preto. Eu sabia que ia ter que pagar por isso algum dia, mas por que com o meu Wheat? Por que com o idiota miserável do meu filho? Voltei a ter aqueles sonhos, então eu sabia que ele tava vindo.” Ouviu-se um grande estalo na sala da frente. Ela puxou um dos cães da arma e depois o outro. “Charlene, é você? Não quero atirar em você, quem quer que você seja, se não for necessário. Mas, se for, eu juro pelos cabelos loirinhos na cabeça do Menino Jesus que vou atirar!”

A tela na porta da frente se abriu e bateu. Ela conhecia muito bem aquele som. Alguém tinha chegado ou estava saindo?

"Charlene?" Seu dedo coberto de manchas tremia, encostado no gatilho. Ela nunca tinha visto nem ouvido aquela arma sendo disparada, mas acreditava que ia funcionar. A arma tinha um cheiro forte de graxa porque Wheat costumava limpá-la todas as noites, enquanto assistia à *Roda da Fortuna*. Ele adorava gritar: "Compra uma vogal, sua vadia burra!".

Os passos foram se aproximando da porta do quarto. Ela apertou o dedo com um pouco mais de força contra o gatilho. A maçaneta tremeu e começou a girar. "Quem tá aí?" A corrente da tranca impediu que a porta se abrisse.

"Diz alguma coisa!", ela gritou. "Eu sei quem você é. Eu sei quem você é!"

"Sra. Bryant, sou eu, o xerife Jetty!"

"Meu bom Jesus", disse Vovó C. "Obrigado, meu Jesus."

Red Jetty sentou-se à mesa da cozinha enquanto Vovó C mexia no fogão elétrico, esquentando água para o café descafeinado. "É como eles dizem: se você fica olhando, a água não ferve." Ela tirou os olhos da panela e fitou a piscina vazia através da porta de vidro de correr nos fundos. Metade do rosto de uma sereia retribuiu seu olhar.

"Que bom que você não atirou em mim", disse Jetty.

"Também achei", ela disse. "Ia ser mais sujeira pra limpar. Já chega de gente morta por aqui."

"Cadê todo mundo?"

"E como diabos eu vou saber? Eu tava totalmente fora de órbita. Tô surpresa por eles terem me deixado sozinha desse jeito. O que você acha disso?" Ela jogou água dentro das canecas, em cima do café em pó, e passou uma para o xerife.

Jetty olhou para o rosto de Dolly Parton em sua caneca e começou a mexer o café. "Provavelmente ela teve que resolver algum assunto do enterro", ele disse. "E não dava pra deixar os menorzinhos aqui, sem supervisão."

"Acho que você tem razão. Mas deixar uma idosa numa casa desse tamanho, completamente sozinha?"

"Por que a senhora tava com aquela espingarda?"

"Porque eu tava com medo, é claro. Meu filho acaba de ser assassinado bem aqui, nesta casa." Ela soltou o andador e sentou-se numa cadeira.

Jetty não quis rebater aquele argumento. "Você gritou que sabia quem eu era antes de me ver. Quem você achou que eu fosse?"

Vovó C não disse nada.

"Sra. Bryant? Quem você achou que eu fosse, em quem você queria atirar?"

A idosa tomou um gole do café. "Aquele menino, o tal do Till", ela disse.

"Desculpe?"

"Eu matei aquele menino, e agora ele voltou pra se vingar de todos nós."

"Sra. Bryant, isso foi sessenta anos atrás, mais de sessenta."

"Isso não tem a menor importância", ela disse. "Os mortos não ligam pro tempo, não usam calendário. Eles não têm relógio nem calendário, isso é o que eu tô dizendo. Quem cava uma cova cai dentro dela, e quem rola uma pedra, a pedra rola de volta sobre ele."

"O quê?"

"Isso é do bom livro, e esse livro tá sempre certo, não é mesmo?"

"Sim, senhora."

"Eu conheço bem a Bíblia."

"Você tá me dizendo que acha que algum parente daquele garoto tá matando gente?", perguntou Jetty.

"Parente? É o próprio garoto."

"Sra. Bryant, aquele garoto tá morto e enterrado."

"Eu só sei o que eu vejo. Eu vi a foto daquele garoto morto um milhão de vezes, e depois eu vi ele sendo carregado pra fora da minha casa, bem na minha cara, bem debaixo do meu nariz. O que você acha disso?"

"Bom, conforme a gente vai envelhecendo, a memória começa a nos pregar algumas peças."

"Você acha que eu sou uma velha maluca."

"Não, senhora. Eu não acho isso. De verdade. Eu acho que seu filho tá morto e que você tá assustada. É só isso que eu acho."

"Espera só pra ver. Vai ter mais gente morrendo", disse Vovó C. "Espera só e te cuida, você, também."

"Sim, senhora."

"Bebe teu café antes que esfrie."

"Sim, senhora."

"Você conhece aquela história do urubu? Um homem chega numa cidade e um urubu pousa numa estátua a um metro e meio de distância dele. O urubu olha direto pra ele. Ele almoça e, quando volta, o pássaro não tá mais lá. Ele deixa a cidade e o carro quebra no meio da estrada. Ele olha pra cima e vê o urubu-de-cabeça-vermelha olhando bem pra ele de novo. Ele diz: 'Por que você me seguiu até a cidade e agora até aqui?'. O urubu olha pra ele de cima a baixo e diz: 'Eu não te segui até a cidade. Eu só tava passando pela cidade. Eu tava vindo pra cá, para esperar por você'." Vovó C balançou a cabeça para ser ainda mais enfática.

"É uma história e tanto", disse o xerife.

"Você entendeu que eu sou aquele homem?"

Jetty concordou com a cabeça.

"Aquele urubu tá esperando por mim."

"Sim, senhora."

Eles ficaram sentados em silêncio por alguns minutos.

"Detesto te deixar sozinha aqui, sra. Bryant, mas preciso voltar ao trabalho."

"Não me deixa. Ele tá aqui, eu sei que tá."

"Vou dar uma olhada antes de ir embora. Mas depois preciso ir. E vê se não atira em ninguém, você me ouviu?"

"Eu não vou atirar em ninguém em quem eu não precise atirar."

31

No Dinah, Gertrude servia café para os dois detetives especiais. Eles estavam na mesma mesa do dia anterior. Os homens agradeceram e ela ficou olhando para eles durante um tempo.

"Tá tudo bem?", ela perguntou.

"Uma maravilha", disse Jim.

"Eu volto pra tirar o pedido de vocês daqui a pouquinho." Foi até a caixa registradora cobrar de um cliente.

"Talvez o Jethro tenha razão", disse Ed.

Jim riu. "Ah, claro. Liga pra delegacia e diz pro Capitão Cara Gorda que tem um fantasma aqui. Um fantasma preto."

"Tem realmente alguém solto por aqui matando gente. E existe, realmente, essa ligação. Isso você não tem como negar."

"Talvez seja um ninja preto", disse Jim, entre risos. "Você sabe, um filho da puta vingador com um rolo de arame farpado. Tipo um Bruce Lee ou uma porra dessas. Um Jamal Lee, laçando os caipiras com seu arame farpado aqui em Money, no Mississippi."

"Aqui seria *concertina*. É assim que eles chamam por aqui. Concertina. Usam a concertina pra cercar o gado."

"Você já terminou?", perguntou Jim.

Gertrude voltou e eles pararam de falar.

"Ah, então vai ser assim?", ela disse.

Jim olhou para ela, não disse nada, e tomou um gole de seu café.

Gertrude sentou-se ao lado de Ed e olhou para Jim, bem à sua frente. "Tá bom, então me diz: que diabos tá acontecendo?"

"Nada", disse Jim. "Exceto por um par de homicídios. Pavorosos, não solucionados, confusos e perturbadores."

"E um cadáver que desaparece", disse Ed.

"Fora isso, não tem nada acontecendo. Mas, enfim, é um caso em andamento e não podemos falar sobre ele." Jim deixou sua caneca sobre a mesa e ficou olhando uma picape com um par de rodas extra no eixo traseiro passar do lado de fora. "Gertrude, quem é que sabe de tudo que acontece nesta cidade?"

"Todo mundo sabe de tudo que acontece nesta cidade."

"Não, tô falando de uma pessoa específica. Alguém que conheça a história, os rumores, tudo."

"Não sei do que você tá falando."

"Nem eu", disse Jim. "Eu não sei direito o que eu tô te pedindo."

"Tem alguma bruxa na cidade?", perguntou Ed. "Ele só tava com medo de dizer isso. Uma bruxa. Uma curandeira."

Gertrude riu. "Eu sabia que era disso que ele tava falando. Eu só queria ouvir da boca dele. Você tá falando da Mama Z."

Ed olhou para Jim. "Ela é uma curandeira mesmo?", ele perguntou.

"Foi o que eu ouvi dizer. E é o que ela diz."

"Que mal pode fazer falar com ela?", disse Jim.

"Eu vou ter que ir junto com vocês", ela disse.

"É melhor você ficar fora disso."

"Vocês não vão conseguir encontrar a Mama Z sem mim."

32

No porão do finado Armazém Geral Bryant, o reverendo dr. Fondle estava de pé na frente de dez homens brancos. Todos com a mesma expressão impassível no rosto. Todos gordos, sem exceção. Um homem alto e extremamente magro estava sentado perto da porta.

"Muito bem, vamos fazer o juramento", disse Fondle. "Todos juntos, agora."

Todos se levantaram: "Eu já passei pelo Cachorro Amarelo e aqui estou, membro do Grande Império Invisível. Juro defender os divinos direitos da Raça Branca de todos os estranhos, sejam eles pretos, amarelos, vermelhos ou judeus. Prometo seguir ao pé da letra as ordens do meu superior, o Grande Dragão da Majestosa Ordem dos Cavaleiros da Ku Klux Klan, conforme me forem passadas pelo devidamente eleito Grande Kleagle do meu capítulo. *Rocka rocka shu ba day!* Este é o Klan dos Estados Unidos!"

Todos sentaram-se após um gesto de Fondle.

"Declaro esta reunião iniciada", disse o sargento magricela.

"Meus irmãos brancos, nós temos uma situação", disse Fondle. "Temo que estejamos diante de um verdadeiro levante dos crioulos. Dois dos nossos irmãos estão mortos, e um maldito crioulo assassino está à solta. Eu vi ele, bem de perto, e ele foi retalhado pelo diabo em pessoa. Esse crioulo é a pessoa que melhor consegue fingir a própria morte em todo o mundo. Eu vi quando ele tava morto e, no fim, ele não tava."

"E o que a gente vai fazer?", perguntou um homem sentado na frente.

Fondle olhou para todos eles, um por um. "Vamos recorrer aos modos testados e aprovados pelos fundadores da nossa KKK, os modos sagrados, modos de fúria, de fogo e de corda. Primeiro, vamos pôr fogo numa tremenda de uma cruz hoje à noite, bem no meio de Smithson's Field, onde todos aqueles rostos negros em Bottom possam ver muito bem."

"E aqueles crioulos da polícia?", perguntou o magrelo nos fundos. "Que diabos eles tão fazendo aqui?"

"O estado do Mississippi acha que a gente é um bando de caipiras que não consegue dar conta da nossa própria vida", disse Fondle.

"Bom, nós somos mesmo um bando de caipiras", disse um dos homens, e os outros riram. "Poder Matuto", ele ergueu o punho.

"Tá, agora cala a boca, Donald", disse Fondle. "Tô pensando no que fazer com esses detetives."

Donald disse: "Sabe, já faz um bom tempo que não temos eleições aqui no nosso capítulo. Por que você ainda é o Grande Kleagle? Por que você acha que pode sentar em cima do cargo desse jeito? Outros grupos têm eleições e outras pessoas concorrem. Por que a gente não faz eleições? Por que isso?".

"Simples. É porque não teve nenhuma eleição desde quando eu fui eleito", disse Fondle.

"Mas isso faz doze anos", disse o magrinho. "O mandato não é pra ser vitalício, é?"

"Não, não é", disse outro homem.

"Nós não tivemos nenhuma eleição porque nós não fizemos nenhuma reunião, caralho", disse um outro ainda.

"Isso é verdade, Jared", disse Donald.

"Quando meu pai era vivo, costumava ter reunião o tempo todo, toda semana", disse Jared.

"Eleições também", disse outro homem. "O pessoal tava sempre votando naquela época. Né?"

"E eles costumavam queimar bem mais cruzes, e faziam bem mais piqueniques e jogos de softball e um monte de coisa", disse Donald. "Eu lembro de comer bolo olhando praquela cruz toda iluminada. Eu adorava o bolo da minha mãe."

"É!", vários manifestaram sua concordância.

"Hoje em dia a gente não faz mais nada", reclamou um homem. "Eu nem sei onde tá meu capuz. Nem mesmo tenho uma corda."

"Vocês tão dizendo que querem fazer uma eleição agora?", perguntou Fondle.

"Isso, isso, eleição, eleição", todos começaram a cantar.

"Mas sem discurso", disse Donald.

"Sem discurso, sem discurso."

"Eu voto pra gente fazer uma eleição pro cargo de Grande Kleagle do capítulo de Money, no Mississippi", disse Donald.

O magrinho endossou a moção.

"A favor?", perguntou Fondle.

"Sim", disseram todos.

"Contra?"

Nada.

"O sim venceu", disse Fondle.

"Espera aí, tem alguém anotando a minuta?", perguntou Donald.

"Caralho, Donald, anota você", disse Fondle.

"Ninguém entende os garranchos dele, porra", disse outra pessoa.

"Só anota, Donald", disse Jared.

Donald puxou uma caneta do bolso. Fondle lhe passou o caderninho que usava no trabalho.

"Eu indico o reverendo dr. Fondle pro cargo de Grande Kleagle de Money, Mississippi, capítulo da Suprema Ordem dos

Cavaleiros da Majestosa Ku Klux Klan dos Estados Unidos da América", disse Jared.

"Eu endosso", disse o magrinho.

Os outros se viraram para olhar para ele.

"Eu gosto de endossar as coisas", disse o magrinho.

"Todos a favor?", perguntou Fondle.

"Sim", todos disseram.

"Contra?"

Nada.

33

Jim e Ed passaram para pegar Gertrude no Dinah depois do chamado pico do almoço. Ela se sentou no meio do banco traseiro e se inclinou para a frente.

"Senta aí atrás e põe o cinto", disse Ed.

"Então, você é o que tem filhos", ela disse.

"Filha", disse Ed. "Ela tem sete."

"Pega a esquerda no semáforo", disse Gertrude. "Segue por essa rua até ela virar de chão batido. Daí você me acorda." Ela se recostou e fechou os olhos.

"Ela pôs o cinto?", Ed perguntou para Jim.

"Sim, tá preso", disse Gertrude.

"Eu falei com o capitão", disse Jim.

"O que você disse pra ele?", disse Ed.

"Só o que ele já sabia. Agora eu sei como se sentem aqueles pilotos que veem um óvni. Se você sair contando pra todo mundo, as pessoas vão achar que você é maluco. Se não falar nada, bom, aí você pode estar se omitindo. E aí os alienígenas invadem a Terra, assumem formas humanas, começam a trabalhar em mercadinhos, matam todo mundo que você conhece e vão tomando o lugar das pessoas. Você pode ser uma das vítimas."

"Não dá bola pro que ele tá falando", disse Ed.

Quando não houve resposta, Jim olhou para trás. "Ela dormiu."

"Queria que fosse assim com minha filha."

"Ela taria fingindo", disse Gertrude. "Eu só gosto de ficar de olhos fechados."

"Quem não gosta?", disse Ed.

"Algum de vocês dois vai me dizer o que vocês viram?", ela perguntou.

"O lance é que nós não vimos muita coisa. Mas, se você for acreditar no que as pessoas daqui tão dizendo, tem um homem negro horrivelmente espancado e muito provavelmente morto andando por aí e matando uns brancos com um passado suspeito."

"Ah."

"Viu o que acontece quando você fica fazendo perguntas?", disse Jim.

"Tem alguma coisa que a gente precisa saber sobre essa tal de Mama Z?", perguntou Ed.

"Ela diz que é uma bruxa. O que mais você precisa saber? Ela é meio esquisita, meio assustadora."

"Como você conhece ela?", Jim perguntou.

"Ela é minha bisavó."

A casinha estava escondida no meio de um emaranhado de árvores, num canto discreto do vasto quintal, como se estivesse camuflada de propósito. Gertrude foi andando na frente, a passos largos, e bateu na tela da porta.

"Você bate que nem um tira", disse Jim.

"Já me disseram isso."

Ela bateu de novo. "Mama Z!"

"Para de bater e entra logo", gritou a mulher.

A sala da frente estava abarrotada de livros, do chão ao teto, de parede a parede, mas tudo muito limpo e organizado. Uma mesa de madeira de pernas grossas ficava bem no meio de um tapete de juta que estava centralizado no piso. Mama Z era uma mulher alta, de ombros largos, embora não fosse pesada. Ela os cumprimentou com um olhar vazio não direcionado a nenhum deles enquanto esticava o braço para apertar-lhes a mão.

Jim e Ed apertaram a dela em resposta, ambos entendendo que ela era cega até que a velhota soltou uma gargalhada. "Eu só tô sacaneando vocês", ela disse. "Eu enxergo melhor que vocês três juntos."

"Mama, esses homens são detetives de...", Gertrude começou.

Mama Z a interrompeu. "De Hattiesburg. Morgan e Davis. Por que a sede de vocês não é na capital? Que coisa estranha."

Jim e Ed ficaram um tanto desconcertados.

"Ah, a Mama Z sabe tudo", disse a idosa. "Eu sei que vocês tão ficando no Motel 8, e eu sei que vocês dirigem uma van de família, uma Toyota ou algo assim."

Jim balançou a cabeça. "Você sabe muita coisa, Mama Z."

"E eu sei sintonizar o rádio da polícia", ela disse. "Eu fico escutando esses branquelos dia e noite, noite e dia. Eu sei o que tá rolando porque eu escuto. Vale a pena escutar. Esses idiotas desses policiais não conseguem nem arrotar ou peidar sem falar no rádio. O tempo todo tão falando no rádio. Sentem-se."

Eles se sentaram à mesa com Mama Z.

"Vai fazer um chá pras visitas, menina", ela disse para Gertrude e deu um tapa na bunda dela quando ela passou. "Eu tenho que alimentar ela, pôr um pouco de sustância nesses ossinhos magros. Ela é minha bisneta, então eu posso mandar nela desse jeito. Mas Deus sabe que ninguém mais consegue. Ela é uma espoleta."

"Então, você sabe por que estamos aqui", disse Ed.

"Vocês tão procurando a pessoa que matou aqueles rapazes brancos."

"É mais ou menos isso, senhora", disse Ed. "Tamos tentando descobrir o que é que acontece com um certo homem negro, aparentemente morto, que fica aparecendo e desaparecendo. Você sabe quem ele é?"

"Não faço ideia", disse Mama Z. "Mas eu sei o que tá incomodando vocês, e não foi no rádio que eu ouvi isso."

"O quê?", perguntou Jim.

"A ligação entre o Wheat Bryant e o tal do Milam."

"É verdade", disse Ed.

"Vocês já descobriram quem eram os pais deles", ela disse. "O Roy Bryant e o Robert Milam eram os piores dos piores. Eles eram da Klan até os ossos, que nem os idiotas dos filhos deles."

"Você sabe alguma coisa sobre esse homem negro que fica aparecendo e desaparecendo?", perguntou Jim.

Gertrude voltou da cozinha trazendo uma bandeja com xícaras e um bule de chá para ouvir sua bisavó dizendo: "Eu não acredito em fantasmas".

"Eu não sabia disso", disse Gertrude.

"Muito engraçado", disse Mama Z.

"Eu pensei que você fosse uma bruxa", disse Jim.

"Eu sou, mas não desse tipo." Ela serviu um pouco de chá e tomou um gole. "Eu vi na CNN que um branco foi assassinado em Chicago."

"Ficamos sabendo", disse Ed.

"Disseram que ele foi morto na semana passada", disse Mama Z.

"Sim", disse Jim, inclinando o corpo para a frente.

"Eles falaram o nome dele errado na TV. Dizia que era Milan, mas eu suspeito que seja Milam. Deve ser o irmão do Junior. Eu sei disso porque o Robert teve um filho chamado Lester, Lester William, que era chamado de L. W."

"Mas que merda", disse Jim.

"Pode apostar que é", disse a idosa. "Alguém tá executando uma vingança."

"Eu me pergunto, por que agora?", comentou Gertrude.

"O coitado daquele menino foi linchado há sessenta e cinco anos. Talvez os espíritos não tenham aguentado esperar", disse Mama Z.

"Você acabou de dizer que não acreditava em fantasmas", disse Ed.

"Eu nunca disse que tô sempre certa." A idosa largou a xícara e começou a tamborilar sobre a mesa. "Mas deixa eu dizer uma coisa pra vocês: se esses espíritos tão mesmo atrás de vingança, vai ter muito mais mortes por aqui. Eles vão se esbaldar por aqui. Todo branco neste condado, se ele não linchou alguém pessoalmente, alguém na família dele fez isso. Se você quiser acreditar em alguma coisa, que seja nisso."

"Como você sabe disso?", perguntou Jim. "Pelo rádio da polícia?"

"Vem comigo", disse a idosa, apoiando-se na mesa para ficar de pé.

Eles seguiram Mama Z por um corredor curto, cheio de fotos de família penduradas na parede, em direção a outro cômodo, repleto de gaveteiros, os menorzinhos colocados debaixo da única janela.

"O que é isso?", perguntou Ed.

"Os arquivos", disse Mama Z. "Estes são os arquivos. Diz pra eles, criança", ela pediu a Gertrude.

"Aqui tá praticamente tudo que foi escrito sobre cada linchamento realizado nos Estados Unidos da América desde 1913, ano em que a Mama Z nasceu."

"Espera aí", disse Jim. "Isso quer dizer que você tem..."

"Cento e cinco", ela disse.

"Cada linchamento?", perguntou Ed.

"Praticamente todos", disse Mama Z. "Eu ia a todas as bibliotecas do estado, lia documento por documento. Agora, eu uso a internet. E devo avisar vocês que eu considero tiroteios com a polícia linchamentos também. Sem querer ofender."

"Não ofendeu", disse Jim.

"Por que você faz isso?", perguntou Ed.

"Porque alguém precisa fazer. Quando eu morrer e as pessoas ficarem sabendo deste lugar, espero que ele se torne um monumento aos mortos."

Os olhos de Gertrude se encheram de lágrimas.

Jim Davis e Ed Morgan, que já tinham visto de tudo, levado tiro, atirado, testemunhado morte e dor, matado no cumprimento do dever, ficaram em silêncio. Os dois ficaram ali parados, olhando para aqueles gaveteiros acinzentados. Jim os contou em sua cabeça. Havia vinte e três deles. Suas gavetas lembravam as de um necrotério.

Ed pôs a mão no gaveteiro ao seu lado. "O Bryant e o Milam têm mais algum parente?", ele perguntou.

"Acho que ouvi falar de um outro filho do Milam, mas não tenho certeza e, certamente, não saberia dizer onde ele tá", disse Mama Z. "E, é claro, tem a Carolyn Bryant. Embora não pareça, ela ainda tá viva."

"Sim, nós conhecemos ela", disse Jim. "Não foi muito bom. Ela tava um pouco, digamos, perturbada. Mas, é claro, o filho tinha acabado de ser assassinado dentro de casa. Até um racista fica perturbado com uma coisa dessas."

"Você viu ou ouviu falar de algum estranho vagando pela cidade?", perguntou Ed. "Preto ou branco."

Mama Z balançou a cabeça. "Essa sua pergunta tá errada", ela disse. "A morte nunca é uma estranha. É por isso que a gente tem medo dela."

"Isso que você disse foi uma dessas coisas de bruxa?", perguntou Jim. "Eu pergunto porque pareceu importante, mas não entendi bem."

"Gostei desse", a idosa disse a Gertrude. "Talvez vocês devam conversar com o diácono Wright. Ele era uma criança na época, e tava junto com o Emmett Till naquela loja. Duvido que ele saiba de alguma coisa. E tem também a Betty Smith."

"Quem é ela?", perguntou Jim.

"O irmão mais velho dela, Lamar, foi morto a tiros na frente do fórum de Brookhaven um pouco antes do Emmett aparecer aqui, em Money. Tinha muito ódio neste estado naquela época. Talvez mais do que tem agora. Ninguém nunca fala sobre ele. Morto a tiros. Meu pai me levou até lá, e eu vi onde o chão tinha chupado o sangue dele. Agora tem uma calçada novinha em folha lá."

"Por que você acha que a gente devia falar com ela?", perguntou Ed.

"Se você quer conhecer um lugar, você fala com a história desse lugar", disse Mama Z.

34

Red Jetty estacionou e desligou o motor de sua viatura. Ele estava na ponte Tallahatchie. Dali, ele conseguia enxergar a cruz em chamas. Ele lembrava de cruzes sendo queimadas quando era criança. Seu pai o levara a alguns eventos da Klan, mas sua mãe, católica, era contra. Ele nunca havia presenciado um linchamento, e ficava feliz por isso, mas seu pai ou tinha visto, ou participado. Pensar naquilo o deixava triste, mas também o fazia entender, até onde ele conseguia, os motivos que causavam a tensão e a fricção entre ele e seu velho. Sua mãe acabou fugindo para Detroit com um homem que ele nem chegou a conhecer. Jetty sabia apenas que ele vendia serras para cortar carne. As chamas projetavam uma fumaça negra sobre o céu do crepúsculo. Mesmo daquela distância, a cruz tinha um aspecto lamentável, não por motivos sociais ou políticos, mas porque havia sido obviamente muito mal construída. A viga do meio já estava começando a ceder, e as chamas tinham perdido o vigor, lambidas pelo vento como se estivessem prestes a se extinguir. Nem todo o querosene do condado seria capaz de fazer aquele fogo continuar ardendo. Mas o mais triste de tudo é que não havia sequer um membro mascarado responsável por aquela manifestação terrorista que não fosse conhecido por toda a cidade. Havia uma piada circulando há muito tempo em Money, no Mississippi, que dizia que a melhor maneira de descobrir quem fazia parte da Klan era ficar parado na porta da lavanderia do Russell.

35

Na casa dos Bryant, as crianças finalmente haviam adormecido. Tinham se revezado chorando até dormir, mas nenhuma delas entendia o que havia acontecido. Como poderiam? O rádio PX de Charlene estava em espera, em cima da pia da cozinha. Ela estava sentada num banco alto na frente dele, segurando o microfone perto da boca quando estava falando e deixando-o repousar em seu colo quando não estava.

"Aqui é o Grandão Dez Quarenta, estou na Cinco Dezoito, direção norte, sentido Money. Mamãezona Gritalhona, você tá por aí pra conversar comigo, gatinha? Câmbio", disse uma voz toda cheia de estalos vinda do alto-falante.

Charlene se atrapalhou com o microfone, apertou o botão e disse: "Tô aqui, Grandão Dez Quarenta. Câmbio".

"Como você tá, gracinha? Lamento muito pelo seu marido. Que coisa terrível. Câmbio."

"Sim, foi terrível mesmo. Foi muito sangue, mas eu já limpei quase tudo. Você ainda tá dirigindo aquele seu tamanduá? Câmbio."

"Eu sou fiel à Kenworth até os ossos. Eu queria muito dar uma passada aí e prestar minhas condolências, Mamãezona Gritalhona, mas tô transportando uma carga de leite e ovos frescos da fazenda e meu baú frigorífico é meio traiçoeiro. Câmbio."

"Na próxima você vem. Por onde você andou? Câmbio."

"Puxa vida, eu me diverti pra caramba em Yazoo City. Fui

num daqueles comícios do Trump e toquei o terror num desses jornalistas de *fake news*. Irra! Foi muito legal. Você sabe que o homem é como se fosse um dos nossos." Grandão Dez Quarenta riu. "Digo, ele pode até não ser mais esperto que um porco-espinho, mas ele sabe pôr aqueles liberais da elite no lugar deles. Câmbio."

"Caramba. E ele é laranja daquele jeito que ele aparece na TV? Câmbio."

"Ah, ele é bem laranja, sim. Um laranja natural. Eu nem acreditei. Aquela Melangia também tava lá. Ela parece uma boneca Barbie, os olhos dela são iguaizinhos aos da Barbie. Câmbio."

"Escuta, Grandão Dez Quarenta, eu preciso desligar aqui e limpar o freezer lá dos fundos. Câmbio."

"Belezinha, Mamãezona Gritalhona, espero te encontrar uma outra hora. Vai dar tudo certo. Câmbio e desligo."

"Limpar o freezer" era seu código para passar para seu canal privado. Eles o fizeram.

Charlene sussurrou no microfone: "Aqui é a Mamãezona Gritalhona querendo falar com aquele Grandão Dez Quarenta. Câmbio".

"E aí, gracinha? O que você tá vestindo?"

Vovó C estava deitada na cama. Tinha ido dormir com a luz da cabeceira acesa, além dos dois abajures, um de cada lado da cama. Ela não queria ter caído no sono, mas caiu, de costas, levemente inclinada, uma posição extremamente vulnerável, ela pensou. Ela deu uma roncada e quando viu estava acordada, mais assustada pelo fato de ter adormecido do que pelo ronco. Na outra ponta do quarto, afundado na poltrona que ela nunca usava porque era muito mole, ela acreditou estar vendo o homem negro espancado, aquele que havia sido declarado morto e carregado para fora de sua casa, o homem que provavelmente matou seu filho. A idosa ficou olhando para o rosto dele, acreditando estar enxergando além das cicatrizes, além do sangue seco, além de todos aqueles anos, no fundo daqueles olhos castanhos enterrados debaixo de toda aquela carne inchada, de volta àquela lojinha, naquele dia, no final de agosto. Ela não disse nada, não pensou em nada, e simplesmente morreu.

36

O celular de Ed Morgan vibrou em cima da mesa do outro lado do quarto. Ed estava no lavabo se barbeando com um barbeador de outra marca. Jim pegou o telefone e olhou para a tela. Reconheceu o número do Departamento de Polícia de Money.

“Davis falando”, disse.

Ele ouviu.

Ed entrou no quarto assim que seu parceiro encerrou a ligação. “O que foi?”, perguntou.

“Precisamos ir”, disse Jim. “Parece que os matutos encontraram nosso morto.”

Ed enxugou o rosto com uma toalha. “Ah, é?”

“Na casa dos Bryant.”

A casa dos Bryant estava abarrotada de gente, os policiais, Fondle e Dill, as crianças dos Bryant, as crianças dos Milam, Daisy Milam e, é claro, Charlene. As crianças estavam sentadas como se fossem membros de um coral, no chão, perto de um Pontiac GTO abandonado do lado da casa. Charlene subia e descia os degraus da varanda. O xerife Jetty estava parado bem no meio da cena, olhando para a rua, como se estivesse esperando pelos detetives especiais.

A expressão em seu rosto não se alterou conforme os homens foram se aproximando dele. A boca e os olhos de Jetty permaneceram impassíveis.

"O que temos aqui, xerife?", perguntou Ed.

"Me digam vocês", disse Jetty. "Venham." Ele os conduziu pelos degraus, passando por Charlene, que nem percebeu que passaram por ela. Jethro estava parado num corredor. Estava olhando para alguma coisa dentro de um quarto. Não mexeu a cabeça quando eles se aproximaram.

"Você pode entrar agora, Jethro", disse Jetty.

"Ok, xerife."

"Eu disse pra ele não desviar o olhar dele. Agora nós vamos ficar de olho nele o tempo todo", disse Jetty.

Ed e Jim congelaram. Sentado numa poltrona acolchoada, lá estava o sujeito negro espancado das fotografias. Fotografias recentes, das cenas do crime, e fotografias de um funeral há mais de sessenta anos. Ed e Jim se aproximaram.

"Ele tá morto", disse Jetty. "É claro que ele também tava morto nas últimas duas vezes que vimos ele. Quanto tempo vocês acham que ele vai ficar morto desta vez?"

Jim esticou o braço e encostou o indicador e o dedo médio no pescoço do homem mesmo assim. Sua pele estava gelada. Não havia vida nenhuma ali.

Jetty olhou para ele como quem diz, *viu?*

Ed olhou para o outro lado do quarto e puxou Jim pela manga da camisa. Carolyn Bryant estava ali. Jim olhou para Jetty.

"Quem sabe você confere o pulso dela também", disse o xerife.

"O que o legista falou?", perguntou Ed.

"Disse que ela tá morta. Não se sabe por que motivo. Esperamos que ela permaneça morta. Os brancos, pelo jeito, têm o bom senso de morrer e permanecerem mortos."

"Vou ligar pra central", disse Ed, deixando o quarto.

"E aí, o que você quer fazer?", perguntou Jetty. "Não dá pra deixar um homem vigiando esse cara o dia inteiro."

"O que mais ele tem pra fazer?", disse Jim.

Ed voltou para o quarto. "Vamos ficar com o falecido sob nossa custódia", ele disse.

"O falecido?", repetiu Jetty. "Você tá falando deste neguinho aqui?"

"Sim", disse Ed. "Dá um saco de cadáver pra gente. Vamos lacrar ele como prova, e ela vai ser recolhida ou hoje, mais tarde, ou amanhã."

"Talvez."

"Eu não tô preocupado", disse Jim. "É um ser humano morto. Ele não pode fugir. Não pode andar. Não vai a lugar algum a menos que alguém leve ele."

"Ok", disse Jetty.

Ed olhou para o rosto do negro mais uma vez. "Eu preciso tirar as impressões digitais dele e coletar umas amostras de DNA. Vou pegar o kit."

Jim olhou para a mulher morta. "O que você acha, xerife?"

Jetty olhou, mas não disse nada.

"Ela causou muita dor", disse Jim.

"Do que você tá falando?"

"Você sabe do que eu tô falando", disse Jim.

Red Jetty olhou pela janela e deu um suspiro discreto. "Você viu a cruz queimando ontem à noite?", ele perguntou.

"Aquilo era uma cruz?" Jim balançou a cabeça. "Não sabia que era isso. Pensei que um carro tivesse pegado fogo ou algo assim."

Ed voltou com seu kit.

"Ed", disse Jim, "aquele fogo ontem à noite era uma cruz."

"Tá de sacanagem?", disse o grandalhão. "Você diz tipo uma cruz incendiada pela KKK?"

Jim olhou para Jetty em busca de uma resposta. O xerife concordou com a cabeça.

“Pena que eu não soube”, disse Jim. “Perdi de ficar com medo.”

“Sim, que pena mesmo”, disse Jetty.

Jim sorriu. “Quem sabe na próxima.”

37

Damon Nathan Thruff era professor assistente na Universidade de Chicago. Tinha um ph.D. em biologia molecular por Harvard, um ph.D. de psicobiologia por Yale e um ph.D. em filosofia oriental por Columbia. Tinha vinte e sete anos de idade. Ele havia publicado três livros sobre regeneração celular, todos pela Cambridge University Press, e uma obra em dois volumes sobre as origens biológicas e filosóficas da violência racial nos Estados Unidos pela Harvard University Press. Neste dia específico, ele estava sentado à escrivaninha em sua sala minúscula no Departamento de Estudos Étnicos da faculdade (porque eles *não sabiam onde enfiá-lo*), tentando compilar uma lista de pessoas que poderiam escrever cartas de recomendação apoiando sua contratação para um cargo docente de tempo integral. Isso lhe fora negado no ano passado, mas ele havia recebido uma *segunda chance*, que a universidade estava chamando de reconsideração afirmativa. O motivo dado para a negativa teria sido sua produtividade. O reitor lhe disse, sem rodeios, que ninguém acreditava que ele era capaz de produzir tanta coisa, com tamanha qualidade, em tão pouco tempo. E, sendo assim, ele foi obrigado a passar um ano em algo chamado Cadeira Phillis Wheatley de Estudos de Recuperação. Parte do acordo para sua segunda chance de pleitear o cargo exigia que ele não publicasse nada durante um ano. Abster-se daquela maneira das atividades acadêmicas talvez atestasse seu comprometimento com o lugar que ele deveria ocupar, foi o que o reitor lhe disse. Seu telefone tocou.

O telefone ainda tocou outras sete vezes até que ele finalmente o atendesse. Era uma velha conhecida da faculdade, Gertrude Penstock. Ela estava começando a graduação em Cornell enquanto ele fazia a pós-graduação em direito. "Gertrude, que alegria escutar sua voz", ele disse. "Fico feliz de ouvir qualquer voz amiga."

"Desculpa passar tanto tempo sem telefonar", disse Gertrude. "Como você tá?"

"Bem. Pisando em ovo."

"Pisando em *ovos*, você quis dizer?"

"Não, é um ovo só. E você, tudo bem? Como tá sua família aí em... onde você tá?"

"Money, no Mississippi."

"Tá de sacanagem?"

"Você precisa dar um pulo aqui", disse Gertrude.

"Sério mesmo? Tem praia aí?"

"Praia, não. Só um monte de caipiras e o cadáver de um preto."

Damon ajeitou sua postura. "Do que você tá falando?"

"Alguém tá matando os brancos daqui, e o mesmo homem negro tem sido encontrado, morto, em toda cena de crime."

"Você andou bebendo? Eu vou até aí beber com você se você quiser, mas, pelo menos, me diga que é isso."

"Eu não tô brincando. Dois homens brancos e uma idosa. Mortos", disse Gertrude. "Mortes bem horríveis. Bom, as dos homens, pelo menos, foram. Eles não foram só mortos, foram mortos pra caramba, de verdade mesmo. A mulher, eu acho que ela morreu de medo, isso sim."

"Morrer de medo soa bem intrigante", disse Damon.

"Imaginei que você acharia."

"E que história é essa de homem negro? Ele tá sendo acusado dos assassinatos?"

"O homem negro tá morto, Damon. Ele é encontrado, morto,

junto com todos os cadáveres. Em lugares e momentos diferentes."

"Como assim?"

"É complicado."

"Ok."

"Fiz amizade com uns manos do MBI, e tô te dizendo que esse negócio tá bem louco, de meter medo."

"O MBI?", perguntou Damon.

"O Departamento de Investigação do Mississippi", disse Gertrude.

"Vou desligar agora."

"Eu juro que isso existe", ela disse. "A mulher morta foi a mulher que acusou o Emmett Till de passar uma cantada nela. Os homens brancos eram filhos dos caras que mataram o Till. Quero que você venha pra cá. Tem alguma coisa acontecendo. Não sei o que é, mas é alguma coisa, e é muito estranha."

Damon ficou olhando para aquela escrivaninha que ele tanto odiava. "E como é que se faz pra chegar em Money, no Mississippi?"

38

Ela poderia ter ficado furiosa com seus pais, Barry e Bertha Hind, por terem lhe dado o nome de Herberta. Nem precisava ser muito criativo para imaginar os possíveis apelidos que aquilo lhe proporcionaria. O nome confundia todo mundo porque não havia ninguém chamado Herbert em nenhum dos lados da família e, certamente, nenhuma outra Herberta. Apesar disso, Berta teria sido um ótimo apelido. Ou Bertie. Mas seus pais decidiram que seria Herbie, segundo eles porque amavam o músico de jazz Herbie Hancock, ainda que Herberta Hind acreditasse que aquilo havia sido uma tentativa cruel de fazer dela uma pessoa mais durona. Deu certo. Ela se tornou uma agente especial do FBI, para grande surpresa e decepção de seus pais, que, durante a juventude, quando eram estudantes em Berkeley, haviam sido marcados como pessoas de interesse pelo mesmo Departamento de Investigação Federal. Herbie estava, agora, sentada no confortável escritório do supervisor de agentes especiais Ajax Kinney, na sede da Regional Sudeste da força, em Atlanta.

"Preciso que você vá até Money, no Mississippi", disse Kinney.

A agente especial Hind riu.

"Não, tô falando sério", disse Kinney.

"Não existe esse lugar", disse Hind.

"Existe, Herbie, e você vai pra lá. Já aconteceram quatro, talvez mais, homicídios, que podem estar relacionados a crimes de ódio."

“O ódio costuma ser um fator em quase todo homicídio”, disse Hind.

“Não esse tipo de ódio”, disse Kinney. “Ódio de raça. Você sabe, quando um grupo não gosta mesmo de outro grupo. Às vezes eles desgostam tanto que chegam a matar. Você vai até o Mississippi pra investigar isso. É um caso bem confuso. Parece que tem o cadáver de um homem negro que desaparece. Na verdade, que desaparece e reaparece.”

“Fala de novo?”

“Não sei muito bem como é essa história. De qualquer jeito, eu sei que você é especialista nessas coisas. Esse é seu trabalho. Vai até lá e faz. Usa seu charme de sempre, enquadra os palhaços locais e depois volta pra cá e preenche a papelada necessária que comprova que a gente esteve lá.” Kinney empurrou a pasta contendo o arquivo do caso por cima da mesa, em direção a Hind.

“Money, no Mississippi”, ela disse.

“Money, no Mississippi”, repetiu Kinney.

“Eu te odeio, Ajax”, ela disse. “Acho que eu sempre te odiei. Às vezes eu acordo no meio da noite só pra me lembrar do quanto eu te odeio.”

“Eu sei disso. Agora, vá pra casa, faça suas malas, vá pra Money, no Mississippi, e mãos à obra.”

“Como se faz pra chegar em Money, no Mississippi?”, perguntou Hind.

“Primeiro você precisa ir até Hattiesburg”, disse Kinney. “Deve ser bem fácil. O nome tá bem grande no mapa.”

“O que tem lá?”, ela perguntou.

“O MBI. O Departamento de Investigação do Mississippi.”

“E nunca mais se ouviu falar dela.”

Kinney ficou olhando a agente Hind caminhando até a porta. “E vê se não assusta demais esses caipiras. Eles não tão acostumados a ver uma mulher negra com uma Glock.”

"Vou me esforçar. Quando eu voltar aqui, quero que *você* se lembre de que eu ando armada."

"Eu nunca me esqueço", disse Kinney. "Às vezes, acordo no meio da noite só pra me lembrar que você anda armada."

"E é um Sig, não uma Glock."

Hind abriu o dossiê, congelou e se virou para olhar para Kinney. "Você viu essa foto? A do homem negro?"

Kinney fez que sim com a cabeça.

"Isso é horrível."

"Sim, é, sim."

"Ele te parece familiar?", ela perguntou.

"Sim, parece."

39

Jim Davis e Ed Morgan estacionaram numa vaga oblíqua em frente ao escritório do legista. O reverendo dr. Fondle estava parado na frente do prédio, conversando com o xerife Jetty. O policial Brady fumava um cigarro a alguns metros de distância. Ele lançou o pior olhar que pôde para os dois homens negros conforme eles iam se aproximando. Aquilo foi tão clichê que Ed e Jim olharam um para o outro e começaram a rir. Brady cuspiu o cigarro no chão, amassou-o com o pé e saiu pisando duro em direção à sua viatura.

"Bom dia, xerife", disse Jim. "Nosso suspeito ainda está sob custódia?"

"Até onde eu sei", disse Jetty. Ele olhou para Fondle. "O sujeito preto ainda tá na sua gaveta?"

"Até onde eu sei. Não olhei", disse Fondle.

"Bom, então vamos dar uma olhadinha", disse Jim.

Os três homens acompanharam Fondle pelo saguão, passando por Dill em seu balcão, em direção à sala de exames.

"Ele tá na número 3", disse Fondle.

Ed se aproximou da gaveta, pôs a mão no puxador e fez uma pausa. Olhou para Jim. "Posso abrir?"

Jim olhou para o rosto de Jetty. "Sim, abre." Jim chegou mais perto e inclinou o corpo para olhar dentro da gaveta. "Vai em frente."

Quando Ed puxou a gaveta, ele e Jim soltaram gritos. Fondle correu para a porta. Jetty pôs a mão sobre a pistola. Ed e Jim começaram a rir.

"Só tamos sacaneando vocês", disse Jim. "Ele tá aqui. E acho que vocês vão gostar de saber que ele continua morto."

"Vocês descobriram mais alguma coisa sobre quem ele é?", perguntou Jetty.

"Ainda não", disse Ed. "A central mandou uma pessoa pra coletar a prova, mas ele ainda não chegou."

Jetty suspirou.

"Pois é", disse Jim. "A gente vai ficar mais um tempinho por aqui. Pode acreditar que nós também não estamos felizes com isso. Nada pessoal."

"Ok", disse Jetty. "Reverendo doutor, o que você descobriu sobre a sra. Bryant? O que vai botar como causa da morte? Ela foi... você sabe?"

Fondle balançou a cabeça.

"Ufa, que bom que ela não foi 'você sabe'", disse Jim.

"Eu não sei o que matou ela", disse Fondle. "Não tem nenhuma marca. Nenhum corte ou ferimento. Ela era velha."

"Sabe-se que isso costuma matar uma pessoa", disse Ed.

"Muito obrigado", disse Fondle. "O que eu tô achando é que esta senhorinha simplesmente morreu de medo."

"Isso aparece nos exames de sangue?", perguntou Jim. "Cavalheiros, até onde sabemos, ela morreu antes desse cadáver ambulante aqui aparecer e, bom, ela morreu de novo depois que ele apareceu. Não acredito que acabei de dizer isso."

40

O Aeroporto de Greenwood-Leflore era a representação perfeita da obsolescência. Apesar do nome, o aeroporto ficava no condado de Carroll, um fato que a população local tanto odiava, por atender o condado de Leflore, quanto amava, por ser algo que a deixava numa posição de superioridade em relação aos seus vizinhos. Isso se manifestava num costume que resistia até os dias de hoje. Uma mulher, velha demais para ainda estar no colégio, todavia vestida como uma animadora de torcida, recebia os passageiros dos aviões que pousavam lá, cumprimentando-os com colares de flores e o escambau, e ainda dizia: "Bem-vindo ao condado de Carroll, no Mississippi, que inspirou o sucesso de Porter Wagoner, 'Carroll County Accident', mil e seiscentos quilômetros quadrados de pura hospitalidade sulista".

Damon Thruff ficou admirado e confuso com o colar de flores vermelhas e brancas que a animadora de torcida estranhamente velha entregou a ele em vez de pendurar em seu pescoço. Gertrude Penstock o aguardava no portão. Eles se abraçaram de uma maneira meio desconfortável, como sempre havia sido. Gertrude costumava dizer que abraçar Damon era como abraçar uma cadeira.

"Estacionei aqui perto", disse Gertrude.

"Me fala de novo por que você mora aqui", disse Damon.

"Pra ficar perto da minha bisavó", ela disse.

"Achei que você era de Baltimore."

"Bom, sim, mas minha bisavó é daqui."

"E como ela tá? Ela é muito velha? Sou fascinado por velho", disse Damon.

"Ela tem mais de cem anos."

"Você tá de brincadeira", disse Damon. "Eu quero muito falar com ela. E ela é daqui? Ela deve ter visto cada coisa..."

"Ela viu muita coisa", disse Gertrude.

"E os tais dos tiras?", perguntou Damon.

"Ah, eles são gente fina. Espertos."

"Por que eu tô aqui? Me fala de novo. Na verdade, me fala pela primeira vez."

"O que tá acontecendo aqui é muito estranho. Se tem uma pessoa que pode explicar isso pro mundo, é você."

"Fico muito lisonjeado, mas por que você não me fala o que tá acontecendo?"

Gertrude o atualizou durante o trajeto até Money. Damon ficou olhando para a paisagem passando pelas janelas, os barracos revestidos com papel de alcatrão, as ruas de chão batido que saíam da estrada, as vacas magras. "Tô com fome", ele disse. "Que gosto será que têm essas vacas?"

"Desde quando você come carne?", perguntou Gertrude.

"Eu pensei, qual a diferença? Na melhor das hipóteses, eu estaria prolongando minha vida em alguns minutos, provavelmente. E, além do mais, quantas vacas eu salvaria? Na verdade, quando você para pra pensar, como não tem ninguém criando vacas em casa por diversão, e como elas são burras demais pra existirem na natureza, se eu como carne, na verdade, tô ajudando a salvar a espécie de extinção."

"Que cambalhota esse teu raciocínio", disse Gertrude.

"Mas ainda é um raciocínio."

"Tem um lugar ali na frente onde a gente pode comer", disse Gertrude. "Vai te dar uma ideia de onde você tá."

"Acho que eu tô vendo onde nós tamos. Eu já estive antes no meio de porra nenhuma e era bem parecido com isso aqui." Damon ficou olhando para o restaurante todo carcomido de beira de estrada em que Gertrude parou, com uma leve derrapada do carro em cima do cascalho. "Acho que minha fome passou."

"Cala a boca", ela disse.

A placa dizia Bluegum's. Era uma estrutura de concreto sem janela na fachada. Saía fumaça por uma chaminé. Havia outros três carros, todos ordinários, como o de Gertrude.

"Isso é um restaurante?"

"Vai por mim."

41

Na sede do MBI, em Hattiesburg, Jim Davis e Ed Morgan estavam sentados a uma mesa de reuniões, numa sala com janelas enormes. Lá do alto, eles conseguiam ver um monumento aos confederados, do outro lado da rua, vizinho ao fórum.

"Olha só pra essa merda", disse Jim. "Parece uma pirocona branca."

"Isso é engraçado", disse Ed.

"Você que acha."

"Parem de tirar sarro dos brancos", disse o diretor da agência, ao entrar na sala. Seu nome era Lester Safer. Ele havia nascido no Mississippi e estudado em Washington, DC, e acreditava piamente que o Mississippi não precisava ser o Mississippi. Junto com ele veio uma mulher alta, com uma postura seríssima. "Homens, esta é a agente especial Herberta Hind, do FBI. Aparentemente, fantasmas estão sob a jurisdição dos federais."

Ed e Jim a cumprimentaram com um aceno de cabeça.

"Até onde eu sei, o Departamento não tem interesse em fantasmas", disse Hind. "Por outro lado, temos muito interesse em possíveis crimes de ódio." Ela olhou para Ed e Jim. "Bom dia, cavalheiros. O que vocês podem me falar sobre Money, no Mississippi?"

"Bom, é uma cidade cheia de matutos que não sabem de nada, presos no século XIX, no período anterior à guerra, e prova viva de que a endogamia não leva à extinção", disse Jim. "Sem ofensa, chefe."

"Vou ter de acreditar na sua palavra", disse Safer. "Não quero ter de lembrar que eu venho do estado do Mississippi e que cresci em meio a esses mesmos matutos endogâmicos de antes da Guerra Civil que não sabem de nada."

"Então, você não concorda que eles são uns celerados imbecis?", perguntou Hind.

"Ah, não, eu concordo, sim", disse Safer. "Sabe como é, pra mim tudo bem dizer isso porque eles meio que são minha gente. Mas acho que eu não concordo com tudo."

"Com o que você não concorda?", perguntou Hind.

"Com a parte da extinção. Eles estão indo a passos largos nessa direção."

"Então, quem matou quem?", ela perguntou.

"Imagino que você leu o arquivo", disse Ed. Fez uma pausa. "Estou partindo do princípio que você leu."

"Sim", disse Hind.

"Então você sabe tanto quanto nós", disse Ed. Ele lançou um olhar para Jim.

"Os cidadãos de bem de Money querem acreditar que nosso homem negro morto matou os dois homens brancos", disse Jim.

"O que você acha?", perguntou Hind.

"Não sei. Ele tava segurando os testículos deles na mão. Mas não faço ideia de como eles iam ter matado o cara enquanto ele tava matando os dois."

Ed pôs o cigarro que jamais acendia entre os lábios.

"Pelo menos, não duas vezes", disse Jim. "Você já ouviu falar de alguém morrendo duas vezes? Isso eu só vi em filme do James Bond."

Hind balançou a cabeça. "O relatório diz que vocês trouxeram o corpo do homem negro aqui pra Hattiesburg, com vocês."

"O pessoal de Money simplesmente não tava conseguindo tomar conta dele", disse Ed.

"Então, vocês acham que alguém levou o corpo?"
"Mortos não andam", disse Jim.
"Exceto Jesus", disse Safer.
"É, acho que ele sim", disse Jim. "De todo modo, o corpo tá lá embaixo, com a perita, se você quiser ir lá conosco."
"Vamos, sim", disse Hind.

A perita era uma mulher britânica de cinquenta anos de idade chamada Helvetica Quip. Ela havia se mudado para o Mississippi junto com o marido, natural do Mississippi, que acabaria se revelando um trambiqueiro picareta de segunda linha, envolvido em esquemas de pirâmide. Ferris New, o marido, escafedeu-se do estado no meio da madrugada na mesma noite em que foram feitas as denúncias. Helvetica Quip dizia não ter mágoas do homem, e se recusou a fazer o papel de vítima, afirmando apenas estar aliviada por não ter adotado seu sobrenome. "Helvetica New", ela dizia, "parece o nome de uma letra de computador. Se é pra ter o mesmo nome de uma fonte, que seja Oriya Sangam, ou algo com uma pegada mais exótica."
"E aí, Helvetica?", disse Jim, entrando no laboratório de exames.
"Adivinha só? A análise de DNA não revelou nada, porque a amostra não era boa", ela disse.
"Como isso é possível?", disse Ed. "Eu segui todas as instruções."
"Você não fez nada de errado", disse Helvetica. "Mas não tem sangue nesse cara. Ele é inteiramente composto de uma mistura de formaldeído, glutaraldeído, metanol e alguns outros solventes que nem me dei o trabalho de identificar."
Jim, Ed e Hind olharam para ela.
"Fluido embalsamador. Este homem foi embalsamado."
Os três ficaram em silêncio enquanto absorviam aquela informação.

"Tudo bem, mas você tá dizendo que não tem nada de onde se possa extrair o DNA dele?", disse Jim.

"Eu não disse isso", disse Helvetica. "Eu tinha bastante tecido pra trabalhar. E descobri uma coisa. Este homem tava na nossa base de dados. Ele foi preso por roubo de carro e sequestro doze anos atrás, em Illinois."

"Isso não faz o menor sentido", disse Ed.

"E fica melhor", disse Helvetica. "Ele morreu na prisão. No Big Muddy River Correctional Center, pra ser mais precisa. Não tá claro de que forma. Mas ele foi severamente espancado no rosto e na cabeça." Ela fez uma pausa. "E fica melhor ainda. O corpo do sr. Hemphill — esse era o nome dele, Robert Hemphill — foi, como se diz, doado à ciência."

"Doado à ciência?", disse Hind.

"Sabe como é, alguma faculdade de medicina, um laboratório. Não sei. É nesse ponto que eu perco as informações dele. O corpo foi coletado pela Acme Cadaver Supply, de Chicago. E isso é tudo que eu sei."

"Então, este não é o cadáver do Emmett Till?", perguntou Ed.

Todos olharam para ele.

"Alguém tinha que perguntar", ele disse.

"Não é o Emmett Till", disse Quip.

42

O dr. reverendo Cad Fondle estava sentado em sua sala de estar com a esposa, Fancel. Ela era uma mulher grande, grande o suficiente para quase nunca sair de sua poltrona reclinável de veludo cotelê, que estava emperrada na posição reclinada. Havia metade de uma pizza de pepperoni, presunto e bacon e duas cervejas na bandeja dobrável entre sua poltrona e o marido. Eles estavam assistindo à televisão, trocando de canal entre a Fox News e uma transmissão de luta livre.

"Eles têm razão", disse Fancel. "Esse Obamacare não vale bosta nenhuma. A gente contratou essa porcaria porque a gente precisava, mas eu não perdi nenhum quilinho."

Fondle deu um longo gole em sua cerveja. "Bom, o país já tá de saco cheio dessa aventura. Filho da puta insolente metido a besta. Ele acha que é melhor do que nós, você sabe."

"Esse Hannity é uma gracinha", disse Fancel. "Se eu conseguisse alcançar minha xoxota com a mão, eu ia me tocar assistindo ao programa dele."

"Você consegue, então cala essa sua boca."

"Como foi a queima da cruz aquela noite?", perguntou Fancel.

"Não é queimar, é acender a cruz. Não é certo queimar um símbolo do nosso Senhor Jesus H. Cristo. Achei que a essa altura você já soubesse disso."

Fancel suspirou. "Do que é esse *H*?"

"Quê?"

"Esse *H* em Jesus H. Cristo, do que é?" Ela pegou um pedaço de pepperoni que havia caído numa dobra do roupão.

Fondle fez uma pausa e virou a cabeça para olhar para ela. "Ora, o H é de, hã, de herói, é isso mesmo."

"Jesus Herói Cristo? Isso não faz o menor sentido."

"O que faria sentido pra você?", perguntou Fondle.

"Não sei", ela disse. "Herschel, talvez."

"Por quê?"

"Porque é um nome bonito, e é um nome. Herói não é nome de ninguém."

"É o nome de uma coisa, então é um nome, sim. Na verdade, nosso Senhor é o verdadeiro herói", disse Fondle, apertando os olhos.

"Eu acho que esse H no nome dele nem existe."

"Cala essa boca e come."

"Me fala daquele garoto", disse Fancel. "Daquele garoto preto que fica aparecendo morto. Como é que ele faz isso?"

"Talvez ele não estivesse morto. Que inferno, não sei."

"Você sabe o que tão dizendo", ela disse.

"O quê?"

"Que ele é o fantasma daquele garoto que o Robert Bryant e o J. W. mataram muitos anos atrás. Dizem que ele voltou para se vingar. Pelo jeito, ele conseguiu."

"Fecha essa matraca, mulher. Isso não é verdade."

"Então, como é que você explica isso?" Fancel apontou um dedo gordo para ele. "E não vem me mandar calar a boca. Você vai ver só."

Fondle queria mandá-la calar a boca, até começou a falar, mas desistiu. Em vez disso, pegou a Bíblia na Nova Versão Internacional debaixo de sua poltrona La-Z-Boy e a abriu. Ele a deixou aberta em cima do colo enquanto apontava para os lutadores na tela da TV. "O Big Bob Burgess vai acabar com a raça desse crioulinho."

43

Todo mundo no Bluegum era preto, exceto pelo garçom que veio até a mesa de Gertrude e Damon. Ele era magro, alto, e vestia uma camiseta azul em que estava escrito *Resgatado por Jesus* na parte da frente. Havia alguns poucos clientes, negros e negras, todos jovens e bem-vestidos. Eles não viraram a cabeça nem pareceram registrar, de qualquer maneira, a entrada de Gertrude e Damon. Numa janelinha nos fundos, um cozinheiro tocava um sino e um homem musculoso ia buscar os pratos.

"E aí, Gertrude?", disse o garçom.

"Oi, Chester", disse Gertrude. "Chester Hobnobber, este é o Damon Thruff. Damon, Chester."

"E aí, cara, como é que cê tá?", disse Chester.

"Muito bem, obrigado. E você?", perguntou Damon.

"Tudo bem, cara, tudo bem." Chester olhou para Gertrude. "E aí, o que vocês tão fazendo por aqui? Cansaram da cidade grande?"

"Cidade grande?", perguntou Damon.

"Ele só tá brincando", disse Gertrude. "Ele tá falando de Money. Aquilo não é uma cidade. Aquilo é um chiqueiro onde as pessoas levantaram uns prédios."

"O que vocês querem beber?", perguntou Chester.

"Me traz um Kool-Aid", disse Gertrude. "Você devia provar", ela disse a Damon. "É uma delícia."

"Não gostei desse nome", disse Damon. "Mas tudo bem."

"Eu já volto." Chester se afastou.

"Que camiseta é essa?", perguntou Damon. "Jesus?"

"Nós tamos no Mississippi, Damon."

"Como você conhece ele?", perguntou Damon.

"Eu conheço todo mundo daqui", ela disse. "O mundo é pequeno. Como é aquela música da Disney? 'É um mundo pequeno, afinal de contas'", ela cantou.

Damon ficou olhando à sua volta e viu que todos estavam olhando para eles. Ninguém sorria nem acenava com a cabeça de uma maneira amistosa. Foi então que notou que havia mais pessoas ali do que ele havia percebido anteriormente.

"O que é que tá acontecendo aqui?", perguntou Damon.

"Nada, é só um restaurante. Um restaurante cheio de gente amistosa. Você não gosta de restaurantes com gente amistosa?"

"Tô achando que você tá sendo enigmática. O que você tá tentando me dizer? Você tá tentando me dizer alguma coisa?"

"E por que eu estaria tentando te dizer alguma coisa?" Ela deitou a cabeça de lado, como um cãozinho.

"Viu? Isso foi enigmático", disse Damon.

Gertrude riu. "Tudo no seu devido momento, meu irmão."

44

"Fica parada, Charlene", disse Daisy Milam. "Tem uma grandona aqui. E essa é grandona mesmo. Como você deixa elas ficarem desse jeito?"

Charlene Bryant estava inclinada sobre a barriga, na frente da televisão. "Você acha que a Nicole Kidman tem alguma espinha nas costas? Olha só pra ela. Ela parece tão perfeita, tão alta, tão branca. E casada com aquele cantor."

"Ela é alta mesmo", disse Daisy. "Jota Triplo, desce dessa cristaleira agora mesmo. Eu juro por Deus, ele vai quebrar todos os pratos que tem ali dentro. Fica parada, eu disse."

"Mamãezona Gritalhona", disse Lulabelle, "quando a tia Daisy terminar de espremer suas espinhas, a gente pode voltar pra casa?"

"Não, bebê. Hoje nós vamos comer pizza aqui."

"Ahhhhh", disse a criança.

"Vai ser legal, Lulabelle. Nós pedimos uma com bastante bacon e presunto, e com pepperoni extra", disse Daisy. "Vem aqui, olha só essa grandona."

Lulabelle se aproximou. "Eca."

"Tá saindo", disse Daisy.

"Uhhhh", disse a criança.

"Lá vem ela!"

"Ai!", gritou Charlene.

"Que nojo", gritou Lulabelle.

"Espirrou pra todo lado", disse Daisy. "Lulabelle, me traz um monte de papel-toalha e molha um deles."

"Daisy", disse Charlene, "você conseguiu limpar todo aquele sangue? Porque eu não consegui. O rejunte vai ficar cor-de-rosa pra sempre."

"Ficou um monte nas rachaduras", disse Daisy. "Mas encontrei uma coisa quando eu tava limpando."

"Uma cruzinha?"

"Sim, isso mesmo. Como você sabia?", perguntou Daisy.

"Eu também encontrei uma. E eu sei que o Wheat não tinha cruzinha nenhuma."

"Você acha que aquele crioulo deixou essas cruzes pra gente encontrar? Você acha que ele talvez fosse cristão?"

"Geralmente os crioulos são. Eu me pergunto por que ele deixou aquelas cruzes ali. Tá com a tua aí?", perguntou Charlene.

"Bem aqui", disse Daisy. "Botei numa corrente no meu pescoço."

"É igualzinha à minha. Eu coloquei no bolsinho do meu jeans. São bem bonitinhas essas cruzinhas."

Daisy concordou com a cabeça.

"Eu me sinto bem quando passo a mão na minha por cima do jeans."

"Trouxe o papel-toalha", disse Lulabelle.

"Como você demorou", disse Charlene.

"Agora, deixa eu limpar esse pus. A pizza já deve estar quase chegando."

"Mamãe, o Jota Triplo tá brincando no quarto dos fundos", relatou, ofegante, um dos filhos de Daisy.

"Misericórdia, meu Senhor", disse Daisy. "Esse moleque não tem absolutamente nada dentro daquela cabeça oca dele. Lulabelle, vem até aqui limpar essa merda das costas da mamãe."

"Tá bom, tia Daisy. Fica parada, Mamãezona Gritalhona", disse a garotinha.

45

Ed Morgan estava sentado no banco traseiro do Cadillac Escalade. Herberta Hind dirigia, e Jim Davis ia sentado no banco do passageiro. Eles percorriam a autoestrada que conduzia até Money, passando pelos barracos de madeira construídos em cima de bases improvisadas de tijolo, pelos milharais e pelo gado esquálido e triste.

Jim passou a mão no painel preto do carro. "Você não acha esse seu carro meio clichê?"

"Eu gosto", disse Ed, lá de trás. "Tô bem confortável aqui."

"Nós usamos esses carros porque eles são clichê", disse Hind. "Nós somos o FBI. Nós somos clichês ambulantes."

"Você gosta da agência?", perguntou Jim.

Hind inclinou a cabeça e olhou para ele. "Eu odeio todos os filhos da puta que tem lá, brancos, pretos e asiáticos."

"Essa não mede as palavras mesmo", disse Ed.

"Então, por que você continua lá?", perguntou Jim.

"Por que você tá no, como é que se chama mesmo, MBI? Isso é engraçado."

"Aqui é o Mississippi", disse Ed. "Algum preto tem que ficar de olho no que esses brancos estão fazendo. Porque, pra muitos desses malucos, ainda é 1950."

"Porra, é 1950", disse Jim.

"Não só aqui", disse Hind.

Mais alguns quilômetros ficaram para trás.

"Você acha mesmo que ir até Money vai ajudar nessa investigação?", perguntou Ed.

"Não, pra falar a verdade, mas é assim que se investiga, né?", ela disse.

Jim resmungou em concordância.

"De qualquer maneira, vale a pena conhecer esse lugar e essas pessoas", disse Ed. "Eu também acho que ainda não terminamos por aqui. Por um instante, achei que a gente tava lidando com o fantasma do Emmett Till. Que maluquice foi essa?"

"Talvez a gente esteja lidando com um fantasma", disse Hind.

Jim lhe deu um olhar de soslaio demorado. "Do que você tá falando, Willis?"

"A menos que você ache que esse pessoal de Money esteja sofrendo de alucinações coletivas, eles realmente tiveram um morto desaparecendo e reaparecendo em outra cena de homicídio. E não ajuda em nada saber que esse corpo tá morto faz dez anos. Essa teoria de que é um fantasma parece bem decente."

"De um jeito ou de outro, é uma doideira", disse Jim.

"Vocês dois são do Mississippi?"

"Biloxi", disse Ed.

"New Orleans", disse Jim. "Minha mãe era de Hattiesburg. E você? De onde você é, agente especial Hind?"

"De Washington, DC", ela disse. "Da Dezesseis com a T, pra ser mais exata. Garotinha preta pobre que cresce pra se tornar agente do FBI. Um clássico americano."

"Por que você virou tira?", perguntou Jim.

"Por que você virou?", perguntou Hind.

Jim e Ed responderam juntos: "Pra que os brancos não fossem os únicos a andarem armados".

Hind e Jim se cumprimentaram com um soquinho.

Hind ajeitou o retrovisor. "Ora, ora, vejam só", ela disse.

Ed olhou para trás. "Um policial rodoviário típico do Mississippi", ele disse. "E é claro que ele tá jogando luz alta pra cima de nós."

"Querem se divertir um pouquinho?", Hind perguntou.

"Não vai fazer ele atirar em nós, agente especial Hind", disse Ed. "Lembra que este é o estado soberano do Mississippi."

Hind encostou no acostamento.

Jim começou a cantar: "*Eu queria ser um policial do Mississippi, isso é o que eu queria, minha gente/ porque se eu fosse um policial do Mississippi eu ia poder atirar nos crioulos legalmente*".

"Cativante", disse Hind. "Cê tá de brincadeira?" Ela estava olhando pelo espelho.

O policial rodoviário, um homem alto, vinha na direção deles usando um chapéu de aba larga e óculos espelhados. Andava cheio de marra. Pôs a mão sobre a pistola quando parou ao lado da janela de Hind.

Ela apertou o botão para abri-la. "Policial, algum problema conosco?", Hind disse, com a voz bem alta e fina.

O policial rodoviário se inclinou para olhar para Jim e pareceu levemente surpreso ao encontrar o grandalhão, Ed, sentado no banco de trás.

"Pra onde vocês tão indo?", ele perguntou.

"Tamos indo pra Money, no Mississippi", disse Hind. "Temos uns assuntos a tratar por lá. Eu tava acima da velocidade, policial?"

"Você tava três quilômetros acima do limite de velocidade. O que pode ser muito perigoso, com a estrada nessas condições."

"Essas estradas tão ruins mesmo", disse Jim. "Você tem toda razão sobre esse assunto, policial Jeca."

O policial rodoviário tocou sua plaquinha de identificação. "É policial Zeca", ele disse.

"Ah, mas é claro", disse Jim. "Policial Zeca. Como é que eu cometi um erro tão besta? Malditos olhos."

O policial rodoviário estava confuso com o tom daquela conversa. Ele olhou para Jim e para Ed mais uma vez. "Que ternos bonitos", ele disse. "Rapazes, vocês são daqui da região?"

"Que região?", Jim perguntou.

"Do estado do Mississippi, rapaz." O policial rodoviário ficou todo tenso e parecia muito incomodado.

"Ah, do Mississippi", disse Jim. "Aí a resposta seria não."

"Documento do motorista e do veículo."

"Mas, sr. policial Zeca, este é um carro alugado, eles não me deram o documento", disse Hind.

"Muito bem, vocês são uns negrinhos muito engraçados. Bom, pode sair do carro e botar as duas mãos no vidro aqui na frente." Ele apontou para Jim. "Você, mãos no painel." Para Ed, ele disse: "Mãos no descanso de cabeça à sua frente".

"Tudo bem se eu mostrar meu distintivo primeiro?", perguntou Ed.

"Quê?", disse o policial rodoviário.

"Eu também preciso mostrar o meu", disse Hind.

"Idem", disse Jim.

Os três mostraram os distintivos para o homem.

O policial rodoviário suspirou e ficou olhando para o rosto de cada um deles. "Vão se foder, todos vocês. Eu devia atirar em vocês."

"Mas aí talvez a gente atirasse em você também", disse Hind.

O policial Zeca ficou paralisado por alguns segundos. "Podem ir. Aproveitem Money. Cambada de filho da puta."

"Obrigada, policial Zeca", disse Hind. "Vou tentar obedecer às regras da estrada."

Enquanto iam se afastando, deixando o policial rodoviário para trás, parado, sozinho, naquela estrada poeirenta, Ed disse: "Eu achei que ele fosse mesmo atirar na gente".

"Também passou pela minha cabeça", disse Jim.

"A história é uma filha da puta", disse Hind.

46

O reverendo dr. Fondle assoprou por entre os lábios apertados, fazendo-os soarem como os lábios de um trompetista. Desferiu uma longa sequência de bês, estendendo uma linha imaginária com a mão a partir da boca, num movimento contínuo. Ele cantou lá lá lá subindo e descendo toda a escala, os olhos revirando e exibindo seu branco. Havia doze alunos da Bíblia, como ele os chamava, dois homens e dez mulheres. Bons cristãos, na casa do senhor improvisada que era sua garagem. Ele estava no quarto, aquecendo os lábios, a língua, seus pensamentos, seu espírito. Estava se preparando para pregar a palavra de Nosso Senhor Jesus para seus filhos, para purificar sua alma de pecador, e também a deles, para mostrar-lhes o rumo, o caminho, o verdadeiro caminho em direção à glória e à salvação. Ele olhava para seu rosto no espelho e tentava invocar o fogo do Nosso Senhor Jesus Todo-Poderoso. Imaginou seus olhos como labaredas, e eles se tornaram labaredas. Imaginou sua voz como a de uma sereia, e ela se tornou a voz de uma sereia. Imaginou ter visto um homem negro às suas costas no espelho, e ele realmente estava lá. Antes que ele pudesse dizer Meu Deus, antes que pudesse dizer Jesssssssussssssss, antes que pudesse dizer crioulo, um pedaço de arame farpado já tinha dado duas voltas em seu pescoço grosso, de sapo. Suas artérias foram perfuradas nos dois lados, fazendo o sangue jorrar, como uma mangueira de jardim, nas paredes mais distantes. Sua boca se abriu para produzir um grito, mas nem ar passou por ela. Seus olhos se reviraram em direção às entradas do cabelo, revelando seu branco mais uma vez; seus braços se retesaram, e suas mãos se afastaram, ficando como se fosse um espantalho. Ele se virou para olhar para sua cama desarrumada e lá, deitado sobre os lençóis de flores amarelas, estava o corpo morto de um homem negro. Veio à sua mente a imagem de um homem negro, muitos anos atrás, desabando numa calçada na frente de algum prédio público, caindo morto depois de levar um tiro na cabeça. Então, ele reconheceu Brookhaven, no Mississippi, o fórum, o relógio pintado de vermelho, seu pai, com os ombros caídos, parado na frente do corpo destruído do homem morto. Ele era um menino, sentado dentro da caminhonete Ford de meia tonelada do pai. Ficou olhando seu pai cuspir um cuspe cor de tabaco naquele corpo sem vida. De volta ao quarto, no presente, ele sentiu as calças lhe caindo até os tornozelos, o arame farpado sendo puxado para mantê-lo de pé. Viu o brilho de uma lâmina longa e curva. Foi a última coisa que o reverendo dr. Fondle viu neste mundo. Sua última sensação não foi de dor, e sim a percepção de um som, a separação molhada e quase limpa da pele, da gordura e do músculo. Seu último pensamento, se ele ainda fosse capaz de pensar, teria sido: esse pessoal marrom realmente tinha alguma razão naquela ideia toda de carma. De todo modo, não havia mais tempo nem para pedir perdão ao seu Senhor Jesus Todo-Poderoso.

47

A única pessoa no prédio do Departamento de Polícia de Money era Hattie, a recepcionista/secretária. Ela estava visivelmente abalada, e mais branca do que já era alguns minutos antes. Seu cabelão armado parecia frágil, e seus olhos estavam vermelhos, a ponto de verter lágrimas. Ainda assim, ela conseguiu ficar surpresa ao ver Ed, Jim e agora a agente especial Herberta Hind parados à sua frente.

"Cadê todo mundo?", perguntou Ed.

"Ah, aconteceu uma coisa terrível, terrível", disse Hattie.

"O que aconteceu de tão terrível?", perguntou Hind.

Hattie a fuzilou com os olhos. "Eu não te conheço. Eu conheço esses dois rapazes porque eles já estiveram aqui antes, mas eu não te conheço."

"Eu sou a agente especial Herberta Hind, do FBI."

"Misericórdia, Senhor, esse pessoal não para de aparecer por aqui."

"Você vai contar pra gente o que aconteceu de tão terrível?", perguntou Jim.

"Foi o reverendo dr. Fondle", disse Hattie.

"O legista?", perguntou Ed.

"Sim, ele tá morto. Alguém matou ele em seu quarto enquanto ele tava se arrumando pra reunião. É tudo que eu sei."

"O xerife tá lá agora?", perguntou Ed.

Hattie fez que sim com a cabeça.

"Dá o endereço pra nós, Hattie."

“O xerife não disse que queria vocês por lá”, disse Hattie.

“E se a gente te desse um tiro?”, disse Hind. “O que você acha?”

Hattie deu o endereço a eles.

48

"A comida tava boa ou não tava?", perguntou Gertrude.

"Eu sei que você não me trouxe até aqui por causa da culinária", disse Damon. "Então, por favor, eu preciso de mais informações."

"Depois", ela disse. "Entra no carro."

"Por que eu tô com medo?", perguntou Damon.

"Quê?"

"Eu tô com medo e eu não sei por quê. Mas você sabe, eu acho. Você sabe por que eu tô com medo, eu digo."

"Entra no carro."

Damon entrou. Gertrude deu a partida e começou a dirigir na direção da estrada. "Deixa eu te fazer uma pergunta", disse.

Damon olhou para ela.

"Já te chamaram de crioulo alguma vez?"

"Pra falar a verdade, não. E você?"

"Diretamente, não", ela disse.

"O que 'diretamente' quer dizer?"

Gertrude ficou olhando para a estrada, aparentemente fazendo questão de não olhar para seu amigo. "Toda vez que alguém é chamado de crioulo, eu sou chamada de crioula."

"O que foi isso? Uma frase de adesivo de carro?"

"Ah, você gostou, é? Eu tenho mais uma. Que tal esta: Quando você fica preto, você morre. Ou: Morto é o novo Preto."

"Eu queria que você me dissesse o que tá acontecendo", disse Damon.

"Eu quero que você conheça uma pessoa."

49

Não era incomum que nevasse tão cedo em Duluth, em Minnesota, mas de forma tão severa era inesperado, começando no meio da manhã e se transformando, imediatamente, numa nevasca. Pegou todas as equipes de desobstrução de estradas de surpresa. Os pais precisaram se virar para buscar os filhos, dispensados mais cedo do colégio. A tempestade prometia ser das grandes. Taggert Muldoon não precisava se preocupar com nada disso. Ele tinha acabado de abastecer a geladeira com comida, e aquela era a semana em que sua esposa ficava com as crianças. Se ela tivesse problemas para levá-los de volta para casa, ela que se fodesse. Ele chegou até mesmo a dizer aquilo em voz alta, para ninguém. Na próxima semana, quando a neve tivesse ido embora, ele levaria a filha pela vigésima vez até a casa de Judy Garland, onde a atriz tinha nascido. Não havia muito mais a se fazer por ali. Quando estava sozinho, gostava de ficar observando navios grandes. Ele se perguntava se o lago congelaria perto das margens. Havia sido demitido recentemente da fábrica de processamento de carne e precisava de coisas para ver. Aqueles malditos hispânicos apareceram e tomaram todos os empregos. As fábricas os contratavam, depois os demitiam antes de precisar oferecer qualquer benefício, e mandavam trazer uma nova leva. *Imigrantes imundos filhos da puta*, pensou. Tinha mais é que botar eles pra correr da cidade, do país, do mesmo jeito que seu avô tinha feito para se livrar dos crioulos nos bons e velhos anos 1920.

"Muldoon?", uma voz de homem o chamou. Ele levou um susto porque estava sozinho em casa. Ou, pelo menos, achava que estava sozinho.

"Quem tá aí?", ele disse.

Liam Murphy trabalhava como investigador da polícia de Duluth havia quase dez anos. Cinco anos antes disso, ele fazia rondas, a pé e de carro, como policial, na mesma cidadezinha. Em todo esse tempo, tanto como investigador quanto como patrulheiro, a coisa mais horripilante que ele viu tinha sido um leopardo-das-neves sendo abatido a tiros depois de fugir de sua jaula no zoológico de Lake Superior. Os tiras encurralaram o animal em pânico e desferiram cerca de cem balas contra o felino, atingindo-o três vezes. O pobre animal parecia ter ficado mais confuso com o barulho do que qualquer outra coisa.

Mas aqui estava ele, agora, num típico e deprimente duplex de Duluth, olhando para dois corpos no chão. Um deles, de Taggert Muldoon, morto aparentemente por espancamento ou por ter sangrado até a morte, teve os testículos removidos, que agora estavam na mão da segunda vítima, um homem negro não identificado. O pescoço de Muldoon foi cortado possivelmente por uma faca grande, a cabeça quase foi separada do corpo. O piso côncavo de linóleo na cozinha acumulou um lago de sangue, estranhamente apenas o sangue do homem branco. Uma televisão estava ligada. Passavam os preparativos para um jogo dos Vikings.

"Eu nem sabia que era quinta-feira", disse Murphy.

"E aí, o que você acha, Murph? Diz pra mim", disse o detetive Wesley Snipes, sem parentesco e branco, bebericando café num copo do Starbucks.

"Onde você pegou isso?", perguntou Murphy.

"Dos jornalistas aí fora. Canal oito. Montaram uma mesa inteira de café. Quer que eu pegue um pra você?"

"Não, valeu. Não sou muito fã do Starbucks. Não tô conseguindo reconstituir a cena." Ele andou ao redor da piscina de sangue. "Parece que teve um confronto, mas olha pra esse cara." Ele apontou para o homem negro. "Ele não deve pesar nem setenta quilos, e o Muldoon aqui deve ter uns cento e dez, cento e vinte."

"Talvez o baixinho fosse durão", disse Wesley. "Sabe como é, talvez ele tivesse um soco que nem o do George Foreman, ou algo assim."

"E eles conseguiram matar um ao outro", disse Murphy, mas aquilo era mais uma pergunta. Ele se ajoelhou ao lado do corpo do homem negro.

"Pode acontecer. Duplo nocaute. Cabum."

"E, ao mesmo tempo, ele cortou fora o saco do grandalhão."

"É, tem isso."

"E não tem nenhum sangue saindo desse cara. Pelo rosto, nem parece que ele foi tocado. Mas ele tá morto."

"Isso ele tá", disse Wesley.

"Diz pro Ernie que eu quero fotos de todos os ângulos. E faz uma boa varredura nos arredores. Eu quero saber como aquele cara" — ele apontou para o homem negro — "entrou aqui. Quero saber se o Muldoon conhecia ele, se tava saindo com ele, se tava comendo a namorada dele, se tava fazendo o imposto de renda desse cara."

"E quanto aos testículos?", perguntou Snipes.

"O que tem eles?"

"Não acho que eles foram cortados", disse Wesley.

"Ah, não?"

"Não, eu acho que eles foram arrancados. Tipo um bagulho de artes marciais, sabe? Tipo quando eles arrancam a garganta de uma pessoa."

"Você anda assistindo muito filme", disse Murphy.

"Pode ser, mas os testículos desse homem tão na mão daquele outro. Isso não é uma coisa muito normal. E aquilo não parece um corte. Parece um rasgo."

"Isso eu não vou negar", disse Murphy.

"O Muldoon tinha uma ex-mulher e dois filhos", disse Snipes. "Já mandei alguém do serviço social dar as más notícias."

"É melhor a gente conversar com a ex", disse Murphy.

"É o que a gente sempre faz", disse Wesley. "Conversar com a ex."

"Sim. E você sabe por quê?"

"Porque a ex sempre é a culpada."

"De certa forma, sempre é mesmo."

50

O policial do condado de Carbon, Rake Kearney, almoçava no novo restaurante do Burger King inaugurado na rota comercial da Interestadual 80. Ele não estava gostando do hambúrguer porque não tinha gosto de carne. Talvez aquilo fosse carne, mas não era carne. Ele gostava de carne e, se tivesse que ganhar a vida trabalhando com carne em vez de atuando no Departamento de Polícia do condado de Carbon, ele certamente o faria. Ele cresceu querendo virar caubói, um de verdade, não a versão urbana, não um desses caras que frequentam rodeios. Claro que ele usaria uma arma na cintura, mas isso seria um caubói de filme; o que ele realmente queria era ser caubói como seu pai e seu avô. Sua família não possuía mais nenhuma terra na qual ele pudesse criar gado, de modo que ele não possuía nenhuma cabeça. Verdade seja dita, ele era um sujeito muito desajeitado em cima de uma sela e não manuseava bem uma corda. No fim das contas, ele não era talhado para ser caubói.

Um chamado entrou no rádio que ele trazia pendurado ao cinto. Havia um corpo na estrada de acesso paralela à rodovia, não muito longe de onde ele estava naquele momento. Ele sempre ria quando alguém na central ou um de seus colegas perguntava sua localização, em vez de simplesmente perguntar onde ele estava. Ele jogou mais da metade do sanduíche e as fritas no lixo e entrou no Ford Explorer que era sua viatura.

Alguns condutores, como o xerife gostava de chamá-los, estavam parados no acostamento. Aparentemente estavam dando uma olhadinha no que quer que estivesse ali, entre a rodovia e a estrada de acesso. Rake saiu do carro e foi andando na direção deles. Um jovem muito excitado, de cabelo comprido, o abordou no meio do caminho.

"Cara, você não vai acreditar nisso", disse o homem. "Eu parei pra dar uma mijada no acostamento e vi os dois. Me borrei de medo."

"Dois?", perguntou Rake.

"Sim, cara, tem duas pessoas ali. E não é nada bonito. Digo, é um bagulho feio pra caralho, cara."

Havia, realmente, dois corpos estirados por cima da alfafa, do milho e dos trevos. Um dos homens estava todo retorcido, enrolado numa cerca de arame farpado que corria paralela à interestadual. A garganta dele havia sido cortada e sua cabeça estava dobrada para o lado num ângulo impossível. Ele vestia um uniforme listrado da antiga prisão local, sendo que a parte de cima estava vermelha e marrom, suja do que parecia ser sangue. As calças do prisioneiro haviam sido puxadas até os tornozelos. Em meio às suas pernas havia uma mistura de grama, gravetos, sangue e cabelos. A alguns metros dali jazia outro homem, de estatura pequena, pálido e, obviamente, morto. Havia alguma coisa ensanguentada sobre a palma aberta de sua mão esquerda. Havia moscas por toda parte, mas ainda não exalava o olor da morte.

"Que coisa tudo isso, hein?", disse o jovem que havia abordado Rake. "Cara, que coisa."

Rake falou com seu rádio. "Central, aqui é o dezessete. Vou precisar de um superior no local urgente. Temos uma cena de crime bem séria aqui. Acho que temos um prisioneiro fugitivo morto aqui. Quase arrancaram a cabeça dele. Homem, branco, cabeça raspada, cerca de um metro e oitenta. E outro homem, branco, estatura pequena, cabelos claros, roupas normais, tênis."

"Não há nenhum registro de fuga da prisão", disse o homem no rádio. "Nem da cadeia."

"Tudo que eu sei é que o cara tá usando uma roupa listrada, que nem o uniforme da antiga prisão local, e sapatos de lá também." Rake voltou a atenção para as pessoas que começavam a se aglomerar à sua volta para olhar a cena do crime. "Todos pra trás. Por favor, pra trás. Não precisam ir embora, mas vão pra trás." Ele olhou para o cabeludo. "Você foi o primeiro a parar aqui?"

"Não, cara."

"Quem foi o primeiro a parar aqui?", Rake perguntou para a multidão.

Uma mulher hispânica e seu filho pequeno deram um passo à frente.

"Por que você parou aqui, senhora?"

"Meu filho disse que viu uma bola de futebol no gramado, então eu parei", ela disse. "Ele foi correndo pegar a bola e voltou gritando."

"Foi aí que eu parei", disse um homem branco mais velho. "O menino tava chorando, então eu fui dar uma olhada e já liguei pro 911."

"Vocês viram mais alguém por aqui?", perguntou Rake. "Viram algum carro deixando a área quando pararam?"

A mulher e o homem balançaram a cabeça, negando.

O xerife chegou à cena do crime. Andou rapidamente por toda a área e, em seguida, parou ao lado de Rake.

"O que você acha, chefe?", perguntou Rake.

"Horrendo", disse o xerife. "No fim, alguém realmente fugiu da prisão. Ninguém tinha percebido até que eles fizeram uma contagem. Seu nome é Aaron Henderson."

"É aquele cara ali?", perguntou Rake.

"Aí você me pegou."

Os forenses chegaram e o xerife os orientou a iniciarem a perícia da cena do crime. A temperatura havia despencado consideravelmente desde a chegada de Rake, e a neve começou a cair. O vento se asseverou.

"O que é isso na mão dele?", perguntou o xerife a um de seus homens.

"São testículos, xerife", disse o homem.

"Quê?"

"Testículos. E eu suspeito que pertençam a ele." Ele apontou para o homem morto vestindo roupas de prisão. "Eu falo isso porque esse cara tá sem."

51

Jim Davis e Ed Morgan entraram na casa do reverendo dr. Fondle, seguidos por Herberta Hind. Os policiais, aparentemente acostumados à presença de Jim e Ed, os ignoraram solenemente, porém registraram a presença de Hind.

"E quem é essa mocinha aí?", perguntou o xerife Jetty.

"Eu sou a agente especial do FBI Herberta Hind."

"Misericórdia", disse Jetty. "Mais uma pessoa *especial*. Depois disso vem o quê? Alguém especial da CIA, da NSA, da Nasa?"

"Muito engraçado", disse Hind. "Imagino que você seja o xerife Jetty."

"Eu sou."

"Este crime está ligado aos nossos outros crimes?", ela perguntou.

"*Nossos* crimes?", perguntou Jetty. "Esse é um assunto do condado de Leflore."

Dill e Digby passaram por eles carregando um corpo coberto e saíram pela porta. Brady e Jethro vieram logo atrás, com um segundo.

"Um segundo corpo?", disse Ed.

"Aqui foi igual aos outros dois?", perguntou Jim.

Jetty perdeu a paciência. "Porra, é lógico. O Fondle foi estrangulado com arame farpado, e havia um cri... um homem negro morto no quarto junto com ele. E aí, o que vocês têm a dizer sobre isso? Vocês bambambãs tão com um tremendo pepino nas mãos, porque eu não sei que porra é essa que tá acontecendo."

Jim limpou a garganta. "Detesto perguntar, mas é o mesmo homem negro que vocês encontraram nas outras cenas de crime?"

"Não, não é", disse o xerife. "É um cavalheiro negro novinho em folha que nenhum de nós reconheceu."

"Nós vamos ficar com a custódia dos corpos", disse Hind.

"Como é?", perguntou Jetty.

Ela falou com Jim e Ed. "Façam com que esses corpos sejam enviados pra sua perita, lá em Hattiesburg. Na verdade, eu quero que todos os corpos sejam mandados pra lá."

"Espere um segundo", disse Jetty. "E quanto às famílias?"

"Não, só os corpos", ela disse.

"Ah, temos uma comediante do FBI aqui. Eu tô falando dos funerais. As pessoas gostam de dar um bom enterro cristão aos seus familiares nestes lados."

"Você não precisa de um corpo pra fazer um funeral", disse Hind. "Eles podem enterrar as pessoas quando terminarmos nosso trabalho."

"Xerife, o Fondle estava com todas as suas partes?", perguntou Ed.

"Quê?"

"Cortaram as bolas dele?", perguntou Jim.

Como se lhe doesse fisicamente dizer aquilo, Jetty murmurou bem baixinho um "sim". Em seguida, numa voz bem alta e clara: "As bolas dele estavam na mão do homem negro. Você queria me ouvir dizendo isso, não é?".

"É, meio que sim", disse Jim.

"Eu quero dar uma olhada na cena do crime, e quero ver os dois corpos", disse Hind.

"No que isso vai ajudar?", perguntou Jetty.

"Talvez você não esteja muito familiarizado com o conceito

de investigação", ela disse. "Mas nós fazemos observações procurando ativamente por provas."

O xerife não disse nada.

"Você pode dar uma olhada no homem negro. A vítima nós sabemos quem é."

"Eu vou olhar os dois. E o negro não é uma vítima também?" Hind era consideravelmente menor que Jetty, mas estava olhando-o bem nos olhos.

"Não entendo por que você precisa ver o corpo mutilado de um homem", disse Jetty. "Um bom cristão."

"Não se preocupe, eu aguento", ela disse. "E ele não vai se importar."

"Ele tinha uma esposa e uma família."

"Eu não vou encostar nos testículos dele, se é isso que te preocupa."

"Jesus Cristo", murmurou Jetty.

"Vou pegar meu kit de coleta de provas", disse Ed.

"Vocês sabem quem é o homem negro?", perguntou Jim.

"Não, porra", disse Jetty. "Ninguém tinha visto ele antes disso também. A gente nem conseguiu tirar as impressões digitais dele ainda. Não para de aparecer gente preta do nada por aqui."

"Bom, não se preocupe com isso", disse Hind. "Nós cuidaremos de tudo."

"Tenho certeza de que cuidarão", disse o xerife.

"Xerife, você tem um problema com o fato de eu estar assumindo esse caso?", perguntou Hind.

Jetty tirou o chapéu e ajeitou o cabelo ralo sobre a careca suada. "Pra dizer a verdade, eu tenho, sim. Um homicídio é um assunto local. Nós podemos resolver nossos problemas por aqui. Não precisamos de oportunistas vindo até aqui pra dizer o que a gente tem que fazer."

"Essa você vai ter que engolir, Jetty. Eu já tô aqui. Pode investigar seu homicídio. Nós vamos descobrir o que tá acontecendo por aqui."

52

Mama Z estava pintando sua varanda da frente quando Gertrude chegou com Damon. "Oi, bisneta", ela disse.

"Mama Z, este é meu amigo Damon."

"Encantado em conhecê-la", disse Damon.

Mama Z riu. "Encantado em conhecê-la? De que século você veio, meu maninho? Prazer em te conhecer também."

"Como eu te chamo?", perguntou Damon.

"Me chama de Mama Z, como todo mundo me chama."

"O Damon escreve livros", disse Gertrude.

"Ah, ele escreve, é? Talvez a gente possa arranjar um assunto pra você escrever."

"Não entendi", disse Damon.

"O que você sabe sobre linchamentos?", perguntou Mama Z.

"Um pouco. Escrevi um livro sobre violência racial."

"Eu sei", disse a idosa. "Eu tenho um exemplar aqui em casa. Ele é muito..." — ela ficou procurando pela palavra — "acadêmico."

"Parece que você disse isso como se fosse uma coisa ruim."

Mama Z deu de ombros.

Damon olhou para Gertrude, como quem espera um esclarecimento, apenas para vê-la dando de ombros também. "Acadêmico", ele repetiu.

"Não leve a mal", disse Gertrude.

"Seu livro é muito interessante", disse Mama Z, "porque você conseguiu produzir trezentas e sete páginas sobre um assunto desses sem demonstrar um pingo de indignação."

Damon ficou visivelmente incomodado com aquilo. "A ideia é que um trabalho científico e neutro possa gerar a indignação adequada."

"Muito bem dito, muito bem dito", disse Mama Z. "Você não acha que foi muito bem dito, minha bisneta?"

"Acho", concordou Gertrude.

"Tem muita coisa estranha acontecendo no condado de Leflore, Damon", disse Mama Z. "Em outros lugares, também. Não só no Mississippi. Coisas sobrenaturais."

"Você tá falando sério?" Damon sorriu para Gertrude.

Gertrude fez que sim com a cabeça.

"Gostou da cor?", perguntou Mama Z. Ela deu um passo para trás, afastando-se do gradil de sua varanda.

"É preto", disse Damon.

"Eu sei que cor é", disse a idosa. "Eu perguntei se você gostou."

"Vai ser difícil de enxergar no escuro", disse Damon.

"Isso é bem verdade, meu garoto, é bem verdade. Eu quero que você se lembre disso."

"Do que você tá falando?", ele perguntou.

"Gertrude, leva o Damon até a biblioteca e mostra os arquivos pra ele."

"Vamos lá", disse Gertrude. "Tem uma coisa lá dentro que você precisa ver. Você quer um chá?"

"Não quero chá. Eu quero conversar com você pra entender. Sobrenatural? O que é sobrenatural? Que baboseira toda é essa? O que são esses arquivos? Por que ela tá agindo desse jeito todo esquisito? Quem pinta a varanda de preto?" Damon seguiu Gertrude pela sala da frente. Ele ficou olhando para as prateleiras. "Ela tem muitos livros."

Gertrude o conduziu até a biblioteca e gesticulou para mostrar os gaveteiros.

"O que é isso que eu tô vendo?"

"Estes são os arquivos", ela disse. "Tem um arquivo aqui, praticamente, pra cada pessoa linchada neste país desde 1913."

Damon ficou atônito. Ficou olhando para todas as paredes. "Aquela senhorinha compilou tudo isso aqui?" Ele deu um passo à frente e passou a mão num dos gaveteiros.

"Abre. Lê."

"Por que 1913?"

"A Mama Z nasceu em 1913. Pouco tempo depois do seu nascimento, o pai dela foi linchado. Ele era um ativista pelo direito ao voto. O primeiro dossiê é sobre ele."

"Quantos tem aqui?", perguntou Damon.

"Não sei."

"Como ela fez tudo isso?"

"Ela não é como o resto de nós", disse Gertrude.

53

“O nome desse cara é mesmo McDonald McDonald?”, perguntou o tenente Hal Chi, da polícia do condado de Orange. Ele estava de pé no meio da enorme sala de estar de uma mansão gigantesca em Huntington Beach. Peritos forenses passavam atrás dele. Havia policiais uniformizados parados em todas as portas.

“Sim, esse é o nome dele”, disse seu parceiro, Daryl Ho. Ele consultou suas anotações. “Sem ligação com o restaurante.”

“Mas bem de vida”, disse Hal.

“Alguém disse que é dinheiro de família.”

“Não parece dinheiro de família. Olha só pra este lugar. Parece um catálogo da Restoration Hardware.”

“Da Pottery Barn”, disse Daryl.

“De todo modo, custou muito dinheiro”, disse Hal.

“Ah, você precisa ver isso.” Daryl fechou seu caderninho. “A cena do crime fica lá em cima. Eles tão periciando o resto da casa, mas ainda não chegaram no quarto. Só tiraram algumas fotos. O legista passou por lá, é claro.”

“Vamos dar uma olhada.”

Hal seguiu Daryl pela escada em caracol. Eles não pararam na frente da porta, entrando imediatamente no quarto.

“Puta merda”, disse Hal. Ele andou pelo quarto e inclinou o corpo para ver melhor o homem branco, de sessenta e poucos anos, com entradas no cabelo, vestindo um pijama e com a garganta cortada. “Meu Deus, que corte profundo. Foi uma catana?”

"Bom palpite", disse Daryl. "Tá debaixo da janela."

"Quem encontrou ele?"

"A empregada. Ele mora sozinho. Dá pra acreditar numa coisa dessas? Uma casa desse tamanho. Ela encontrou ele e desceu correndo as escadas pra ligar pro 911. Os uniformizados vieram, encontraram o dono da casa aqui e..." Daryl gesticulou para que Hal olhasse para o outro lado do quarto.

Hal se virou e viu outro corpo. "*Nǐhǎo*", ele disse. Sem precisar se aproximar, ele identificou o rosto do homem asiático morto, aos seus quarenta e poucos anos, talvez. "O que você tá fazendo aqui, *bèndàn*?"

"Olha o que tem na mão dele", disse Daryl.

"O que é isso? Caramba, quanto sangue."

"Isso são testículos. E não são dele."

Hal se virou e olhou para o homem branco. Ele viu que as calças do pijama do homem estavam abertas e cobertas de sangue. "Achei que esse sangue fosse da garganta."

"Uma parte provavelmente é, mas nosso primo aqui arrancou os culhões dele. Pelo menos é o que parece."

"E o baixinho fez isso com uma espada enorme", disse Hal. "Mas quem matou *ele*?"

"Isso é o legista quem vai dizer. Eu sou apenas um sujeito comum, com um distintivo, uma pistola e um par de algemas."

"O asiático já foi identificado?"

Daryl balançou a cabeça.

"Já vi o bastante", disse Hal. "Chama o pessoal pra periciar este lugar." Ele ficou olhando para a cena do crime. "Não tô conseguindo imaginar o que aconteceu. E você?"

Daryl balançou a cabeça. "Não."

54

O primeiro homem negro morto seguia impávido em sua gaveta de aço inoxidável em Hattiesburg, e o segundo estava a caminho. A agente especial do FBI Herberta Hind e os detetives especiais do MBI Ed Morgan e Jim Davis estavam sentados à mesa que havia se tornado habitual para os dois homens. Gertrude trouxe três copos de água gelada para eles e disse oi.

"Gertrude, esta é a Herberta Hind", disse Jim. "Ela é do FBI."

"Da Fazenda do Boi Ilustre?", brincou Gertrude. "Ou do Departamento Federal de Intimidação?" Ela se recompôs. "Perdão. Prazer em conhecê-la."

Hind sorriu, o tanto que ela costumava sorrir. "Prazer em conhecer, garota. Sua plaquinha diz Dixie."

"É meu nome artístico."

"Entendi."

"As pessoas te chamam de Herberta ou de Berta?", perguntou Gertrude.

Hind ficou examinando a menina por um longo segundo. "Minha família me chama de Herbie."

Os quatro ficaram em silêncio por alguns instantes.

"Vou trazer café pra vocês", disse Gertrude, e se afastou.

"E aí, o que a gente faz agora?", perguntou Jim.

"Acho que a gente segue o corpo", disse Ed. "Existe uma cadeia de custódia desse cadáver que foi usada pelo assassino?"

"Acho que é isso aí. Acredite ou não, minha central não tá querendo deslocar mais ninguém pra nossa investigação. Particularmente, eu não tô surpresa. De todo modo, eu pedi pra sua agência ceder vocês dois pra trabalhar comigo. E eles disseram sim."

"Bom, tudo bem, chefe", disse Jim. "Mas minha pergunta permanece: o que a gente faz agora, agente especial Hind?"

"Herbie", ela disse.

"Sério?", perguntou Jim.

"Se eu aguento, você aguenta também", ela disse. "Jim, eu gostaria que você, como disse o Ed aqui, seguisse o corpo. E dá uma conferida naquele assassinato em Chicago em que o morto teve as bolas arrancadas. Ou seja, você vai voar pra lá amanhã."

Gertrude voltou trazendo o café. "Desculpem a demora. Eu tive que passar um café novo."

"Gertrude", disse Ed, "você acha que poderia apresentar a agente especial Hind pra Mama Z?"

Gertrude hesitou por um segundo e, em seguida, disse: "Mas é claro".

"Vamos fazer os pedidos", disse Hind. "Eu vou querer o chili."

"Você gosta de chili?", perguntou Gertrude. "Talvez seja melhor pedir o sanduíche de frango."

"Três sanduíches de frango", disse Jim.

"É pra já." Gertrude saiu.

Hind ficou olhando para ela enquanto se afastava. "Garota bonita. Vocês confiam nela?"

"Nem passou pela nossa cabeça não confiar", disse Jim. "Você não confia?"

"Eu não confio em muita gente." Herbie Hind arrumou os talheres e pôs o guardanapo de papel sobre o colo. "Ed, eu quero que você descubra mais coisas sobre os brancos que morreram aqui em Money."

Ed concordou com a cabeça.

"Eu vou voltar pra Hattiesburg, revisar as provas e conversar com a perita."

55

Damon Thruff estava sentado à mesa da biblioteca no meio da sala repleta de gaveteiros cinza, com uma pasta vermelha fechada, em cima dela, bem à sua frente. Mama Z se escorou no batente da porta e ficou olhando para ele.

"Você não vai abrir?", disse a idosa.

"Em algum momento", disse Damon. Ele olhou ao seu redor. "Não tô acreditando nessa coisa. Como você fez isso tudo?"

Mama Z encolheu os ombros.

"São todos os linchamentos?"

"Eu não diria todos. Eu diria a maioria."

"Este é de 1913", ele disse ou perguntou.

"É, sim", disse Mama Z. "Meu pai."

"Seu pai foi linchado?"

"No ano em que eu nasci. O nome dele era Julius Lynch. Sem brincadeira. Ele foi enforcado e baleado cinco quilômetros ao sul de Hattiesburg. Minha mãe morreu de escarlatina três meses depois. Eu fui criada pelo meu tio, John Lynch. Mas nada disso aí é sobre mim."

56

Julius Randolph Lynch
Nascimento: 19 de agosto de 1859
Local de nascimento: Fazenda Tacony, paróquia de Concordia, Louisiana
Mãe: Catherine White, mestiça, escrava
Pai: Patrick Lynch, branco, capataz
Data do linchamento: 21 de dezembro de 1913
Local do linchamento: sul de Hattiesburg, MS, numa saída da autoestrada 49

Item 1
Relatório do Departamento de Polícia do condado de Forrest
Caso #: 122119138Ia
Data: 21 de dezembro de 1913
Policial responsável: Donald Sessions
Preparado por: xerife Larry Bolton
Incidente: O corpo de um homem negro de pele clara foi encontrado 5,6 quilômetros ao sul de Hattiesburg em meio a um agrupamento de sicômoros. O indivíduo foi encontrado com os tornozelos e pulsos amarrados com um tipo de fio revestido. O indivíduo foi encontrado suspenso num galho grande de um carvalho, pendurado por uma corda marrom-clara atada, em laço, ao redor do pescoço. O indivíduo foi declarado morto no local, pelo legista. A causa da morte foi determinada como um ferimento de faca autoinfligido ao pescoço.

O corpo foi descoberto por um arrendatário negro chamado Chancey Boatwright. Ele reportou a presença do corpo ao policial Donald Sessions, que estava num posto de gasolina a cerca de um quilômetro e meio do local. Boatwright foi conduzido até a delegacia para prestar seu depoimento e liberado em seguida.

Depoimento de Chancey Boatwright (tomado pelo xerife Bolton): Eu tinha pegado um atalho da minha casa até o armazém do sr. Sims. Não tenho certeza de que horas eram, porque não tenho relógio, mas era cedo. O chão ainda estava molhado do orvalho. A ponta da minha bota estava escura. Eu queria estar lá na hora que o sr. Sims abrisse. Primeiro eu não entendi o que estava vendo naquela árvore, porque ela estava bem contra o sol. Achei que pudesse ser uma pipa, ou as roupas de alguém, uma coisa assim. De todo modo, quando eu cheguei mais perto vi que era um homem e, misericórdia, meu Deus, morri de medo. Aquele coitado parecia não ter mais nenhum sangue no corpo dele, nem um pingo. Eu orei pra Jesus e saí correndo até o posto de gasolina pra pedir pro homem ligar pra polícia. Mas esse policial, Sessions, estava lá, e contei pra ele o que eu tinha visto. O policial me pôs no banco traseiro da viatura e me levou até o lugar em que estava o homem morto. Eu fiquei lá esperando enquanto ele dava uma olhada.

Depoimento do policial Donald Sessions: Às nove e meia da manhã, eu estava calibrando os pneus no posto de gasolina na autoestrada 49. Um crioulo que eu conhecia por nome Chancey chegou correndo no posto, todo alterado, ofegante como um cão. Ele disse que tinha encontrado um homem linchado. Eu disse pra que ele se acalmasse. Em seguida, eu enfiei ele na minha viatura e ele me mostrou onde tinha encontrado o corpo. Eu reconheci ele como sendo do homem negro chamado Julius Lynch. Passei um rádio pro xerife e o xerife telefonou pro legista. Dei uma averiguada na área e não encontrei sinal de mais ninguém. Fiz uma busca na área enquanto esperava pelo xerife e encontrei o que parecia ser uma carteira e o que parecia ser um par de óculos. A carteira não continha nem documento de identificação nem dinheiro.

Notas: O corpo de Julius Lynch foi reconhecido pelo seu irmão, John Lynch. O corpo foi recolhido pela Pierce Funeral Parlor. Ninguém foi interrogado. Nenhum suspeito identificado. Ninguém foi preso. Ninguém foi acusado. Ninguém deu a menor bola.

57

Helvetica Quip segurava uma xícara de chá de camomila sentada à mesa de aço inoxidável na sala de autópsia no porão da sede do MBI em Hattiesburg. A agente especial Herberta Hind bebia coca de uma lata e estava com um cigarro fino apagado entre os dedos de sua outra mão.

"É raro ver um cigarro hoje em dia", disse Helvetica.

"Eu fico segurando, mas não fumo. Não mais. Meu pai fumava charuto", disse Hind. "Ele foi faxineiro na Casa Branca."

"Aquela na avenida Pennsylvania, 1600?"

"Essa."

"Isso deve ter sido interessante."

"Dá essa impressão. Especialmente porque ele esteve lá na presidência do Nixon. Mas ele dizia que não era tão interessante assim. Dizia que o Kissinger era bem-educado, acredite se quiser. E que o John Dean era nervoso."

"Uau. O Nixon."

"Meu pai trabalhava à noite. Ele dizia que o Nixon tava sempre no Salão Oval. Meu pai precisava limpar em volta dele com frequência, porque o Nixon dormia na mesa." Hind terminou o refrigerante e jogou a lata vazia numa cesta de lixo ali perto. "Ele disse que o Nixon viu ele mais de mil vezes, mas nunca disse um oi."

"Racista?", perguntou Helvetica.

"Bêbado. Desatento. Quem é que sabe?"

"Eu não conheci meu pai."

"Ele te abandonou quando você era criança?", perguntou Hind.

"Não, ele morou na minha casa minha vida inteira, mas eu nunca conheci ele. Era um anestesiologista, e a impressão que ele passava era a de que se colocava pra dormir todo santo dia. Eu não lembro nem do som da voz dele. Às vezes, acho que ele também me pôs pra dormir e foi assim que eu acabei me casando com uma pessoa tão distante quanto ele. Quer saber uma coisa engraçada?"

Hind concordou com a cabeça.

"Eu me apaixonei pelo sotaque sulista do meu marido. Dá pra acreditar nisso? Pelo sotaque do Mississippi."

Hind riu. "Bom, dra. Quip, tenho certeza de que ele se apaixonou pelo seu exótico sotaque britânico também."

"Meu sotaque não parece impressionar muito as pessoas daqui."

Hind ficou refletindo sobre aquilo por alguns instantes. "Meu pai detestou o fato de eu ter ido trabalhar no Departamento."

"E por quê?"

"Ele não confia nos brancos."

"E, ainda assim, trabalhou na Casa Branca", disse Helvetica.

"Ele até gostava dessa ironia."

O computador às costas de Helvetica emitiu um som. "Parece que temos um resultado, senhoras e senhores." Ela abriu uma tela e ficou examinando. "O DNA do nosso segundo cadáver pertence ao sr. Gerald Mister. Bom nome. Parece que o sr. Mister cumpriu alguns anos na cadeia do condado de Cook. Foi solto faz um tempo. Morreu no ano passado. E escuta só: o corpo foi levado pela Acme Cadaver Supply de Chicago. Assim como nosso outro corpo."

"Então acho que este é nosso próximo alvo."

"O que é que tá acontecendo, agente especial Hind?"

"Não sei, dra. Quip. Não sei mesmo. Mandei o Davis pra Chicago."

58

Estava extremamente frio em Chicago, pelo menos para Jim Davis. Jim era de New Orleans, e seu corpo o fez lembrar desse fato quando o vento de Chicago começou a castigá-lo. Ele pensou estar vestido adequadamente, jogando um sobretudo de lã por cima de seu terno de lã, mas estava enganado. Jim estacionou o carro alugado na delegacia de Brighton Park e entrou no prédio, que estava com a calefação no máximo.

Ele se aproximou do policial que estava na recepção. "Eu gostaria de falar com o sargento Daniel Moon."

"E quem diabos é você?", perguntou o tira gordo.

"Detetive especial Jim Davis, do Departamento de Investigação do Mississippi", ele disse. Detestava a maneira como aquilo soava.

"Ah, é?", disse o homem.

"Faço parte de uma força de trabalho interestadual junto com o FBI. Policial, você pode me dar seu nome?"

O homem se encolheu todo e pegou o telefone. "Eu vou ligar pro sargento Moon. Pode sentar ali."

Jim sentou-se numa cadeira encostada numa parede, ao lado de uma mulher algemada. Ele a cumprimentou com um aceno de cabeça.

"Estão me fichando por prostituição", ela disse.

"Lamento saber disso", disse Jim. "Eles pegam muito pesado com isso por aqui?"

"Se você trabalha na rua", ela disse. "Eles não dão a mínima se você trabalha pela internet e atende em hotéis e coisas desse tipo."

"Ah, é mesmo?"

"Ô, se é. A menos que o cara do hotel te veja e não vá com a tua cara. Foi o que aconteceu comigo."

"Sinto muito saber disso." Jim tirou o sobretudo.

"Filho da puta", ela disse. "E tudo porque eu não quis dar uma parte da grana pra ele."

"E isso não é uma prática comum?"

A mulher encarou Jim por um segundo, e ficou puta. "Sabe do que mais? Vai se foder", ela disse.

Jim assentiu com a cabeça e se recostou na parede atrás dele.

"Quem é você pra me julgar?", disse a mulher.

Sem abrir os olhos, Jim disse: "Escuta, querida, eu sou de New Orleans, na Louisiana. Lá você pode vender sua buceta o quanto você quiser, desde que isso não faça mal a outra pessoa. Então, baixa a bola aí".

"Detetive Davis", disse um homem.

Jim abriu os olhos e deu de cara com um asiático de pé ao seu lado. "Eu sou o Moon. Vem comigo."

Jim sentou-se numa cadeira virada de frente para a mesa de Moon. Moon sentou na beirada dessa mesa. "Então, você tá interessado no assassinato do Milam."

"Você esteve na cena do crime", Jim afirmou mais do que perguntou.

"Foi a coisa mais feia que eu já vi."

"Tinha arame farpado lá?", perguntou Jim.

"Tinha, sim", disse Moon.

Jim tirou um envelope amarelo dobrado do bolso do sobretudo. "Sua cena do crime era parecida com essa?"

Moon examinou as fotos e voltou a olhar para Jim. "Que porra é essa? O que é que tá acontecendo?"

"Sua cena parecia com essa?"

Moon olhou de novo para as imagens. "Quase exatamente. Exceto que havia apenas um corpo."

"Havia algum sinal de que outro corpo tinha estado lá?", perguntou Jim.

"Como assim?"

"Você viu alguma coisa estranha?" Jim se conteve. "Além do óbvio. Alguma coisa que tenha te incomodado?"

"Os peritos encontraram um tecido escuro que não foi possível identificar. Não tinha sinal de confronto, mas provavelmente ele pertencia ao assassino. O laboratório disse que estava deteriorado."

"Você poderia me levar até a cena?"

Moon olhou para Jim e, depois, de novo para as fotografias. "Claro, eu te levo lá."

"Obrigado, detetive."

"Tenebroso isso tudo, hein?", disse Moon.

"Sim, pois é."

"Você quer me dizer o que é que tá acontecendo?"

"É exatamente o que eu quero saber."

59

As atribuições de Ed Morgan estavam menos claras do que as de seu parceiro. Ele estava encarregado de descobrir o máximo que pudesse sobre as quatro vítimas brancas. O problema inicial, em sua opinião, era o fato de os três homens e a mulher serem tão desinteressantes que não havia muita coisa para descobrir a seu respeito. Eram pessoas simples, no sentido mais estrito da palavra, não exatamente positivo. Não era nada surpreendente que, numa cidade daquele tamanho, todos se conhecessem. Na verdade, Carolyn Bryant, Wheat Bryant e o Milam que eles chamavam de Junior Junior tinham todos laços consanguíneos. O legista, Fondle, era a peça que não se encaixava no quebra-cabeça. E, por isso, Ed decidiu começar por ele. Foi até a casa do homem e bateu à sua porta. Fancel Fondle disse para ele entrar. Ed a encontrou preenchendo completamente uma poltrona reclinada na sala de estar.

"Peço desculpas por te incomodar durante seu momento de luto, senhora, mas estou investigando a morte do seu marido", disse Ed.

"Nem fodendo, você não é um dos nossos policiais", ela disse.

"Não, senhora, eu não sou. Eu sou do Departamento de Investigação do Mississippi, lá em Hattiesburg. Fui designado para este caso."

"De Hattiesburg?" Ela pareceu momentaneamente impressionada com esse fato.

"Sim, senhora." Ed resolveu seguir por esse caminho. "Como seu marido era um oficial do governo, o Departamento tem um interesse mais do que especial nas circunstâncias do seu triste e prematuro falecimento."

"Ora, vai à merda", ela disse.

"Perdão, senhora?"

"Eu posso ser gorda e branca, mas não sou burra."

"Peço desculpas, sra. Fondle."

"E aí eles me mandam *você*."

"Eu sou um detetive especial, senhora."

"Bom, então senta esse seu rabo aí."

O único outro lugar para sentar na sala era também uma poltrona reclinável, de um modelo diferente, revestida de vinil, ao lado dela. Ed sentou-se, produzindo um barulho constrangedor. "Desculpe", disse.

"Todo mundo faz barulho quando senta aí", ela disse. "Mas você bem que podia perder uns quilinhos também."

"Sim, senhora. Peço desculpas se a senhora já respondeu algumas dessas perguntas que eu vou lhe fazer", disse Ed.

"Ah, tudo bem", ela disse. Era mais nova do que o marido, talvez tivesse uns quarenta, mas quem diria isso olhando apenas para aquele corpo obeso, castigado pela vida? Ela era levemente estrábica. "Você até que é legal", disse, "pra um negro. Você parece instruído. Você estudou?"

"Sim, senhora. Me diga, você sabe de alguma pessoa que pudesse querer machucar seu marido?"

Fancel Fondle deu uma risadinha. "Provavelmente muita gente queria machucar meu marido, mas não a ponto de matar ele. Ele não era muito benquisto."

"Entendi."

"Ele achava que ser legista tornava ele muito especial, e as pessoas daqui não gostavam muito disso. Nem médico de verdade ele era, você sabia?" Ela pegou uma bala de menta de uma tigela em cima da mesinha acoplada ao braço da poltrona e a enfiou na boca. "Mas eles o chamavam de doutor mesmo assim."

"E ele era reverendo?", perguntou Ed.

"Acho que dá pra dizer que sim. Não sei o que faz de alguém um pregador. Ele não aprendeu isso em nenhuma escola. Mas pregava. E não era muito bom nisso. Sempre entendendo errado as Escrituras."

"Talvez ele fosse bom em confortar as pessoas", disse Ed, porque a mãe o havia ensinado a sempre procurar por algo de bom, e sempre dizer algo legal.

"Eu não diria isso", disse Fancel Fondle. "Ele era meio palerma. Acho que essa é a palavra. Sempre dizendo a coisa errada."

"Alguém odiava ele?"

"Ninguém em particular, mas, de modo geral, muita gente", ela disse, balançando a cabeça. "Ele, definitivamente, odiava certas pessoas."

"Quem ele odiava?"

"Ele odiava gente de cor", ela disse. "Me desculpe."

Ed deu de ombros.

"Muita gente por aqui odeia gente de cor. Ele era só mais um."

"Não parece que você gostava muito do seu marido. Por que se casou com o cara?"

"Aqui é Money, Mississippi, sr. detetive. Condado de Leflore, Mississippi. Meu marido não era um cara bonito ou bom de papo, mas tinha um emprego fixo. Eu não terminei o ensino médio, não sei cantar e não fico bem pelada. Só queria ter uma vida. Minha."

Ele se arrependeu de ter feito aquela pergunta, dando-se conta de que não deveria tê-la feito. "Me diz alguns nomes de pessoas que ele odiava."

"Ele odiava o Red Jetty", ela disse. "Ah, mas o Red não fazia a menor ideia. O Cad nunca disse nada na frente dele. Ele meio que tinha medo do Red."

"Por que ele odiava o Red Jetty?", Ed perguntou.

"Por causa do pai dele."

"O pai do Red?"

Fancel Fondle ficou olhando para Ed por um longo instante. "O pai do Red Jetty saiu da Klan faz muito tempo, quando o pai do Cad, Philbert, era o Grande Kleagle. O pai do Cad detestou aquilo, chamou ele de traidor e xingou de mais um monte de coisa desagradável. Mas, enfim, um monte de outros caras também saíram da Klan junto com ele. Foi isso que irritou o pai do Cad, ele levou uma galera junto. Parte desse ódio acabou sendo herdado."

"Por que o pai do Jetty saiu?", perguntou Ed.

"Não sei. Teve alguma coisa a ver com um assassinato." Ela parou para olhar para Ed mais uma vez. "Sinto muito estar falando sobre isso com você."

"Tudo bem, senhora."

"Alguma coisa sobre a morte de um cri... de um homem negro." Ela enfiou mais algumas balas na boca. "É por isso que eu sou gorda."

"Você tá dizendo que o pai do seu marido matou um homem?"

"Não sei. Talvez. Sim."

"Você acha que muita gente sabia que ele tinha matado um homem?", perguntou Ed.

"Esse é um daqueles segredos que todo mundo sabe." Ela fez uma pausa e empurrou a tigela com as balas para longe. "Exceto minha faxineira, a Sadie, a primeira pessoa de cor que entrou nesta casa."

"É mesmo?"

"Você é legal."

"Seu marido era membro da Ku Klux Klan, sra. Fondle?"

Ela não respondeu.

"Isso não vai prejudicá-lo em nada, agora", disse Ed.

"Sim." A mulher pareceu envergonhada.

"É melhor eu ir andando, senhora. Muito obrigado pelo seu tempo."

"O Cad não era legal com ninguém, fosse gente de cor ou branco", ela disse.

"Sim, senhora."

"Imagino que isso não faça muita diferença pra você." Ela balançou a cabeça.

"Não, senhora."

60

Damon Thruff ficou lendo dossiê por dossiê, nome por nome. No começo, tomava um grande cuidado para devolver cada arquivo precisamente ao seu lugar antes de pegar o próximo. Os primeiros vinte ou algo assim foram em sequência, mas, agora, ele estava pegando arquivos de qualquer jeito, de qualquer gaveta, de qualquer gaveteiro. E não se preocupava mais em colocá-los de volta, deixando muitos deles abertos em cima da mesa, expostos ao ar e à luz. O mais perturbador de tudo era o quanto aqueles casos eram todos tão parecidos, não que isso fosse algo totalmente inesperado, mas encarar essa realidade era arrebatador mesmo assim. Parecia um bando de zebras, ele pensou — nenhuma tinha listras iguais, mas quem seria capaz de distinguir uma das outras? Ele achou aquilo tudo deprimente, não que linchamentos pudessem ser qualquer outra coisa além disso. Mesmo assim, o crime, a prática, a religião em torno daquilo, tudo estava ficando cada vez mais pernicioso à medida que ele foi percebendo que a similaridade de suas mortes havia feito com que esses homens e mulheres tivessem sido, num mesmo golpe, apagados e condensados numa peça única, como se fossem um único corpo. Eles eram um monte de números, e também nenhum. Eram muitos e apenas um. Um sintoma, um sinal.

Mama Z entrou na biblioteca e deixou sobre a mesa uma bandeja de plástico com chá preto e alguns biscoitinhos.

Damon olhou para a mulher e, depois, para a luz opaca do lado de fora da janela. "Já tá anoitecendo?", ele perguntou.

"Amanhecendo", disse a idosa.

"Eu passei a noite inteira aqui?"

Ela confirmou com zumbidos.

"Foi você quem fez isso tudo?", perguntou Damon.

Mama Z serviu o chá. "Sim."

"Isso é incrível", ele disse.

"Eu registrei toda a obra do diabo."

"Do diabo?"

"Eu não acredito num deus, sr. Thruff. Você até pode ficar sentado aqui nesta sala, tocar todos esses arquivos, ler todas essas páginas e acreditar num deus. Eu, por outro lado, e tenho certeza de que você pensa igual a mim, acredito no diabo."

"E no inferno?", perguntou Damon.

"E no inferno. O inferno é aqui, sr. Thruff. Você não tá ligado? Os bebês são mais inteligentes do que nós. Parece que eles tão o tempo todo tentando se matar. É por isso que a gente tem que ficar de olho neles a cada segundo, pra evitar que engulam moedas ou bebam herbicida ou comam Tylenol como se fossem balinhas. Depois a gente fica burro e começa a querer viver."

"Como é ter mais de cem anos?"

"Que pergunta imbecil", disse a idosa.

"Desculpa", disse Damon.

"Eu não falei que era uma pergunta ruim ou despropositada."

Ouviu-se uma batida na porta.

"Deve ser a Gertrude", disse Mama Z.

Gertrude estava na soleira da porta com Herberta Hind. Gertrude se atrapalhou com sua batida, primeiro suave demais e, depois, muito forte. Hind a deixava nervosa.

"Essa Mama Z", disse Hind, "é sua avó?"

"Bisavó."

"Eu nunca tive uma bisavó. Quer dizer, é claro que eu tive, mas nunca conheci ela. Que coisa, gerações."

A porta se abriu e elas entraram na casa. Mama Z não ficou nervosa. "E quem você trouxe com você?", perguntou.

"Mama Z, esta é a agente Hind, do FBI."

Hind apertou a mão da idosa. "Agente especial Herberta Hind, da divisão de Washington, DC."

"Oh, uau", disse Mama Z, fingindo estar impressionada. "Herberta Hind", ela deixou aquele nome no ar, como se estivesse procurando alguma coisa. "Espero que seus pais não tenham te apelidado de Herbie." Ela riu.

Hind riu por educação. Não parecia constrangida, mas estava muito impressionada com a agilidade da mulher.

"A agente especial Hind tá investigando aqueles homicídios", disse Gertrude.

"Ah, ela tá? Não sabia que o FBI investigava homicídios", disse Mama Z. "Achei que esse tipo de coisa ficava a cargo das autoridades locais."

"Talvez tenha algumas violações dos direitos civis envolvidas nesses casos", disse Hind.

"Direitos civis de quem?"

"Eu ainda não sei."

"Tô perguntando porque você precisa estar exercendo seus direitos civis pra que eles possam ser violados." Mama Z deixou aquilo no ar. "Desculpa. Perdoa meu jeito. A gente pode sentar aqui. Gertie, seja boazinha, faz um chá e traz uns biscoitinhos pra gente. Cuida pro gato não vir aqui incomodar."

Gertrude assentiu com a cabeça.

"Eu gosto de gatos", disse Hind.

"Esse solta pelo que é uma loucura", disse Mama Z. "Sua roupa já estaria imunda antes que você pudesse dizer

'Puta que pariu, Mississippi'." Ela meio que cantou aquelas palavras.

"Qual é seu sobrenome, Mama Z?", perguntou Hind.

"Todo mundo me chama de Mama Z."

"É pro meu relatório."

"Lynch. Meu nome é Adelaide Lynch." Para Gertrude: "Vai fazer aquele chá, bebê".

Gertrude saiu da sala.

"De onde vem esse Z?"

"Eu não lembro direito", disse a idosa. "É mais fácil de soletrar do que Ômega." Mama Z olhou Hind bem nos olhos.

"Quantos anos você tem?"

"Cento e cinco."

"Você tá ótima. Ativa desse jeito. Você mora sozinha?"

"Sim."

"Que maravilha. Qual é seu segredo?"

"Veneno."

"O quê?", perguntou Hind.

"É como eu chamo meu chá noturno", disse Mama Z, acrescentando, em seguida, num tom conspiratório: "Eu misturo um pouco de bourbon".

"Entendi."

Elas ficaram sentadas em silêncio por um instante.

"Me disseram que você sabe de praticamente tudo que acontece nessas bandas", disse Hind. "Imagino que seja uma consequência de ter vivido um século."

"Eu sei um pouquinho."

"Você sabe sobre o corpo do homem negro que apareceu em três cenas de crime diferentes?"

"Você é bem direta, não é mesmo?"

"Não existe outra maneira de perguntar uma coisa dessas", disse Hind.

"Eu ouvi falar. Confuso. Desconcertante? Seria essa a palavra mais apropriada? Tudo parece meio mágico, você não acha?" Mama Z abriu uma caixa de madeira em cima da mesa e tirou um charuto de dentro. "Você quer um?"

"Não, obrigada." Hind ficou olhando para o charuto e para a mulher.

"Eu sei que é bizarro", disse a idosa. "Mas eu fumei um desses por dia nos últimos setenta e cinco anos. Talvez eles sejam o segredo da minha longevidade. Junto com o bourbon. Quem é que sabe? Você já fumou um desses?"

"Não, nem pensei nisso."

"Eles são terrivelmente caros, mas acho que valem a pena. São cubanos. Provavelmente eu não devia ter te contado isso."

Hind fez um gesto com a mão para que ela não se preocupasse com aquilo.

"Não quero te deixar numa situação comprometedora", disse Mama Z.

"O que você pode me dizer sobre os Bryant?"

"Bom, você sabe que a Carolyn Bryant foi a mulher que acusou o Emmett Till de ter dito alguma coisa pra ela."

"Uma coisa da qual ela se arrependeu mais tarde, pelo que li", disse Hind.

"Não dá pra botar a bala de volta na arma."

Hind concordou com a cabeça.

"O que aquela mulher fez àquela criança talvez não seja perdoável nem por um desses cristãos ou pelo deus deles."

"Você não é cristã?", disse Hind, em tom de pergunta.

"Não sou muito de perdoar. E você?"

Gertrude veio trazendo uma bandeja com chá e biscoitos salgados.

"Obrigada", disse Mama Z. "Pode deixar a gente aqui conversando, agora. Obrigada, minha bisnetinha querida."

Gertrude saiu.

"Eu tava te perguntando sobre sua religião", disse Mama Z, servindo o chá. "Você é cristã?"

"Talvez seja. Eu ainda não decidi", disse Hind. "Vou decidir quando eu for tão sábia quanto você."

"Ninguém nunca tinha me chamado de velha de um jeito tão bacana." Mama Z sorriu.

"A gente começou com o pé esquerdo por aqui?", perguntou Hind.

"Acho que não. Por quê?"

"Eu tô sentindo uma espécie de tensão, aqui, entre nós. Como se, talvez, você não confiasse em mim. Você confia em mim?"

Mama Z não disse nada.

"Por que não?", perguntou Hind.

"Você é do FBI."

"E eu também sou uma mulher preta", disse Hind.

"Então você entende meu problema com você."

"Mas imagino que você não tenha tido o mesmo problema com os detetives Morgan e Davis."

"Eles não são do FBI."

Hind soltou um suspiro. "Não, mas são do MBI. São apenas letras."

Mama Z olhou para Hind por alguns instantes, e depois falou, para dentro da casa: "Traz mais água quente!".

"Você tem algum motivo pra temer o FBI?"

"Isso foi uma pergunta retórica?"

"Acho que sim."

"Meu pai foi linchado."

"Sinto muito", disse Hind.

"Isso foi um pedido de desculpas oficial do governo dos Estados Unidos?"

"De uma mulher preta."

"Mais uma vez", disse Mama Z, "você entende meu problema

com você. Isso é o mesmo que nada, praticamente. Eu não ouvi nada, foi exatamente isso que eu ouvi."

"Você não acha que alguns de nós precisam estar em lugares como o FBI, a CIA, o Congresso?", disse Hind.

"Não."

"Por que não?"

"Más companhias. Eu não ando em más companhias."

61

Era um prédio residencial comum, uma vez que se parecia exatamente com todos os outros prédios residenciais do quarteirão, um quarteirão que se parecia exatamente com todos os outros daquele bairro. Lá dentro, a única característica distinta do apartamento número 3, de frente, subindo as escadas à direita, era a fita amarela de isolamento da polícia bloqueando a porta e o aviso de 22 por 28 centímetros, verde e vermelho, grudado nela. Moon deixou que Davis entrasse primeiro no apartamento. A primeira coisa que Jim notou foi a luz passando pelas cortinas entreabertas na janela saliente virada para a rua e, em seguida, começou a olhar ao seu redor, lembrando das fotos da cena do crime.

"O corpo tava aqui, no chão, na frente do sofá", disse Moon, apontando com a mão espalmada.

Jim fez que sim com a cabeça.

"Era tudo muito macabro, mas a coisa mais esquisita era que tudo parecia muito limpo. Quer dizer, agora tem poeira aqui, mas não tinha muita no dia. E ele tava morto fazia uma semana quando foi encontrado."

Jim balançou a cabeça. Ficou examinando o sangue seco e negro no tapete e no piso de madeira. "Por que ele demorou tanto tempo pra ser encontrado?"

"Acho que ninguém gostava dele. Quanto ao cheiro, todo mundo achou que era de um rato que tinha morrido dentro de alguma parede."

"Faz sentido", disse Jim. "Sua intuição te diz alguma coisa?"

Moon balançou a cabeça. "Foi uma coisa muito feia. Do jeito que aquele arame farpado — e era um arame farpado velho, enferrujado, todo podre — foi enrolado no pescoço dele, quase atravessou até o outro lado. Você tem ideia de quanta força é necessária pra fazer isso?"

"Não, mas imagino que você tenha."

"Os caras do laboratório disseram que mesmo dois homens, cada um puxando de um lado, não iam ser capazes de fazer aquilo. O que você pensa disso?"

"Tô tentando evitar pensar." Jim deu alguns passos e olhou dentro da geladeira. "Três cervejas vagabundas e um pote de mostarda."

"Era o que tinha quando o encontramos."

"Gourmet."

"O que sua intuição te diz?"

"Porra nenhuma."

"Pra onde você vai agora?"

"Acredite ou não, pra um lugar chamado Acme Cadaver Company de Chicago. Quer vir comigo? Na verdade, eu quero que você venha. Seu distintivo vai causar mais impacto do que este meu, do Mississippi."

"Claro", disse Moon. "Vamos lá."

62

Ed Morgan estava parado na frente da casa do assistente do legista, Dill. Ele o conhecia apenas por Dill. O homem morava com a mãe, a quem todos sempre se referiam por seus dois nomes, Mavis Dill. A grama do quintal estava muito alta, descuidada e precisando de água. Havia vários bancos de concreto na frente da casa, mais do que parecia ser necessário ou útil, um deles quebrado, formando um V. Um Buick Riviera da metade dos anos 70 estava estacionado na rampa, perto da porta da garagem, o pneu direito traseiro murcho havia algum tempo. O porta-malas e o para-choque estavam cobertos de adesivos: *Se armas fossem criminalizadas, somente criminosos teriam armas*; *Não existiria primeira emenda se não houvesse uma segunda*; *Defenda os Estados Unidos, vote Republicanos*; *Se ele chora, você ganha*; *Quando tocar a trombeta, quero estar bem longe daqui*; *Rádio WHTE AM*; *TRUMP para precedente*; *Meu outro carro também é um Buick*. Atrás do Riviera havia um Datsun B210 todo enferrujado, também da metade dos anos 70.

Ed bateu à porta.

Dill veio atender. Ele não pareceu surpreso em ver o detetive. "Qual dos dois é você?"

"O preto", disse Ed.

Dill soltou uma risadinha misturada com um ronco. Ele deu um passo para trás para que Ed pudesse entrar. "Dizem que vocês são engraçados", ele disse.

Eles sentaram no que Dill chamava de sala de estar, ambos no sofá. Ed estava começando a se acostumar a sentar-se ao lado da pessoa que estava interrogando. "Sua mãe tá em casa? Parece que todo mundo sempre fala dela."

"Falam mesmo. Ela tá dormindo. Mavis Dill." Ele disse o nome dela e o deixou no ar.

"Por que ela é tão conhecida?"

"Acho que é porque ela sabe tudo sobre todo mundo. Seja da conta dela ou não. Ela é a fofoqueira da cidade."

"E todo mundo te chama de Dill. Você tem um primeiro nome?"

Dill assentiu com a cabeça, meio sem graça. "É Pick. E meu nome do meio é Leon."

"Pick L. Dill? Tipo picles? Ah, entendi."

Dill deu uma risadinha. "Foi duro no colégio."

"Imagino." Ed olhou pela janela. "Me fala sobre seu chefe."

"Ele tá morto."

"Antes disso."

"Antes disso, eu queria que ele estivesse morto. Mas eu não matei meu chefe. Ele era um tolete de merda ambulante, mas eu não matei ele." Dill não piscava os olhos.

"O que você não gostava nele?", perguntou Ed.

"Não tinha nada nele pra gostar. Ele era um falso religioso, mal-educado, idiota e preconceituoso que caiu de paraquedas no escritório do legista e sentou em cima do cargo. Ele atribuía a causa mortis que dava na telha, nunca baseado em ciência. Ele era um criminoso."

"Me fala mais."

"Bom, ele tá morto, agora, então não tem mais como prender ele, né?"

"Eu posso tentar", disse Ed.

Dill riu.

"Cá entre nós, não dou a mínima pra quem matou ele. Só quero entender essa loucura toda. Esse é meio que meu trabalho."

"Quer um café? Eu só tenho instantâneo." Dill ficou todo agitado de repente.

"Não, obrigado. Algum problema?", perguntou Ed.

"Não."

"Me dá um exemplo de algum crime que o Fondle tenha cometido."

"O lance é o seguinte." Dill inclinou seu corpo para a frente. "Tô com medo de me incriminar também. Quer dizer, eu fazia o que ele me mandava fazer. Eu não queria perder meu emprego."

Ed abriu o que pensou ser um sorriso reconfortante. "Como eu disse, mesmo que você tivesse matado o Fondle, eu não daria a mínima. Eu só tô tentando entender o que tá acontecendo aqui. Corpos que desaparecem são uma novidade pra mim."

"Nisso você tem razão." Dill respirou fundo, longamente. "Uns quatro anos atrás, um policial ligou relatando ter encontrado um cadáver nos fundos do frigorífico. Ele tá abandonado agora. Alguém tentou transformar o lugar numa casa noturna uns anos atrás, mas aqui é Money, Mississippi. Ninguém dança."

"Não?"

"Você sabe por que os batistas nunca se levantam?", perguntou Dill.

"Me diz."

"Porque eles têm medo que alguém ache que eles tão dançando."

Ed concordou com a cabeça.

"Mas, enfim, esse negro tava morto, dentro de uma caçamba de lixo, com um tiro na nuca. Um trinta e oito, talvez uma quarenta e cinco. Um buracão." Dill pôs a mão na nuca para mostrar. "O policial não é mais policial, acho que o Jetty demitiu ele. O cara parecia muito nervoso. Ficou um tempão conversando com o Fondle. E você sabe o que o Fondle fez?"

Ed balançou a cabeça para os lados.

"Ele escreveu *suicídio* como causa mortis. Simples assim! Quem dá um tiro na própria nuca dentro de uma caçamba de lixo?"

"Qual era o nome desse policial?", perguntou Ed.

"Eu devia ter falado alguma coisa na época. Mas pra quem?"

"O nome do policial."

"Mustard, talvez Ketchum? Eu lembro que era parecido com um molho. Mayo, é isso. Mayo. Não lembro do primeiro nome dele, se é que soube algum dia."

"Ele ainda tá por aí?"

"Sumiu faz um tempão."

"E a vítima, como era o nome dele?"

"Garth Johnson. Eu lembro do nome porque pensei: *Garth, isso parece nome de branco*, apesar de eu saber que não existe isso de nome de branco e de preto, mas você entendeu o que eu quis dizer."

"Acho que sim."

"Tipo, se fosse um branco chamado LaMarcus, você ia lembrar disso, né?"

"Acho que ia. Quem identificou o corpo?"

"Todo mundo conhecia ele. Ele trabalhava no posto de gasolina. Morava no Bottom, é claro."

"Ele tinha algum parente? Alguém que pudesse ir até lá identificar oficialmente?"

Dill balançou a cabeça para os lados. "Se ele tinha família, eu não sabia."

Ed afrouxou a gravata. Estava furioso.

"Certamente essa não foi a única vez que o Fondle fez algo assim. Fora você, quem mais você acha que podia querer matar o Fondle?"

"Todo mundo, acho."

"Como ele se mantinha no cargo?", perguntou Ed.

"É difícil perder quando seu nome é o único na cédula de votação."

"Você sabe de alguém que pudesse querer matar o Wheat Bryant ou o Junior Junior Milam?"

"Esses aí não eram grande coisa, mas não."

"Obrigado, sr. Dill."

"Você sabe que eu só voltei pra esse buraco de cidade pra cuidar da minha mãe."

Ed assentiu com a cabeça.

63

Gertrude foi embora antes que a agente especial Hind e Mama Z terminassem sua conversa. Ela pegou a caminhonete de Mama Z porque havia deixado seu carro na cidade para ir até lá de carona com a mulher do FBI. Dirigiu rumo ao sul, em direção ao Bluegum. Apesar de o lugar estar fechado, ela digitou um código no teclado que havia na porta da frente e entrou. Atravessou o salão, depois a cozinha, e chegou a uma grande sala muito iluminada. A luz intensa do sol entrava por uma série de claraboias. As paredes eram de um branco absoluto, sem janelas, e o piso estava repleto de pequenos tapetes, de diferentes cores e espessuras. Em cima desses tapetes, cerca de vinte homens e mulheres vestindo quimonos pretos praticavam artes marciais. Duas mulheres lutavam com lanças compridas, a cabeça balançando loucamente sempre que elas desviavam dos golpes das armas pontudas. Três homens de capuz treinavam chutes contra postes encapados com cordas. Outro homem praticava o desaparecimento. Gertrude só sabia disso porque havia testemunhado um deles desaparecer em meio às sombras outro dia. Chester quebrava um tijolo atrás do outro em sua testa num canto afastado. Gertrude respirou aquele ar carregado de suor e abriu um sorriso.

"Quem deixou a branca entrar?", perguntou uma baixinha.

"Muito bem", disse Gertrude. "Tá todo mundo no grau?"

"Mais no grau do que termômetro."

Um homem alto se aproximou de Gertrude. Ele coçou a barba e disse: “Mas se não é a pequena Dixie”.

A baixinha disse: “Você sabe que eu posso te dar uma surra, né?”.

“Gostaria que ela estivesse brincando”, o homem disse a Gertrude. “E aí, vamos fazer uma baguncinha lá fora?”

“Sim.”

64

Damon Thruff escrevia desenfreadamente com um lápis número 3 afiado por seu canivete da Phi Beta Kappa. Ele estava anotando nomes num bloco de papel A4 amarelo. Não parava de escrever:

Bill Gilmer
Shedrick Thompson
Ed Lang
John Henry James
Charles Wright
Henry Scott
Arthur Young
George Dorsey
Mae Dorsey
Dorothy Malcom
Eugene Hamilton
Paul Booker
James Jordan
W. W. Watt
Lemuel Walters
George Holden
Will Wilkins
John Ruffin
Henry Ruffin
Eliza Woods

Anderson Gauss
Huie Conorly
Dago Pete
Laura Nelson
William Fambro
Isadore Banks
homem desconhecido
Tony Champion
Michael Kelly
Andrew Ford
Henry Hinson
homem desconhecido
Charles Willis
William Rawls
Alfred Daniels
Manny Price
Robert Scruggs
Jumbo Clark
Jack Long
Henry White
homem desconhecido
Rev. Josh Baskins
Bert Dennis
Andrew McHenry
Stella Young
Abraham Wilson
George Buddington
Albert Martin
homem desconhecido
mulher desconhecida
Richard Puryear
John Campbell
John Taylor

Ernest Green
Charles Lang
Ed Johnson
Andrew Clark
Alma Major
Maggie House
Nevlin Porter
Johnson Spencer
James Clark
Levi Harrington
Jack Minho
Elbert Williams
Will Brown
Wyatt Outlaw
John Stephens
Perry McChristian
Felix Williams
homem desconhecido
Bartley James
John Campbell
Eugene Williams
Robert Robinson
Bob Ashley
Cleo Wright
Lemuel Walters
Benny Richards
Lloyd Clay
Henry Prince
Jim Waters
Frank Livingston
William Miller
Berry Washington
James Chaney

James Jordon
George Armwood
Sydney Randolph
George Taylor
James Carter
Emmett Divers
Smiles Estes
Dick Lundy
Jennie Steers
homem desconhecido
dezesseis homens adultos
John Peterson
Frank Morris
James Byrd Jr.
Albert Young
James Reeb
Frazier Baker
James Scott
Joseph Smith
Francis McIntosh
George White
Zachariah Walker
Tom Moss
homem desconhecido
homem desconhecido
Calvin McDowell
Elias Clayton
Elmer Jackson
Isaac McGhie
Will Stewart
John Holmes
Thurmond Thomas
Elijah Lovejoy

Amos Miller
Jim Taylor
Elwood Higginbotham
Wade Thomas
Nelson Patton
David Jones
Ephraim Grizzard
Samuel Smith
onze homens adultos
Angelo Albano
Ficarotta Villarosa
Lorenzo Saladino
Arena Salvatore
Giuseppe Venturella
Francesco DiFatta
Giuseppe DiFatta
Giovanni Cerami
Rosario Fiducia
Sanford Lewis
homem desconhecido
Miles Phifer
Will Temple
Robert Crosby
John Heath
Matthew Williams
David Walker
Annie Walker
quatro filhos de David e Annie Walker
George Grant
Raymond Gunn
Henry Lowry
Sam Hose
Jan Hartfield

Bunk Richardson
Lee Heflin
Sra. Wise
Dave Tillis
George Hughes
William Shorter
Joseph Dye
Orion Anderson
H. Bromley
Allie Thompson
Charles Craven

"Bom, a cana já foi embora", disse Mama Z, entrando na sala de registros. Ela viu os dossiês abertos e a aparência desgrenhada de Thruff.

Damon olhou de volta para ela.

"A mulher do FBI", disse Mama Z. Ela notou os olhos vermelhos de Damon e, em seguida, olhou de novo para as páginas à sua frente. "O que você tá fazendo?"

"Tô escrevendo à mão todos os nomes deles." Damon estava apontando seu lápis em cima de uma folha de papel branco.

Mama Z puxou o bloco em sua direção e olhou para a lista. "Por que você tá fazendo isso?", ela perguntou.

"Quando eu escrevo os nomes, eles se tornam reais, não são mais apenas estatísticas. Quando eu escrevo os nomes, eles voltam a ser reais. É quase como se ganhassem mais alguns segundos aqui. Você entende o que eu tô dizendo? Eu nunca seria capaz de inventar todos esses nomes. Eles só podem ser reais. Esses nomes só podem ser reais. Não é?"

Mama Z tocou o rosto de Damon com a mão. "Por que com um lápis?"

"Quando eu terminar, vou apagar todos os nomes, pra libertar eles."

"Pode continuar, criança", disse a idosa.

Benjamin Thompson
John Parker
Joseph McCoy
Magruder Fletcher
Adam
Abraham Smith
Joe Coe
Emmett Till
Anthony Crawford
Leo Jew Foo
Leo Tim Kwong
Hung Qwan Chuen
Tom He Yew
Charles Wright
Claude Neal
Dick Rowland
Mar Tse Choy
Leo Lung Siang
Yip Ah Marn
Leo Lung Hor
Leo Ah Tsun
Leans Ding
Eli Persons
Fred Rochelle
Henry Smith
Jim McIlherron
Yuen Chin Sing
Hsu Ah Tseng
Chun Quan Sing

Jesse Washington
John Carter
July Perry
Leo Frank
Mary Turner
Rueben Stacey
Sam Carter
Slab Pitts
Thomas Shipp
Willie Earle
Will James Howard
Ah Wang
Dr. Chee Long Teng
Chang Wan
Ah Long
Matthew Shepard
Wan Foo
Day Kee
Ah Waa
Ho Hing
Lo Hey
An Won
Wing Chee
Wong Chin
Charles Mack Parker
homem desconhecido
Michael Donald
Johnny Burrows
Ah Cut
Wa Sin Quai
dois homens adultos
homem desconhecido
mulher desconhecida

James Byrd
Jimmy Actchison
Willie McCoy
Emantic Fitzgerald Bradford Jr.
D'ettrick Griffin
Jemel Roberson
DeAndre Ballard
Botham Shem Jean
Antwon Rose Jr.
Robert Lawrence White
Anthony Lamar Smith
Ramarley Graham
Manuel Loggins Jr.
Wendell Allen
Trayvon Martin
Kendrec McDade
Larry Jackson Jr.
Jonathan Ferrell
Jordan Baker
Victor White III
Dontre Hamilton
Eric Garner
John Crawford III
Michael Brown
Ezell Ford
Dante Parker
Kajieme Powell
Laquan McDonald
Akai Gurley
Tamir Rice
Rumain Brisbon
Jerame Reid
Charly Keunang

Tony Robinson
Walter Scott
Freddie Gray
Brendon Glenn
Samuel DuBose
Christian Taylor
Jamar Clark
Mario Woods
Quintonio LaGrier
Gregory Gunn
Leo Sun Tsung
Leo Kow Boot
Yii See Yen
Leo Dye Bah
Choo Bah Quot
Sai Bun Ning
Leo Lung Hong
Leo Chih Ming
Liang Tsun Bong
Esposo de Ah Cheong
Lor Han Lung
Ho Ah Nii
Leo Tse Wing
Akiel Denkins
Alton Sterling
Philando Castile
Terrence Sterling
Terence Crutcher
Keith Scott
Alfred Olango
Jordan Edwards
Stephon Clark
Danny Ray Thomas

DeJuan Guillory
Patrick Harmon
Jonathan Hart
Maurice Granton

65

A Acme Cadaver Company de Chicago ficava ao norte do Aeroporto de Midway, um prédio que parecia uma pilha de panquecas enfiado entre uma locadora de carros e um supermercado de aspecto sorumbático. Uma mulher solitária estava sentada atrás de um balcão solitário onde se lia Recepção, dentro do enorme e vazio saguão de entrada. A mulher, que já não era mais jovem, mas também estava longe da meia-idade, toda tatuada e com uma aparência meio cansada, esboçou um sorriso para eles. Apesar do clima frio, ela vestia apenas uma regata branca fininha. Não parecia surpresa em vê-los, embora ela mesma não se parecesse muito com uma recepcionista. Jim parou na frente do balcão e ficou olhando para as paredes vazias.

A mulher olhou para ele.

"Nada de 'Posso ajudá-los?' ou 'Bem-vindos à Acme Cadaver Company'?", disse Jim.

"Bem-vindos à Acme Cadaver Supply de Chicago. Você mata, a gente aclimata. Posso ajudá-los?"

"Nós gostaríamos de falar com alguém que cuide ou dos registros ou da contabilidade."

"Você esfaqueia, a gente escamoteia."

"Eu sou o detetive especial Davis, e este é o detetive Moon." Jim não quis dizer que era do Mississippi.

"Você encerra, a gente enterra."

"Tá bom, peço desculpas", disse Jim.

"Senhora, gostaríamos de falar com o gerente", disse Moon.

"Eu também", ela disse. "Eu venho até aqui todas as manhãs, sento nesta recepção, leio três romances e depois volto pra casa. Meu cheque tá me esperando em cima do balcão sexta sim, sexta não."

"Ninguém nunca vem aqui?", perguntou Moon.

"Até onde eu sei, só tem morto lá atrás. E eu não vou lá atrás pra conferir. Vocês me entendem."

Os homens concordaram com a cabeça.

"Como a gente chega lá atrás?", perguntou Jim.

A mulher apontou para uma porta ao longe. "Imagino que aquela seja a porta que dá pros fundos. É a *única* porta que tem. Fiquem à vontade pra tentar."

"Obrigado", disse Jim.

Seus passos não faziam muito barulho contra o piso de linóleo, porém ecoavam loucamente. Jim se virou para ver que a mulher tinha voltado a ler seu livro. "Você leu o que dizia na tatuagem no pescoço dela?", perguntou Jim.

"Não consegui entender."

"*Quebrar em caso de emergência.*"

"Cê tá de sacanagem."

"Bem assim, pra todo mundo ver."

"Acho que eu nem entendi direito", disse Moon.

"O que tem pra entender? Ela é maluca."

Jim tentou girar a maçaneta, mas a porta estava trancada. Ele deu uma batida de policial simpático e ficou ouvindo. Nada. Bateu mais forte, uma batida de urgência policial. O eco foi pior do que o dos passos.

Finalmente, a porta se abriu um centímetro. Um homem baixinho olhou para eles através da fresta. "O que vocês querem?" Ele tinha sotaque, talvez hispânico.

"Queremos falar com o gerente", disse Jim.

"Vocês bateram nessa porta? Ninguém nunca bate nessa porta. Eu tô trabalhando aqui faz quinze anos e ninguém jamais tinha batido nessa porta." O homem parecia atordoado com aquilo.

"Bom, nós acabamos de bater", disse Moon. "Agora, deixa a gente entrar e leva a gente até o gerente antes que eu dê um tiro em você."

A porta se abriu por completo.

O galpão estava gelado. Nada teria sido capaz de preparar Jim e Moon para o que viram ali. As luzes eram tão claras que quase chegaram a cegá-los, apesar de eles não terem saído da escuridão para entrar lá. O lugar era parecido com uma lavanderia, só que em vez de camisetas, blusas e jaquetas, eram cadáveres, de homens e mulheres, que passavam pendurados em varais suspensos. Mais ao longe, próximo ao centro do lugar, cadáveres desnudos deslizavam sobre uma esteira. Uma música do Jackson Five tocava a todo volume. *A-B-C. One two three.* Flâmulas do Chicago Bears e do Chicago Bulls estavam penduradas no teto, a uns seis metros de altura. Jim lançou um longo olhar de soslaio para Moon. O detetive coçou o queixo e encolheu os ombros. A música mudou para Marvin Gaye. O que estava acontecendo?

"Qual é seu nome?", Jim perguntou ao baixinho.

"Ditka."

"Que nem o Mike Ditka?", perguntou Moon.

"Não somos parentes", disse o homem.

"Então, por que esse sotaque espanhol?"

"Eu acho divertido."

"Onde está o gerente?", perguntou Moon.

Ditka apontou para um escritório que ficava atrás da esteira, no topo de uma sequência de escadas.

"O que você faz aqui?", perguntou Jim.

Ditka não parecia muito disposto a responder.

"Sr. Ditka?"

"Tá, eu sou um limpador de mamilos." Quando os detetives olharam para ele, Ditka disse: "Não dá pra mandar esses corpos todos sujos pras faculdades de medicina".

"E você só faz isso, só lava os mamilos?", perguntou Moon.

"Pra começar, eu limpo mamilos. Eu também lavo, porém sem esfregar, a genitália."

"Então você é um limpador de bolas?", perguntou Jim.

"Como eu disse, o escritório fica lá em cima."

As escadas precárias eram levemente mais perturbadoras do que caminhar em meio àquele desfile de cadáveres. Jim, por causa de um certo medo de altura, evitava olhar para baixo enquanto a estrutura balançava e tremia. O interior do escritório estava todo coberto, nas paredes e no teto, com pôsteres centrais de revistas de mulher pelada. A única pessoa lá dentro era um sujeito de aparência andrógina, alto e idoso, vestindo um macacão azul-claro, que se virou para encará-los assim que eles entraram. Em contraste com o resto do lugar, aquela sala estava com a calefação no máximo.

"Quem são vocês e o que vocês querem?"

"Eu sou o detetive especial Davis, e este é o detetive Moon."

"E daí?"

"Qual é seu nome, senhor?"

"Chris Toms. Eu sou o gerente deste lugar. Trabalho aqui desde que abriu, em 75." Chris Toms sorriu. "Mil novecentos e setenta e cinco."

"Obrigado por esclarecer isso."

"Também sou o dono."

Jim olhou para baixo e achou ter visto um homem chutando um crânio. Olhou mais uma vez e se deu conta de que estava vendo dois homens jogando futebol com uma cabeça. "Que porra é essa? Moon, olha."

Moon olhou. Os dois homens se voltaram para Toms.

"Ora, o cara tá morto", disse Toms.

"Cadê o resto do corpo?", perguntou Moon.

"Eu não sei. Em Pittsburgh, talvez. Parte dele, ao menos. Mandamos cadáveres completos e membros avulsos para todo o país. Esse é nosso negócio."

"Como funciona, exatamente, esse negócio?", perguntou Jim.

"Morre gente todo dia — vocês sabem disso, né? E muitas dessas pessoas não têm ninguém. Ninguém vai atrás delas; então, nós vamos. Nós limpamos os corpos e enviamos para laboratórios e faculdades por toda parte. De certa maneira, ajudamos a salvar vidas."

"Beleza, entendi", disse Jim. "Já que ninguém parece se preocupar com eles, vocês mantêm algum tipo de controle mais rígido sobre seus, hã, artigos?"

"Artigos?" Tom sentiu a palavra se formando dentro de sua boca. "Gostei disso."

"Vocês mantêm registros? Se eu te disser que um dos seus corpos desapareceu, digamos, de um cara chamado Gerald Mister, vocês teriam um registro dizendo pra onde esse corpo foi mandado e quando?"

"Em primeiro lugar, não são meus corpos."

"Ok", disse Jim.

"Como eu disse, essas pessoas tão todas mortas."

Moon inclinou o corpo para a frente para olhar para baixo. "Eles tão jogando um globo ocular pros outros pegarem?"

"Novamente, eles tão mortos. Ninguém dava a mínima pra eles quando tavam vivos, então certamente ninguém dá a mínima pra eles agora que tão..." Toms fez uma pausa para enfatizar seu ponto. "Mortos. Exceto, pelo jeito, vocês dois."

"Você não acha que isso aí é meio um sacrilégio?", perguntou Jim.

"Elas tão mortas! Mortas. Mortas. Mortas. Sacrilégio? Não tem nenhuma alma aqui, só braços e pernas, mãos, cabeças e cotovelos, línguas, testículos e mamilos, orelhas e olhos. Se você precisa de um olho, nós podemos te mandar a porra de um olho. Só que não vai junto com ele um nome ou um certificado. Vai só o olho mesmo."

"Vocês mantêm algum tipo de registro?"

"Eu sei onde pegar os cadáveres. Eu sei como armazenar eles. Eu sei como embalar e sei pra quem mandar os corpos. Eu sei como pagar os vivos que trabalham pra mim e sei como pagar a porra dos meus impostos. Então me digam o que vocês querem, porque aqui não tem ninguém infringindo a lei."

"Alguma das suas encomendas já foi extraviada?", perguntou Jim. "Seja vindo pra cá ou a caminho do seu destino final?"

Toms olhou pela janela. "Sabe, eles são considerados resíduos tóxicos. Eu não sou obrigado a manter um registro das identidades deles, mas preciso contabilizar cada um. O fato é que ninguém jamais pediu pra conferir. Nunca. Não existe um departamento pra isso. Não existe um departamento estadual de controle de cadáveres."

"O que você tá tentando dizer, senh..." Jim parou no meio da frase, sem saber se era senhor ou senhora. "Senhor?"

"Isso vai me causar problemas?"

"Não, senhor."

"Um dos nossos caminhões desapareceu, uns dois meses atrás. Nós encontramos a carreta, mas não a caçamba."

"O que tinha nela?", perguntou Moon.

"Vinte e um cadáveres."

"Onde encontraram o caminhão?", perguntou Jim.

"No sul de St. Louis."

"E o motorista?" Jim tinha pegado seu bloquinho. "Onde ele tá?"

"Ninguém sabe. Ele tinha um nome engraçado. Charles Hobbit ou uma porra dessas." Toms foi até seus arquivos e começou a fuçar, até tirar de lá uma pasta. "Este aqui. Chester

Hobsinger. Passei perto. Não sei o que aconteceu com ele. Cara esquisito."

"Esquisito como?", perguntou Moon.

"Não sei. Parecia meio suspeito. Pegou o serviço e saiu por aí com meu caminhão. Última vez que eu vi o cara. Aqui tem uma cópia da carteira de motorista dele."

"Posso levar isso comigo?", perguntou Jim.

"Não vou precisar dela. Cara esquisito. Os colegas chamavam ele de Breto."

Jim virou a cabeça de lado.

"Você sabe, um branco que queria ser preto."

66

Daryl Ho desligou o telefone e olhou para o seu parceiro, do outro lado da mesa.

"Alguma coisa?", perguntou Chi.

"Mais ou menos. Lembra do nosso asiático morto?"

Chi ficou olhando para ele.

"A perícia perdeu."

"Como assim?"

"Enfiaram ele dentro de uma gaveta e, quando foram olhar, a gaveta tava vazia", disse Ho. "Procuraram em todas as gavetas. *Gēmen* sumiu."

"Bom, vamos dar uma olhada nessa gaveta vazia, então", disse Chi.

Quando Chi e Ho chegaram ao prédio do legista, várias equipes de filmagem da imprensa já estavam lá. Eles passavam cabos, mexiam nas câmeras e testavam o som, mas, principalmente, bebiam muito café e bocejavam.

"É verdade que a OCPD perdeu um cadáver?", uma mulher perguntou para Ho, estendendo um microfone em sua direção.

"A OCPD não perdeu nada nem ninguém." Depois, pensando melhor no que queria dizer, ele disse: "Sem comentários".

"Isso tem alguma relação com o caso MacDonald?"

"Sem comentários."

Chi conseguiu driblar a mulher e se juntar novamente a Ho. "Como é que todo mundo ficou sabendo tão rápido?"

"Aqui é o sul da Califórnia", disse uma mulher de frente para uma câmera. "Essas coisas correm mais rápido do que carro fugindo da polícia na autoestrada."

Chi esticou o braço para trás e puxou Ho, afastando-o da mulher com o microfone.

Assim que entraram no prédio, eles se perguntaram por que tinham se dado o trabalho de ir até lá. A gaveta já havia recebido um outro corpo, e os peritos estavam ocupados examinando outros cadáveres. Um necrotério não era um bom lugar para uma cena de crime.

Chi pediu para ver as imagens das câmeras de vigilância, mas o cara da recepção apenas riu. "Aqui é a porra do necrotério, meu amigo", ele disse. "A gente vai vigiar o quê? Fantasma?"

O telefone de Ho vibrou. "Ho falando."

"Detetive Ho, aqui é a agente especial Herberta Hind, do FBI."

67

Daniel Moon sentou-se atrás do volante do Ford Taurus fornecido pelo departamento e olhou para Jim. "E agora?"

"Bom, eu tô com o endereço do sr. Hobsinger bem aqui."

Moon deu a partida no motor. "E qual é?"

O endereço ficava na Zona Sul. Os dois homens trocaram algumas platitudes sobre serem policiais e odiarem o fato de serem policiais e não saberem fazer outra coisa além de serem policiais, mas, logo em seguida, caíram naturalmente num silêncio. Estacionaram na frente do lugar e desceram do carro. A construção ficava numa esquina de um bairro que estava começando a gentrificar. Jim Davis odiava aquela palavra porque ela parecia sugerir que algo melhor estava por vir ou, no mínimo, que algo ruim estava acabando.

"Tem o número do apartamento dele na habilitação?", perguntou Moon.

"Não."

"Acho que isso é uma casa só."

Eles entraram na varanda. Moon bateu à porta e tocou a campainha. Davis tentou olhar pela janela, para detrás das cortinas.

"Não tem ninguém em casa", disse Moon.

"Ou ele tá morto aí dentro", disse Jim. "Ele tá desaparecido. Tem uma ligação com um caso de homicídio. Eu diria que, com isso, podemos entrar lá sem mandado."

"Não sei. E se ele estiver aí dentro comendo a patroa?"

Jim abriu a porta com um chute.
"Que porra é essa?", disse Moon.
"MBI!", gritou Jim, quando eles entraram. "Que coisa bizarra gritar isso. MBI! Puta merda, que parada ridícula."
"Cheiro de mofo. Não tem ninguém aqui", disse Moon. "Mas, já que a gente tá aqui agora, vamos dar uma olhadinha."
Eles revistaram os quartos e não encontraram ninguém. Moon ficou examinando uma estante de livros. Jim folheava papéis em cima de uma mesa.
"Esse cara tem um monte de livros. Muita coisa de história. Livros sobre trens. E tem uns livros sobre judô e caratê." Pegou um livro grande de fotos de artes marciais. "Com esse meu nome, aposto que você acha que eu manjo alguma coisa disso aqui."
"Eu não disse nada", disse Jim.
"Se liga nisso." Moon tirou uma espada embainhada de seu suporte. Puxou alguns centímetros da lâmina e soltou um assobio.
"Isso é uma espada de verdade?", perguntou Jim.
"É uma catana de verdade."
Jim voltou até a mesa, que ficava debaixo de uma enorme janela com vista para o quintal dos fundos, onde galhos caídos das árvores haviam se acumulado sobre o gramado morto. Ele ficou vasculhando os papéis. Notas de compras em supermercados, contas. Emitiu um grunhido.
"Encontrou alguma coisa?", perguntou Moon.
"Um mapa do Mississippi."
"Puta merda."
"E se liga só: tem um lugar circulado nele — a cidade de Money."
"E o que tá escrito ali naquele canto?", apontou Moon.
Jim examinou os garranchos.

68

Ho encostou o telefone no peito e se virou para Chi. "Federal no telefone." Com o aparelho de volta ao seu ouvido: "O que posso fazer por você, agente especial?".

"Eu vi no jornal daqui que vocês perderam um corpo", disse Hind.

"Um corpo se perdeu, de fato", ele disse, meio na defensiva.

"Nós também perdemos um corpo aqui no Mississippi. A gente recuperou, mas ele se perdeu. Duas vezes, na verdade."

"Ok. E você tá me dizendo isso por quê?"

"O corpo que a gente encontrou tava do lado de outro corpo."

"Prossiga."

"Havia algum tipo de mutilação na sua cena do crime?", ela perguntou.

"Só se você contar testículos cortados."

"Seu pessoal forense chegou a fazer coleta de DNA?"

"Não sei."

"Tudo bem. Vou pedir pra perita com quem eu tô trabalhando aqui no Mississippi entrar em contato com seu laboratório. Ah, e detetive Ho, fique sabendo que este corpo vai reaparecer. Você vai ver seu cadáver de novo. Me liga quando isso acontecer."

"O que você tá querendo me dizer?", perguntou Ho.

"Me liga quando isso acontecer."

"Sim, senhora."

“Você tem meu número agora. Herberta Hind.”

“Sim, senhora.”

Ho guardou o telefone no bolso.

“O que foi isso?”

“Aí cê me pegou. Uma maluca aí dizendo que é do FBI. Fiquei até meio assustado. Disse que nosso corpo vai voltar. Desse jeito: ‘Você vai ver seu cadáver de novo’.”

69

Ed Morgan estava se sentindo apertado dentro da viatura do Departamento a caminho de Hattiesburg. Depois de seus interrogatórios, ele sabia muito pouca coisa além do que já sabia antes, exceto que agora sabia que odiava os brancos do Mississippi. *Odiar*, na verdade, era uma palavra muito forte, ele disse a si mesmo. Por mais que sua profissão o tivesse levado a acreditar que Deus não existe, ele fora criado como um bom cristão. Então, não, ele não os odiava. Mas ele era ativa e intensamente indiferente a eles. Pensando melhor, ele resolveu se corrigir. Até mesmo em Money, no Mississippi, nem todos os brancos eram iguais. Ele riu daquilo. Porém a maioria era bem igualzinha, sim.

Ed estacionou na garagem do MBI e subiu os cinco lances de escada em direção ao escritório que compartilhava com Jim e, agora, também com Herberta Hind. Ela apagou apressadamente o cigarro assim que ele entrou.

"Desculpe", ela disse, abanando a fumaça.

"Não me incomoda. Desde que parei, eu meio que gosto do cheiro", ele disse.

"Eu ainda fumo quando tô nervosa", disse Hind. Ela abriu parte das persianas para ter uma visão melhor da janela.

Ed sentou à sua mesa. "Por que você tá tão nervosa?"

Hind ficou olhando para ele por alguns segundos e disse: "Mama Z. A Mama Z me deixou nervosa".

"Ah, é?"

"Tem alguma coisa rolando. Eu entendo ela não confiar em mim porque eu sou do FBI. Porra, nem eu confio nos agentes do FBI. Mas tem coisa aí. Foi como se ela estivesse tentando me dizer alguma coisa. Ou como se ela esperasse que eu soubesse de alguma coisa."

"Ela tem mais de cem anos de idade", disse Ed.

"E daí?"

"E daí que ela viu muita coisa. Talvez pessoas como nós tenham dificuldade de ler uma pessoa como ela. Muitas rugas no rosto."

Hind ficou pensando sobre aquilo.

"Pensa nisso. Ela tem sessenta anos a mais do que nós. O pai dela foi linchado. Ela mora em Money, no Mississippi."

"É, tá bom." Distraída, Hind enfiou outro cigarro na boca, tirou-o de lá e olhou para Ed.

"Vai nessa. Eu não conto pra ninguém. Na verdade, deixa eu acender um."

Hind jogou o maço na direção dele, e depois o isqueiro. Ed acendeu um cigarro.

"Essa velha tá aprontando alguma. Eu tô sentindo. Porra, eu tenho certeza."

"O que quer que seja, não é ela quem tá à solta por aí matando esses matutos racistas e, por mais estranho que pareça, nosso trabalho é esse, pegar os assassinos dos assassinos."

"Nosso trabalho é esse", ela repetiu. "O Jim falou com você?"

"Só mandou uma mensagem de texto. Disse que ia ligar mais tarde."

"Vamos ligar pra ele agora."

Jim estava sentado num bar no aeroporto de O'Hare, quando seu telefone vibrou. Ele atendeu.

"E aí, Jimmy?", disse Ed.

"Fala, parceiro."
"Também tô aqui", disse Hind.
"Vocês tão fumando?", perguntou Jim.
Ed escondeu, instintivamente, o cigarro nas costas. "Não. Por quê?"
"Porque parece que vocês tão fumando."
Hind mexeu a boca para formar a palavra *bizarro*.
"Vocês dois descobriram alguma coisa?", perguntou Jim.
"Nada de mais", disse Ed.
"Não", disse Hind.
"Bom, além de descobrir que existe, realmente, o que pode se chamar de fábrica de cadáveres, eu consegui um nome pra gente. Um tal de Chester Hobsinger tava dirigindo um caminhão que foi extraviado alguns meses atrás. O caminhão acabou aparecendo, mas a caçamba, cheia de cadáveres, não."
"E o Hobsinger?", perguntou Hind.
"Desaparecido. Fui até a casa dele. É uma casa muito boa. Achei um mapa do Mississippi lá. Vocês acreditam numa coisa dessas? Se vocês acreditam, nesta vocês não vão acreditar: a cidade de Money tava circulada com uma caneta."
Ed soltou um assobio.
"Mais alguma coisa?", perguntou Hind.
"As palavras *blue gun* estavam escritas num canto do mapa. Acho que é *blue gun*. Se bem que pode ser *glue gun* também. Enfim, eu tô com uma cópia da carteira de motorista dele."
"Me manda uma foto disso que eu já jogo no sistema", disse Hind. "Mais alguma coisa?"
"Basicamente é só isso mesmo."

70

"Porra, é a porra dum domingo e a gente tá dirigindo nessa porra de estrada pra ir pra essa porra de Corona. Não fica nem na porra do condado de Orange. Porra, não fica nem na porra do condado de LA."

"Quantas vezes você vai dizer *porra*?", Ho perguntou ao parceiro. "É no condado de Riverside."

"Na porra do condado de Riverside."

"Se o capitão diz que a gente tem que ver uma cena de crime, a gente vai até essa cena de crime."

"Uma porra de uma cena de crime. Diz pra mim, por que a gente é tira? Nós somos competentes. Somos bonitos. A gente podia estar fazendo qualquer outra coisa, ganhando dinheiro. Porra, a gente dava até uns bandidos excelentes."

"Você não ia durar um dia como bandido."

"E por que isso?"

"Você não é esperto o bastante."

"Tá, mas você tem que admitir que eu sou bonito."

Ho estacionou o carro numa vaga sobre a terra vermelha em frente a um botequim. Três viaturas do departamento do xerife do condado de Riverside e outras duas da polícia de Corona estavam paradas lá. Havia um cavalo selado amarrado a um poste bem em frente ao deque de madeira.

"Onde diabos a gente se meteu?", perguntou Chi.

Eles mostraram os distintivos ao paredão de policiais de Corona parados na porta e entraram no bar. Todas as luzes estavam acesas. Havia algumas caixas de rosquinhas em cima de uma mesa perto da entrada.

Chi pegou um bolinho de chuva. Ho olhou para ele. "Que foi? Eu gosto de bolinho de chuva. Você não encontra eles o tempo todo. E eu tô com fome."

"Sua fome já vai passar", disse um dos policiais do xerife. "Vocês são do condado de Orange?"

"Ho."

"Chi."

"Minh. Departamento do Xerife de Riverside." A mulher apertou a mão deles. "Vocês já viram uma coisa realmente sinistra?"

"O que vocês têm aí?", perguntou Ho.

Ela os conduziu pelo bar em direção ao escritório, onde deu um passo para o lado para que eles pudessem ver.

Chi deu uma mordida no bolinho. "Caralho, que coisa horrível."

O corpo de um homem branco estava pendurado numa viga, enforcado, o rosto retorcido, a língua de fora, a virilha e as coxas cobertas de sangue."

"Alguém arrancou o saco dele", disse Minh.

"Não parece nada bonito quando você diz", disse Chi.

"Provavelmente foi este cara." Minh puxou um lençol para revelar o corpo de um homem asiático morto. Ele segurava alguma coisa ensanguentada no punho fechado.

"Nós já o vimos antes", disse Ho.

"Que porra é essa?", disse Chi.

"É por isso que estamos aqui", Ho disse para Chi. "É o mesmo cara, né?"

Chi concordou com a cabeça. "Tenho quase certeza."

"Ela disse que isso ia acontecer", disse Ho.

"O quê?", perguntou Chi.

"A agente do FBI. Ela disse que a gente ia ver esse cara de novo."

"Que porra tá acontecendo?" Chi foi circundando o corpo e ficou olhando para os testículos na mão do homem. "Caralho, é o mesmo cara."

"Eu preciso fazer uma ligação", disse Ho, afastando-se dali.

"O que foi?", perguntou a policial Minh. "Vocês conhecem esse homem?"

"Pode-se dizer que sim", disse Chi. "Ele tava numa cena de crime que a gente processou dois dias atrás."

"E agora alguém matou ele", ela disse.

"Não, não exatamente. Ele já tava morto antes." Ele olhou para ela e, depois, para o enforcado. "O asiático morto tava na cena do outro homicídio, morto, como eu disse, segurando os testículos de outro homem morto. O corpo dele tinha desaparecido do laboratório da perícia."

"E ele tá aqui?"

"Me fala sobre esse cara." Ele gesticulou com a cabeça na direção do enforcado.

Minh olhou para o bloco de anotações. "O nome dele é Jesse Mendel. É um dos donos deste lugar, e também é o gerente. O sócio dele tá no hospital."

Chi a questionou com o olhar.

"Sem relação com o caso. Ele tá lá pra fazer algum tipo de cirurgia." Minh continuou. "Os dois corpos foram descobertos pela Becky Wilmer. Ela atende no bar. Eles abrem às dez. Ela chegou atrasada, dez e vinte. Ela tá lá fora, dentro da minha viatura. Bastante abalada."

"Posso imaginar. Ela disse que conhecia o asiático?"

"Disse que nunca tinha visto ele."

"O Mendel é casado?", perguntou Chi.

"Divorciado. Acho que isso aqui foi alguma coisa entre esse cara e a garota do bar. Meu palpite."

"Você acha que ela pode estar envolvida nisso?"

Minh balançou a cabeça. "Que tal o bolinho?"

"Meio que perdeu a graça."

71

Ho para Hind: "Que diabos tá acontecendo?".

72

Damon Thruff estava sentado numa cadeira dobrável no deque de madeira nos fundos da casa de Mama Z. Mama Z estava sentada ao seu lado, numa cadeira de balanço. Damon respirou bem fundo e ficou olhando fixamente para as árvores.

Mama Z cortou as pontas de dois charutos e passou um deles para Damon. Damon o segurou entre os dedos e ficou olhando para ele.

"Você não precisa fumar", disse a idosa. "Se você simplesmente ficar segurando, eu já vou me sentir como se não estivesse fumando sozinha."

"Ok." Damon ficou manuseando o charuto, enfiou-o entre os lábios, tirou-o de lá e olhou para seu selo. "São cubanos?"

"São, sim."

"Mama Z, posso te fazer uma pergunta?"

"É claro."

"Por que eu tô aqui?"

"A Gertrude quis que você viesse. Ela confia em você. Ela diz que você é inteligente."

"Tudo bem, mas isso não responde à minha pergunta."

"Ela disse que você pode escrever sobre isso, explicar pras outras pessoas." Mama Z assoprou a fumaça para longe do homem.

"Escrever sobre o quê?"

"Você vai descobrir." Ela tragou o charuto, fazendo sua ponta se acender. "Tudo no seu devido tempo, meu jovem irmão. A gente vai descobrindo as coisas conforme vai vivendo."

"Eu queria ter alguma ideia do que você tá falando."

Eles ficaram sentados em silêncio por alguns minutos. "Esses arquivos, que coisa aquilo. Acho que nunca mais vou ser o mesmo. Escrever todos aqueles nomes foi um pouco demais."

"Não foi, não. O que vai ser demais é o que tá por vir."

"Tem uns seis mil dossiês ali. Como você fez isso? É muito trabalho."

"Seis mil e seis", disse Mama Z. "E isso não foi trabalho. Cada um deles tem um nome."

"Tem muitos homens desconhecidos. Foi tão difícil escrever isso quanto escrever os nomes." Damon fechou os olhos com força por um segundo.

"Homem Desconhecido também é um nome", disse a idosa. "De certa maneira, é até mais nome do que qualquer um dos outros. Algo além da sua vida foi tirado deles."

"Em todos os arquivos que eu li, nenhuma pessoa pagou pelo que fez. Nenhuma."

"Há quem acredite que esse tipo de cobrança será feita no dia do juízo final."

"Você não acredita nisso."

"Mesmo que eu acreditasse que existe um deus, nisso eu não acreditaria. Menos de um por cento dos linchadores foi condenado pelo crime. Só uma pequena fração deles cumpriu sua pena. O Teddy Roosevelt alegava que o principal motivo dos linchamentos eram homens negros estuprando mulheres brancas. E sabe do que mais? Isso nunca aconteceu."

"Por que você acha que os brancos têm tanto medo disso?"

"Vai saber? Inaptidão sexual, talvez. Uma amplificação do seu próprio desejo de estuprar, coisa que eles de fato fazem." Mama Z soltou fumaça. "Mas acho que o estupro era apenas uma desculpa."

"Você acha que os brancos têm medo dos homens negros?"

"Eu acho que é um esporte."

73

O xerife Red Jetty recostou-se na cadeira, numa mesa nos fundos do Dinah. Estava passando o dedo sobre as linhas amarelas no tampo de fórmica vermelha quando ergueu os olhos e viu dois de seus policiais se aproximando. Ele mergulhou duas batatas fritas geladas numa poça de ketchup e as comeu. Os homens sentaram-se à sua frente.

"O que foi agora?", perguntou Jetty. "Tá com frio na cabeça, Brady?"

Braden Brady tirou o chapéu.

"Todo mundo tá comentando que o detetive crioulo andou falando com um pessoal pela cidade", disse Delroy Digby. "Conduzindo interrogatórios e coisa e tal."

"Ele tá fazendo o trabalho dele", disse Jetty. "Não posso dizer o mesmo de certas pessoas."

"O que tá te incomodando, xerife?", perguntou Braden.

"Não sei." O xerife fez um gesto para Dixie com a caneca, para que ela lhe trouxesse mais café. "Mas eu tô sentindo alguma coisa no ar. Não sei o quê."

"Tipo o quê?", perguntou Digby.

"Acabei de dizer que não sei."

"Ouvi um boato que esse detetive aí deu em cima da mulher do reverendo Fondle", disse Digby.

"Cala a boca, Digby", disse Jetty.

"Meu pai me disse que, nos velhos tempos, um boato como

esse seria o suficiente pra pendurar um escurinho numa forca", disse Brady.

Dixie serviu mais café na caneca do xerife.

"Oi, Dixie", disse Digby.

"Policial." Dixie o cumprimentou com a cabeça. "Rapazes, vão querer alguma coisa?"

"Pra mim, só café", disse Digby.

"Chili", disse Braden. "E uma coca diet."

"Já tá saindo."

Quando Dixie se afastou, Jetty disse: "Seu pai não ia conseguir tirar mijo de dentro de uma bota nem se tivesse instruções escritas no calcanhar".

"Não..."

"Cala a boca, Brady. Você odeia esse cara porque ele te dá uma surra de cinta."

Brady não disse nada.

"Mesmo assim, a gente vai deixar esses crioulos tomarem conta de tudo?" Brady olhou para Dixie. "Ouvi dizer que a Dixie também tem sangue negro."

"Todos nós temos sangue negro, seu matuto burro. E tomar conta de quê? De Money, no Mississippi? Quem é que vai querer tomar conta de Money, no Mississippi, porra? Quem é que vai querer essa porra desse Mississippi?"

"Caramba, xerife, qual é seu problema?"

"Você não ficou sabendo?", perguntou Jetty.

"Sabendo do quê?", disse Digby.

"Naquele cu do mundo de Hernando, aqui no Mississippi, talvez o único lugar que alguém vá querer tomar conta menos do que Money, eles acharam seis brancos mortos com um negro."

"Não fiquei sabendo", disse Brady.

"Seis brancos mortos com as bolas cortadas, porra."

"Que porra é essa?", disse Brady.

"Todos estrangulados. Na porra de um quarto trancado."

"O crioulo matou todos eles?", perguntou Brady.

"Porra, cara, sei lá. E depois parece que ele se matou. Tudo que eu sei é que o mundo se transformou em vinte quilos de merda socados num balde de quatro litros. Não tô entendendo porra nenhuma e não tô gostando nada disso." Jetty olhou para seus homens e balançou a cabeça, como se estivesse decepcionado com eles.

"O que foi?", perguntou Brady.

Jetty levantou e pegou o chapéu. "Vejo vocês na delegacia."

Gertrude estava no telefone ao lado da caixa registradora. Ela cobriu o bocal com a mão e acenou com a cabeça para o xerife enquanto ele saía.

Ele acenou de volta. "Até mais, Dixie."

Quando ele atravessou a porta, ela olhou para os policiais e voltou a falar ao telefone. "Tem alguma coisa errada. Acabo de ouvir o Jetty falando. Aconteceu alguma coisa em Hernando. Não sei o que foi. Mas descobre, e depois fala comigo e com a Mama Z."

75

Em Hattiesburg, Helvetica Quip, Herberta Hind, Ed Morgan e Jim Davis estavam sentados a uma mesa no refeitório do MBI. Todas as outras mesas estavam vazias. Já passava das seis, e, de todo modo, pouquíssima gente comia lá. Havia três ou quatro churrascarias a poucos passos de distância em qualquer direção. Os quatro ficaram comparando suas anotações e bebendo café de uma máquina, porque também não se atreveriam a comer a comida dali.

"Você andou fumando", Jim disse a Ed.

Ed olhou para Hind. "Eu não."

Jim olhou para os dois. "Vocês mentem muito mal", ele disse, balançando a cabeça. Ele olhou para Helvetica.

"Muito mal", ela repetiu.

"O que te faz pensar que andei fumando?", perguntou Ed.

O telefone de Jim vibrou. Ele o tirou do bolso do casaco e ficou olhando para o aparelho. "O capitão", ele disse. Deixou a mesa para atender a ligação.

"Você tá com cheiro de cigarro", disse Helvetica. "Ninguém mais fuma hoje em dia, então é fácil de sentir. Você devia vestir um macacão por cima da roupa quando fuma. É claro que ainda ia ficar cheiro no seu cabelo. Acho que talvez você possa usar uma touca de banho também." Ela ficou revezando o olhar entre os dois. "Será que um cigarro vale um macacão e uma touca?"

Hind e Ed refletiram sobre aquilo e, em seguida, balançaram positivamente a cabeça, juntos. "Ah, sim, com certeza", os dois disseram.

"Claro que vocês também podem pendurar um desses desodorizantes de carro em forma de árvore de Natal no pescoço."

"Talvez eu faça isso na próxima", disse Hind.

Jim voltou à mesa. "Vamos nessa."

"Pra onde?", perguntou Ed.

"Você também, Herberta. Nós vamos pra Hernando. Sete mortos. Igual à nossa outra cena do crime."

"Onde diabos fica Hernando?", perguntou Hind.

"Pertinho de Memphis", disse Jim. "É uma porra de uma viagem de quatro horas. Peguem as mochilas e vamos cair na estrada."

"Eu tô convidada também?", perguntou Helvetica.

"Você é quem sabe", disse Jim. "Quer fazer um pouco de trabalho de campo?"

"Talvez eu descubra alguma coisa", ela disse.

"Vamos precisar de toda ajuda que pudermos ter", disse Ed. Seus ombros desmoronaram. "Preciso ligar pra minha futura ex-mulher."

"Quer que eu fale com ela?", perguntou Jim.

"Ah, com certeza isso vai melhorar as coisas."

76

O restaurante Bluegum não parecia grande coisa, mas estava todo iluminado e movimentado aquela noite, quando Jim estacionou o sedã fornecido pelo estado em cima do cascalho do estacionamento. O banco de Ed estava tão para trás que os joelhos de Quip encostavam no peito dela.

"Por que a gente tá parando aqui?", perguntou Ed.

"Porque tem isso aqui", disse Jim. "A Helvetica tá toda esmagada aí atrás e todo mundo tá com fome. Tô certo ou não?"

"Você tá certo", disse Hind.

Eles saíram do carro, entraram no restaurante e foram conduzidos por uma jovem garçonete com um enorme black power até uma mesa encostada numa parede. Os alto-falantes nos cantos do teto tocavam gravações de blues acústico. Blind Blake. Mississippi Fred Mcdowell. Robert Johnson. Toda a clientela era preta; a maioria, com trinta anos ou menos. Havia um palco perto da porta dupla que levava à cozinha, vazio, exceto por um suporte de microfone e um amplificador antigo.

"Que lugar", disse Hind.

"De repente tô me sentindo velho", disse Ed.

"Público bonito." Quip abriu o cardápio. "Frango na brasa com quinoa. Salada de jicama, jambalaia, jalapeño empanado e frango jerk. Quanta coisa com *j*."

"É coisa de jovem", disse Jim. "Desculpa, não consegui evitar."

A mulher que os levara aos seus lugares voltou para anotar os pedidos de bebida. Quip pediu um vinho branco e ficou observando os demais pedirem café.

"Então eu sou a bebum do grupo", disse Quip, quando a garçonete se afastou. "Vocês vão me dizer que tão de serviço, né?"

"Não, é que eu gosto de café", disse Ed. Ele viu que Jim estava interessado em alguma coisa do outro lado do salão. "O que foi?"

Jim gesticulou com a cabeça em direção à porta.

Todos olharam para lá. "Não é a Gertrude ali?", disse Hind.

"É, sim", disse Ed.

Gertrude foi cumprimentada por alguns dos garçons. Eles trocaram abraços e sorrisos, nada de mais entre amigos que se cumprimentam, mas, após uma breve conversa, ela saiu marchando de maneira determinada, talvez até mesmo urgente, em direção às portas duplas da cozinha. Nem isso teria levantado qualquer suspeita, se, ao chegar à porta, ela não tivesse se virado para dar uma boa olhada no salão.

Jim olhou para Ed.

"O que foi?", perguntou Ed.

"Tem alguma coisa estranha", disse Jim. "Tô com uma sensação esquisita."

"Isso que você tá sentindo é fome", disse Ed. "Eu quero comer um desses jalapeños empanados."

Jim pegou o telefone.

"O que você tá fazendo?", perguntou Hind.

Jim levantou um dedo para que os demais ficassem em silêncio. Ele ligou para Gertrude e ficou esperando o telefone chamar três vezes.

Gertrude atendeu. "Olá, agente especial", ela disse, em tom de troça. "O que posso fazer por você?"

"Estamos a caminho de uma cena de crime. Onde você tá?"

"Tô aqui na Mama Z", ela disse.

"E como ela tá?"

"Ela é a pessoa mais estável que eu conheço, cento e cinco e ainda funcionando. É por isso que você tá ligando?"

"Eu queria saber se a Mama Z estaria disponível pra falar com a gente no fim desta semana. Queremos saber um pouco mais sobre a história de Money. Ela tá aí com você?"

"Na verdade, ela já tá dormindo. Amanhã eu descubro e falo com você. Pode ser?"

"Sim. Valeu, Gertrude."

Jim desligou o telefone. "Ela tá em Money, com a Mama Z."

"Entendi", disse Ed.

O salão ficou em silêncio de repente, e as atenções de todos se voltaram para o palco. Uma mulher alta com um moicano impressionante plugou um microfone no amplificador, produzindo um segundo de um ruído ensurdecedor, e, em seguida, ficou de pé e acoplou o microfone ao suporte. Ela ficou olhando para as pessoas em silêncio por cerca de meio minuto. Então começou a cantar, a voz grossa como a de um homem, o amplificador reverberando tudo:

Southern trees bear strange fruit
Blood on the leaves and blood at the root
Black bodies swinging in the Southern breeze
Strange fruit hanging from the poplar trees

Pastoral scene of the gallant South
The bulging eyes and the twisted mouth
Scent of magnolias, sweet and fresh
Then the sudden smell of burning flesh

Here is fruit for the crows to pluck
For the rain to gather, for the wind to suck
For the sun to rot, for the trees to drop
*Here is a strange and bitter crop**

A mulher não esticou aquela última palavra, aquele último *crop*, apenas a deixou cair, como se ela tivesse sido falada. Nem sequer se ouviu reverberar. Ainda assim, a palavra ficou pairando no ar daquele ambiente. De novo, mais um ruído elétrico quando ela se ajoelhou para desligar o amplificador.

"Uau", disse Hind.

"De fato", disse Quip. Seu sotaque britânico resumiu o sentimento da forma mais adequada.

Ed olhou para Jim. "Tem alguma coisa rolando aí."

O restaurante irrompeu em aplausos e gritos. O efeito daquilo foi tão impactante quanto o da canção.

Jim concordou com o parceiro, balançando a cabeça.

"O que foi?", perguntou Hind.

"Eu não sei o que tá acontecendo", disse Jim. "Mas tem alguma coisa acontecendo no estado do Mississippi."

"*Virtute et armis*", disse Ed.

Quip olhou para ele.

"É o lema do estado do Mississippi", disse Ed. "'Por valor e armas.' Legal, né?"

* Letra de "Strange Fruit", canção que ficou conhecida na voz de Billie Holiday. Em tradução livre: "As árvores do sul carregam um fruto estranho/ Com sangue em suas folhas e raízes/ Corpos negros balançando ao sabor da brisa/ Frutos estranhos pendurados no álamo// Uma cena bucólica do sul elegante/ Os olhos esbugalhados, a boca retorcida/ O perfume das magnólias, doce e fresco/ E, de repente, o cheiro da carne queimada// Desse fruto quem come é o corvo/ Quem colhe é a chuva, quem come é o vento/ Apodrecido pelo sol, descartado pelas árvores/ Eis aí um fruto estranho e amargo". [N. E.]

77

O xerife Red Jetty estava sentado em seu porão, um cômodo único, largo e profundo, todo decorado com flâmulas e faixas do time Ole Miss. Uma bandeira confederada estava pendurada na parede dos fundos. Jetty vasculhava fotografias dentro de uma caixa. Ele havia posto diversas delas em cima da mesa à sua frente, três em preto e branco e duas fotos coloridas que haviam desbotado quase por inteiro.

A esposa de Jetty desceu as escadas e parou atrás dele. "O que você tá procurando, meu bem?", perguntou Agnes.

"Não sei."

"Quem é este?" Ela apontou para uma das fotos em preto e branco. "É seu pai?"

Jetty não disse nada.

"Red? É um crioulo ali do lado dele? A pele dele é clara, mas dá pra ver que ele é."

"Não, o crioulo é meu pai."

"Quê?" Ela olhou para a foto, trouxe-a para perto da luz, olhou para o rosto do marido. "Jesus, dá pra ver mesmo. Red, você é negro?"

"Eu sempre me perguntava por que meu pai odiava tanto os crioulos, por que ele me odiava tanto. Passei a vida inteira olhando pra essas fotos, e agora finalmente entendi."

"Misericórdia, Senhor", ela disse. "Seu pai é um crioulo. Isso faz de você um..." Ela parou.

"Vai em frente. Diz", disse Jetty.

“Isso faz de você um negro, Red”, ela disse, como se tivesse, de repente, uma nova consciência do peso de suas palavras.

“Sim, faz, sim.”

“Quem é ele? Onde ele tá?”

“Meu pai matou ele. Ele foi linchado.”

“Seu pai matou seu pai?”

“Sim.”

“E sua mãe?”, ela perguntou.

“Minha mãe teve medo do meu pai até o dia em que ele morreu.”

“Você acha que ela amava seu pai?”

“Uma mulher branca não pode amar um crioulo”, ele disse. Red olhou para a esposa. “Você sabe o que eu quero dizer.”

78

A cena do crime em Hernando era pior simplesmente porque havia muito mais sangue, muito mais arame farpado, e muito mais genitálias extirpadas. O corpo do negro tinha uma aparência diferente do cadáver do sr. Gerald Mister, das cenas do crime de Money. Ed e Jim se identificaram para o xerife de Hernando, um homem negro chamado Kwame Wallace. Hind saiu esquadrinhando o enorme perímetro da Loja Maçônica de Hernando. Bastou uma olhadinha em todo aquele sangue para que Helvetica Quip pedisse licença para sair dali.

"E então, o que temos aqui?", perguntou Jim.

"Vamos começar pelos homens brancos", disse o xerife Wallace. Era um homem alto, com uma voz parecida com a de Sidney Poitier. Ele começou a apontar. "Aquele é James Cooke, quarenta e três anos, construtor de casas de madeira, um filho, sem esposa. Aquele é James Killen, vinte e três anos, conhecido por Jimbo, trabalhava na Best Buy ali de Memphis, casado, nove filhos, nove. Lawrence White, trinta e quatro, conhecido como Larry Dub, tocou o hino nacional numa gaita de boca num jogo dos Grizzlies uma vez, divorciado, sem filhos. Joseph Robert Patterson, cinquenta e um, conhecido como Joey Bobby, vendedor de carros usados, viúvo, chegou a ser suspeito da morte da esposa por um breve período, a filha adulta é prostituta em Memphis. E Reginald Dimp, cinquenta e nove, vulgo Dimp, supervisor do aterro sanitário, longo histórico de detenções por dirigir embriagado, casado com uma menina de dezoito anos que acabou de sair do ensino médio, dois filhos."

"Que riqueza de informações", disse Jim.

"A gente tenta", disse Wallace.

"Causa mortis?"

"Pode escolher." Ele foi apontando para cada um dos brancos. "Estrangulado com uma corda, quase decapitado por arame farpado, esfaqueado, baleado e queimado."

"E ele?", Ed apontou para o homem negro morto.

"Imagino que todas as anteriores. Aparentemente, ele é um homem negro coberto de lama. Isso é praticamente tudo que sabemos. Ah, e que ele tá com um monte de testículos nas mãos."

"Tem acontecido muito ultimamente", disse Jim.

"Ouvi falar do que aconteceu em Money. É o caso de vocês?"

"É."

"Quem é ela?", disse Wallace, apontando Hind com a cabeça.

"FBI."

"Ah, é?"

"Ela é legal", disse Ed.

"Como vocês tão vendo, a situação aqui tá feia pra cacete", disse Wallace. "Mas vocês tão agindo como se não fosse nada de mais."

"Gostaria de poder dizer que é", disse Ed.

"O cara negro parece muito morto", disse Wallace.

"Como assim?", perguntou Jim.

"Bom, os brancos também parecem bem mortos, mas, pelo menos, parece que eles foram vivos algum dia. Mas esse cara..." Ele fez uma pausa e se ajoelhou ao lado do corpo negro. "Parece que ele nunca foi vivo. Os brancos, tem terror no rosto deles. Dá pra ver o medo ali. Já o irmãozinho aqui, ele parece, bom, quase feliz." Wallace se levantou e balançou a cabeça. "O que eu tô dizendo?"

“Não, a gente entende”, disse Jim.

“Eu não tô falando nenhuma doideira, né?”, disse Wallace.

“Gostaria que você estivesse”, disse Ed. Pegou um maço de cigarros e enfiou um deles na boca. Viu que Jim estava olhando para ele. “Cala a boca.”

“Xerife, você tem alguma ideia do que esses homens tavam fazendo aqui esta noite?”, perguntou Ed.

“O síndico do prédio disse que não tinha nenhum evento ou reunião marcada. Foi ele quem se deparou com essa cena. Imagino que vocês iam querer falar com ele.” Antes que eles pudessem responder, Wallace disse: “Mas vocês não podem. Essa visão foi um pouco demais para o velhote. Depois de ligar pro 911, ele sentiu uma dor no peito e teve um infarto”.

“Ele tá bem?”, perguntou Ed.

Wallace encolheu os ombros. “Ele tem oitenta e poucos e uma trombose coronária. Talvez ele morra, talvez não. De qualquer maneira, ele não vai dizer porra nenhuma.”

“Isso foi meio frio da sua parte”, disse Jim.

“Esse velhote branquelo é um racista à moda antiga. Mesmo se ele não tivesse tido um infarto, a gente não ia conseguir extrair nenhuma informação coerente dele.”

Hind veio andando em sua direção. Ela se apresentou para o xerife. “Os detetives já o inteiraram sobre o caso?”, ela disse.

“Acredito que sim”, disse Wallace.

“O que você achou?”, perguntou Jim. “Era o que você imaginava?”

“Este é o pior de todos, de longe”, disse Ed.

“Minnesota, Wyoming e Califórnia”, disse Hind.

“O que tem eles?”, perguntou Jim.

“Crimes como este. Dois homicídios na Califórnia.” Hind fechou a jaqueta. “Tá frio aqui.”

"Cinco estados?", disse Jim.

"O corpo não identificado na Califórnia — vocês tão preparados? — era um asiático, e seu cadáver desapareceu apenas pra reaparecer numa outra cena de homicídio."

"Mas de que porra vocês tão falando?", perguntou o xerife Wallace. "Alguém pode me fazer um resumo?"

"Vem comigo, xerife", disse Ed. "Vamos dar uma volta."

"Vai estragar a noite dele", disse Jim. "E aí, o que você achou de ver um troço desses tão de perto?"

"Uma belezura", disse Hind.

"Vocês, federais, são obrigados a ter aulas de comentários sarcásticos lá em Quantico?"

"Não, é opcional." Hind ficou observando a cena mais uma vez. "Isso não faz nenhum sentido. Eu não consigo nem começar a reconstruir na minha cabeça o que aconteceu aqui."

"B-A-M."

"O quê?"

"Bem-vinda ao Mississippi."

79

Mama Z estava de pé no quintal em frente à sua casa, a lua branca como papel libertando delicadamente a mata fechada ao seu redor da escuridão profunda. Os faróis de dois veículos a iluminaram na passada, antes de parar ao lado dos trilhos da ferrovia que demarcavam os limites de seu terreno. Ela foi andando até o carro e a caminhonete e conversou com os jovens que estavam dentro deles.

"Acho melhor vocês botarem os carros atrás do celeiro."

"Sim, senhora", disse o motorista do carro.

Enquanto eles desapareciam atrás da casa, outro carro chegou. Era Gertrude. Ela abaixou a janela. "Você também quer que eu estacione lá nos fundos?"

"Não, você pode ficar aqui", disse Mama Z. "Os canas conhecem teu carro."

Dentro da casa, três mulheres e dois homens se juntaram a Mama Z, Gertrude e um Damon Thruff de aparência exausta. Eles se sentaram na sala da frente, perto da lareira, com dois bules de chá.

"Eu simplesmente adoro dizer que tem chá na mesinha do café", disse Mama Z. "Crianças, por que vocês não me dizem qual é o problema?"

"A gente achou que tudo tinha acabado depois da sra. Bryant", disse uma mulher com um moicano. "Mas aí teve aquele legista... como era o nome dele?"

“Fondle”, disse Gertrude.

“Isso, Fondle. Daí ele apareceu morto. O que foi aquilo? Digo, foi um dos nossos?”

“Em primeiro lugar, vocês precisam ficar tranquilos”, disse Mama Z.

“Falar é fácil”, disse um baixinho. Ele estava cutucando o fogo com uma barra de ferro. “A Gertrude disse pra gente que o FBI esteve aqui.”

“É claro que esteve”, disse a idosa. “Eles tão investigando um crime, um crime histórico. Eles precisavam aprender sobre este lugar, então é claro que vieram até mim.”

“Acho que sim”, disse Moicana. “Mas, Mama Z, eu tô com medo. Todos nós tamos com medo. Ou tem alguém que sabe a nosso respeito, e tá observando a gente, ou tem alguma coisa ainda pior acontecendo.”

“Tipo o quê?”, perguntou outra mulher.

“E não foi um dos nossos”, disse o homem da lareira.

“E agora ficou pior ainda”, disse um homem que tinha acabado de entrar na sala.

“Do que você tá falando?”, perguntou Gertrude.

“Liga na CNN”, ele disse.

Gertrude pegou o controle remoto em cima da mesa e ligou a TV velha e pesada que ficava em cima de um móvel de vitrola fora de uso.

“Hernando”, disse o homem. “Acharam cinco homens brancos mortos dentro de um quarto com um homem negro.”

Eles voltaram a atenção para a tela. Um comercial de seguro para carros estava passando.

“O jornal disse que os homens foram mutilados.”

“Que porra é essa?”, disse outra mulher.

“O jornal não disse como ou quem foi mutilado.”

Surgiu o alerta de Notícia Urgente. A mulher na televisão era da sucursal de Memphis, empolgada por estar aparecendo em cadeia nacional. "Um acontecimento macabro esta noite na pequena cidade de Hernando, no Mississippi, na região metropolitana de Memphis. Os corpos de seis homens vítimas de homicídio foram encontrados — *horrivelmente mutilados* foram as palavras utilizadas por Kwame Wallace, o xerife de Hernando. Um criminalista, que prefere permanecer anônimo, me disse que havia todos os sinais de um assassinato ritualístico. Existem especulações de que, talvez, os homens fizessem parte de algum tipo de culto. Cinco das vítimas são brancas e foram identificadas, embora nenhum nome tenha sido divulgado. A sexta vítima é um homem negro, segundo me disseram, de idade indefinida, e ele permanece sem identificação."

No fundo, conversando com um homem de uniforme, estava a agente especial do FBI Herberta Hind. Gertrude a viu, e também viu o detetive especial Jim Davis. "Bom, o FBI e o MBI tão lá", ela disse. "Provavelmente a CIA e a TSA também."

"Quem é do FBI?", perguntou Moicana.

"Aquela mulher alta conversando com o cara de uniforme", disse Gertrude.

"Ela esteve no Bluegum hoje à noite", disse Moicana.

"Sim", disse o baixinho. "Tava numa mesa com dois homens e uma branca. A Brigette atendeu eles."

"Puta merda", disse Gertrude. "Será que foi por isso que o Davis me ligou?"

"Ele ligou pra você?", perguntou Mama Z.

"Sim, do nada, disse que queria se encontrar com você, Mama Z. Eu tinha acabado de chegar no restaurante e tava entrando na cozinha."

"E daí?", disse Mama Z. "E daí que você tava no restaurante?"

"Eu menti pra ele. Disse que tava aqui, com você."

"Merda", disse o baixinho.

"As pessoas mentem o tempo todo", disse Mama Z. "Isso não é crime. Eles não sabem de nada. E quanto a esses outros crimes — se vocês não tavam lá, não tem nenhum rastro de vocês lá."

"O que a gente faz?", perguntou Moicana.

"Não entrem em pânico, essa é a primeira coisa", disse a idosa. "Se vocês saírem desesperados por aí, vão acabar chamando a atenção. Fiquem frios."

Por fim, Damon, que tinha afundado dentro daquele sofá, sacudiu a cabeça, como se estivesse saindo de um transe. "De que diabos vocês tão falando? Rastros de vocês em cenas de crime? Meu Deus, o que vocês tão fazendo? Gertrude?"

Gertrude foi andando até Damon e pôs a mão no ombro dele. "Meu mano, nós precisamos ter uma conversinha."

80

A chuva chegou de repente, e o aviso de tornado se transformou num alerta, de modo que qualquer ideia de voltar dirigindo até Hattiesburg foi imediatamente descartada. Os detetives e a doutora foram até Memphis e se hospedaram no Hotel Peabody. No lobby, Ed olhou à sua volta e soltou um assobio.

"Essa vai ser na conta do governo federal", disse Hind. "Tem que ter alguma compensação por todo mundo te odiar."

Hind ficou tratando da burocracia na recepção.

Helvetica Quip ainda estava abalada depois de apenas um breve vislumbre na cena do crime. "Tudo bem com você?", perguntou Jim.

"Eu nunca tinha estado no campo", ela disse. "Sou uma rata de laboratório. Tô acostumada a ver corpos como provas, em cima duma mesa de metal. Mas aquelas pessoas tavam mortas no mundo real, tinha sangue pelo chão, gente andando por cima."

"Me incomoda pensar que eu tô acostumado a isso", Jim disse a ela.

"Como você se acostumou a uma coisa dessas?"

"Talvez só meio acostumado."

"Só tem dois quartos", disse Hind. "Vamos tirar no cara e coroa pra ver quem dorme com quem?"

"Não acredito que eu tô dividindo quarto de novo com você", Jim disse para Ed, enquanto ligava a TV. "*SportsCenter*?"

"Pode ser."

"Pornô?"

"Me dá sono."

"Eu nunca entendi pornografia", disse Jim. "As caras que eles fazem. Sempre achei que trepar fosse pra ser uma coisa boa."

"Eu não faço ideia. Sou casado, tenho um filho e este emprego." Ed ergueu o balde de gelo. "Nós precisamos de gelo?"

"Eu não", disse Jim.

"Acho que eu também não. Mas é que parece que se você tem um balde de gelo, você precisa colocar gelo dentro dele." Ele largou o balde e sentou-se na cama.

"Por que você acha que a Gertrude mentiu pra mim sobre onde ela tava essa noite?", perguntou Jim.

"Vai saber? Talvez ela apenas não quisesse explicar onde ela tava. Às vezes, as pessoas não estão a fim de falar e dizem qualquer coisa."

"Pode ser."

"O que você achou sobre o que aquele xerife disse?", perguntou Ed. "Sobre o cara preto parecer mais morto do que os outros?"

"Eu entendi o que ele quis dizer e, ao mesmo tempo, não entendi. As roupas do cara pareciam muito antigas."

"Ele tava coberto de lama", disse Ed. "Mas você tem razão, as roupas pareciam datadas, ou algo assim."

"Você quer dar um pulo na Beale Street?"

Ed olhou pela janela, ficou de pé e chegou mais perto para olhar para a rua. "Sair nesse tempo? Como é que os tornados nunca derrubam os prédios grandes?"

"É só uma chuva", disse Jim. "A gente pode tirar a gravata e ouvir um pouco de blues."

"Só um pouquinho."
"É a Beale Street, cara."
"Mas ainda é o Tennessee."

81

Damon tremia. Ele estava sentado na cama no quarto de hóspedes de Mama Z. Havia uma colcha esquisita dobrada ao pé da cama, quase toda roxa. Ele não gostava de roxo. "Que porra tá acontecendo?", ele perguntou.

Gertrude estava de pé, do outro lado do quarto, escorada na porta fechada, como se quisesse impedi-lo de fugir.

"Vocês tão assassinando pessoas?", perguntou Damon.

"*Assassinar* é uma palavra forte. Não sei se ela se aplica aqui. Um soldado assassina alguém quando atira num inimigo que ataca ele?"

"Com certeza", respondeu Damon, sem hesitar. "Isso é precisamente o que um soldado faz."

"Nós estamos simplesmente praticando um pouquinho de justiça retributiva."

"Então, por que eu tô aqui?", perguntou Damon.

"Você é a pessoa mais inteligente que eu conheço", disse Gertrude. "Você tá aqui pra escrever essa história. Você tá aqui pra explicar tudo. Você tá aqui pra bolar uma maneira de tudo isso fazer barulho e, ao mesmo tempo, se manter em segredo."

"Isso não faz o menor sentido."

"A Mama Z me disse que você escreveu todos os nomes."

"O que isso tem a ver com qualquer coisa?"

"Como você se sentiu?", perguntou Gertrude.

"Horrível."

"E?", ela perguntou.

"O quê?"

"O que mais você se sentiu?"

"Livre", ele disse. "De uma maneira estranha, livre."

"Vivo", disse Gertrude.

"Acho que sim."

"Bom, essas pessoas tão mortas. Seus nomes tão vivos, mas elas tão mortas. Elas não podem mais dizer seus nomes. Você entende? Elas não podem mais ouvir o nome delas."

"E o que assassinar pessoas tem a ver com nomes?"

"Nada", ela disse. "E tudo."

Damon ficou olhando para ela. "Bom, a pessoa mais inteligente que você conhece não tá conseguindo entender de que porra você tá falando."

Gertrude sentou-se ao seu lado. "Talvez eu não teja fazendo muito sentido. É possível. Mas a gente tem outro problema agora."

"E qual é?"

"A gente matou apenas as pessoas que estavam ligadas aos assassinos do Emmett Till. E a pessoa que acusou ele."

"Quantas foram?", perguntou Damon.

"Três."

"Apenas três. Ora, meus parabéns. Como vocês são ponderados! E quem são os próximos? Seus netos?"

"Eu admito que é meio bizarro, mas a justiça também não é? E não vem me dizer que tá tudo nas mãos de Deus."

"Eu não acredito em Deus", disse Damon.

"Precisamente", disse Gertrude. "Tem que haver alguma maneira de fazer com que essas mortes simbolizem alguma coisa. Você não vê?"

"Mama Z, aquela senhorinha de cento e cinco anos de idade, ela tá por trás de tudo isso? É isso que você tá me dizendo? É nisso que você espera que eu acredite?"

"Sim. Ela viu tudo. Ela já viu o bastante."

"Você é maluca. Vocês todos são malucos. O que eu acho é o seguinte: eu acho que nenhum de vocês matou ninguém. Eu acho que vocês tão todos delirando, sofrendo de algum tipo de histeria coletiva. Talvez seja até uma coisa viral. Talvez vocês tejam todos infectados, isso sim."

"Para." Gertrude pôs a mão na perna dele.

"Quê? Essa mão na minha perna é pra me acalmar? É pra me fazer aceitar que vocês todos são assassinos de verdade e, ao mesmo tempo, me fazer relaxar?"

"Para", ela repetiu.

"Então, quando você me pediu pra vir até aqui por causa desse mesmo corpo aparecendo em todas essas cenas do crime, você já sabia o que tava acontecendo?", ele disse aquilo em tom de pergunta. "Você mentiu pra mim e agora, se tudo isso for mesmo verdade, eu tô envolvido nesse crime. Eu posso ser enquadrado como cúmplice de homicídio."

"Eu sei que é muita coisa. Mas isso é uma guerra. Uma guerra que tá rolando há quatrocentos anos, só que agora a gente tá reagindo."

Damon ficou olhando para Gertrude por um longo e pesado instante. "Você acredita em tudo isso."

"Acredito porque é verdade."

"Sua retórica é muito boa, mas isso não muda o fato de que você mentiu pra mim. Por que você me queria aqui? Por que eu tô aqui?"

"Alguém precisa contar essa história", disse Gertrude.

"Papo furado."

"Damon."

Damon se jogou de costas na cama e fechou os olhos. "Fecha a porta quando você sair. Eu preciso processar isso tudo."

82

"Jesus H. Cristo de muleta no meio do milharal", disse Harlan Fester. Ele ainda estava usando seu uniforme de trabalho da fábrica de papel. "Tem alguma coisa vindo aí, e não é nada boa." Harlan estava se dirigindo aos outros membros do Comitê de Justiça Social dos Brancos pela internet. Seu encontro virtual havia começado dez minutos mais cedo. Depois que eles fizeram o Juramento de Lealdade e suas preces, Harlan deu início às discussões da noite. "Como vocês sabem, sou sempre muito vigilante na minha cobertura da internet. Sigo todos os jornais e monitoro todos os registros e canais oficiais da polícia. Nada acontece neste país sem que eu saiba, e eu tô dizendo que tem alguma coisa vindo aí."

"O que você descobriu espionando na rede, irmão Harlan?", disse Pete Rupter, o rosto aparecendo no canto superior esquerdo da tela de Fester.

"Tem uma ou várias pessoas matando brancos", disse Harlan. "Nosso tipo de brancos."

"Morre gente todo dia", disse Morris Lee Morris. Ele falava sentado na varanda de sua casa, em Temecula, na Califórnia. Ainda era dia onde ele estava. Ele fazia alguma coisa à sua frente.

"O que você tá fazendo, Morris?", Rupter perguntou.

"Limpando minhas pistolas", disse Morris. "Temos que estar preparados."

"Maior verdade jamais foi dita", disse Fester. "Eu comprei uma Smith and Wesson novinha pra mim, trinta e oito, cinco tiros."

"Arminha de viado", disse Morris. "Esta aqui é uma Desert Eagle, ponto cinquenta."

"Grandes merdas", disse Rupter. "Quando você disparar o segundo tiro, os crioulos já vão ter metido vinte azeitonas no teu rabo, usando uma dessas, como chama? MAC-10."

"Papo furado", disse Morris.

"Parem de brigar", disse Fester. "A gente tem um abacaxi bem maior pra descascar aqui. Parece que tem uns crioulos suicidas matando brancos por aí."

"O que você quer dizer com 'suicidas'?", perguntou Morris.

"O que eu quero dizer é que esses crioulos tão matando a gente e, depois, eles se matam também. Pelo menos é isso que os tiras tão dizendo."

Rupter soltou um assobio.

"Temos que reunir todos os membros e nos preparar. Temo que tá começando a guerra racial sobre a qual estive sempre alertando", disse Morris.

Rupter riu.

"Do que você tá rindo, Rupter?", latiu Morris. "E por que você tapa a boca com a mão que nem uma garotinha coreana?"

Rupter se ofendeu. "Você sabe que eu tenho uma questão com os dentes que me faltam. E que porra você sabe sobre garotas coreanas?"

"Eu lutei na Coreia", disse Morris.

"Vai se foder, Morris", disse Fester. "Você era muito novo pra ter ido pro Vietnã. E muito velho pra ter ido pra Guerra do Golfo."

"Cala a boca."

"Ah, eu vou calar, sim", disse Fester, sarcástico.

"Mas do que você tava rindo?", Morris insistiu.

"Você rimou", disse Rupter.

"Quê?"

"Você disse começando e depois alertando. Rimou. Eu achei engraçado. Desculpa."

"Jesus Cristo", disse Morris.

"Cala a boca todo mundo", disse Fester. "Vocês parecem crianças."

"Vai se foder, Harlan."

"Cara, desculpa por eu ter rido", disse Rupter. "O que a gente vai fazer?"

"Nós temos que reunir todo mundo", Morris repetiu.

"Do jeito que você fala, até parece que nós somos muitos", disse Rupter. "Até onde eu sei, somos nós e mais duas pessoas. Onde vai acontecer essa guerra? Meu moleque tem jogo esta semana."

"É", disse Fester. "Nós estamos espalhados por todo o país. O que faz o FBI ter medo da gente é justamente nossa fraqueza."

"Amém", disse Morris.

"Puta merda, esqueci de contar a pior parte pra vocês", disse Fester.

"O quê?", perguntou Morris.

"Os brancos tiveram suas bolas arrancadas."

"Pera lá um pouquinho, que merda foi essa que você disse aí?", disse Rupter. "Você tá falando dos testículos?"

"É exatamente disso que eu tô falando."

"Porra, isso é que é deixar a melhor parte pro final", disse Rupter.

"Que tipo de animal faria uma coisa dessas?", disse Morris.

"Eles têm certeza de que foram os crioulos que fizeram isso?", perguntou Rupter.

"Não sei", disse Fester. "Num dos lugares, o crioulo tava com o saco do branco na mão dele."

"Misericórdia, senhor", disse Morris. "É melhor a gente ir limpando todas as armas que a gente tiver. Esse troço não parece brincadeira. Se for verdade, será que não é tarde?"

Rupter riu.

"Jesus, Pete."

"Desculpa, mas eu acho rima um troço engraçado demais. Sabia que não tem nada que rima com cérebro? Parece que tem, mas quando você vai ver, não tem."

83

Ouviu-se um trovão ao longe. A Beale Street não estava muito lotada de gente, mas tinha tanto lixo e sujeira como se estivesse. O clima também não ajudava muito. Ed e Jim estavam sem gravata ou armas. Isso os deixava felizes, mas, também, um tanto apreensivos. Eles não eram policiais no Tennessee, só uma dupla de homens negros. Não queriam acabar se tornando personagens de uma reportagem do *60 Minutes* com o Mike Wallace balançando a cabeçorra branca. Blues elétrico emanava de todo bar por onde eles passavam.

"Por que todo blues é tão..." Ed ficou procurando pela palavra.

"Indecente?", Jim sugeriu.

"Isso."

"Porque ele é indecente", disse Jim. "Você sabe, um tipo bom de indecente. Sabe o que o Louis Armstrong disse? O seguinte: o blues é quando uma mulher te diz que tem outra mula no seu estábulo."

"Isso definitivamente é o blues. O que você acha que aqueles branquelos sem bolas cantaram no seu final?"

"Não faço ideia. Tudo que vai, volta?"

Ed concordou com a cabeça.

"Você já esteve em Graceland?", perguntou Jim.

"Não."

"Eu estive lá uma vez."

A chuva voltou a cair. Ed olhou para o céu. "Você acha que

tem um tornado vindo aí? Passei a vida inteira na Louisiana e no Mississippi e nunca vi um tornado."

"Eu vi um quando eu era criança. Pelo menos acho que vi. Eu tava dormindo no banco traseiro da perua da minha família. Acordei, acho que vi a tempestade e voltei a dormir. Eu costumava acordar naquele carro e ver cada bagulho doido..."

"Você acha que os fantasmas, de repente, resolveram aparecer pra matar esses caipiras?", perguntou Ed.

"Não", disse Jim. "Eu até gostaria, mas não."

Um homem pequeno saiu correndo de um beco, perseguido por uma mulher pesada, vestindo apenas uma calcinha fio dental cor de laranja. O homem calçava só um sapato e levava o outro em uma das mãos. Na outra, segurava as calças na cintura. Mesmo assim, conseguiu abrir uma distância entre ele e a mulher.

"Vai levar algum tempo até eu esquecer dessa", disse Jim.

"É estranho que a gente não se sinta dessa maneira nas cenas de crime. O que você acha que isso quer dizer?", perguntou Ed.

Jim deu de ombros. "Vamos ouvir um blues."

Os dois entraram num botequim chamado Mississippi Goddamn. O bar tinha um balcão comprido, com as pontas decoradas com entalhes na madeira. Eles se sentaram e pediram dois uísques à mulher de idade que estava servindo e misturando os drinques.

"Cadê suas armas, rapazes?", perguntou a mulher. Quando eles apenas olharam para ela em resposta, ela disse: "Vocês são tiras, né?".

"É tão óbvio assim?", perguntou Jim.

"Tanto quanto vocês são pretos", ela disse.

"Isso me deixa triste", disse Ed.

"As coisas são o que são, bebê. Não tem vergonha nenhuma nisso", ela disse.

"Sim, mas você não entra num consultório de dentista e é reconhecida imediatamente como bartender", disse Jim.

"Isso é", ela disse. "Mas que bom que vocês são tiras. Não quero que todos sejam branquinhos que nem algodão."

"Nós não somos tiras de Memphis", disse Jim.

"Ah, eu sei, querido. Eu sei."

O som de um violão veio de um palco minúsculo do outro lado do salão. Um homem de barba grisalha sentado sozinho começou a se apresentar. Seu estilo de tocar era simples, sua voz muito grave, e nem Ed nem Jim conseguiam entender uma palavra que ele cantava. Seu blues era lento e, aparentemente, vinha do fundo do coração, talvez por conta do tom menor. Ele usava um osso preso no dedo mindinho a título de slide.

Jim se inclinou na direção da bartender quando ela se voltou para ele. "O que ele tá cantando?"

"Porra, sei lá. Ele canta aqui todas as noites. Não sei o nome dele, não sei de onde ele vem, não sei nada. E com certeza não sei o que ele tá dizendo."

Eles ficaram escutando. "Não importa o que ele tá dizendo", disse Ed.

"O quê?", perguntou Jim.

"Não importa o que ele tá dizendo."

"Quanto tempo vamos ficar por aqui?", perguntou Jim.

"Sei lá. A noite inteira?"

"Parece uma boa."

84

Charlene estava no quintal dos fundos ao lado da piscina vazia olhando seu penúltimo filho tentando pedalar um triciclo verde-limão da Big Wheel sobre o gramado crescido e, ao mesmo tempo, ressecado. Lulabelle esfregou mais blush no rosto e puxou a perna da calça da mãe.

"Mamãezona Gritalhona, eu passei direito?", perguntou a menina.

"Misericórdia, menina, não me incomoda agora que eu tô pensando."

"No que você tá pensando, Mamãezona Gritalhona?"

"Tô pensando coisas de adulto que você não entende. Tipo como eu vou pagar o aluguel dessa casa sem seu pai, que tá morto. E quando é que o Pete Built vai me chamar no rádio PX?"

"Quem é Pete Built?"

"Deixa isso pra lá." Charlene acendeu um cigarro e deu uma longa tragada. "Deixa eu te perguntar uma coisa."

"O quê?"

"Você ouviu algum barulho ontem à noite?"

"Sim", disse Lulabelle.

"Eu tô dizendo algum barulho estranho, não seu irmão soltando pum."

"Não, eu ouvi uns barulhos bem estranhos. Primeiro achei que eu tava sonhando, mas aí eu vi que tava acordada e continuava ouvindo."

"Como eram esses barulhos?"

Lulabelle fechou os olhos e tentou se lembrar. "Um barulho era tipo uma corrente sendo arrastada. Depois achei que ouvi um grito. Depois ouvi alguém rindo."

"Tipo um homem rindo?"

"Simmm." A criança levantou a cabeça para olhar para a mãe. "Você também ouviu isso, Mamãezona Gritalhona?"

Charlene ignorou a pergunta. "Lulabelle, você tá um horror. O blush tá todo mal espalhado, e o batom não combina com a sombra do seu olho. Misericórdia."

"Você também ouviu?", a criança repetiu.

"Vai lá tirar o triciclo do seu irmão do barro. Eu preciso entrar em casa e fazer uma ligação."

Lulabelle foi andando em direção ao irmão, resmungando. "Eu não consigo nem passar minha maquiagem direito por causa desse bobalhão desse bebê."

Dentro de casa, Charlene pegou o aparelho de rádio PX. Ela sintonizou no canal 19. "Aqui quem fala é a Mamãezona Gritalhona. Eu tô procurando pelo Pete Built. Você tá por aí?"

Uma voz cheia de chiados respondeu. "Com certeza, garota. Pete Built na área. Câmbio."

"Migrando aqui, querido." Charlene mudou para um canal onde ela e Pete Built podiam ter uma conversa com um pouco mais de privacidade.

"Onde você tá?", perguntou Pete Built.

"Você sabe que eu tô em casa", ela riu. "Onde mais eu estaria? A pergunta é: onde você está?"

"Saí de manhã bem cedo, e agora tô a uns sessenta e poucos quilômetros ao sul de Money naquela autoestrada Cinco Dezoito. Espera um segundo. O que é isso? Tem uma coisa na estrada ali na frente. Parece que tem um pessoal no acostamento. E tem mais um ali no mato. Tem alguma coisa errada aí. Vou dar uma parada pra ver o que tá acontecendo."

"O que foi, bebê?", perguntou Charlene. Ela aumentou o supressor de ruídos para diminuir a estática.

"Tem um crioulo andando ali."

Charlene ficou escutando. "O que ele quer? Tenha cuidado, Pete Built. O que esse crioulo quer?"

"Segura aí, Gritalhona. O que tá acontecendo aí, rapaz? O que é isso na sua mão? O que você tá fazendo, rapaz? Ai, meu Jesus Cristinho! Puta que me pariu! Jesus! Misericórdia!"

"Pete Built!", gritou Charlene. "Você tá me ouvindo? Solta o botão, bebê. Pete Built! O que tá acontecendo, bebê?"

"Senhor Jesus!" Estática.

"Bebê? Pete Built? Querido?" Charlene deixou cair o microfone.

Lulabelle entrou pela porta da cozinha. "Aquele bebê pode empurrar o triciclo dele sozinho. O que foi, Mamãezona Gritalhona?"

"Vai lá pra fora, porra!"

Charlene pegou o telefone e ligou para o 911.

85

A cena na autoestrada 518, que era tudo, menos cênica, fez com que o durão e experimentado policial rodoviário do estado do Mississippi precisasse olhar duas vezes. Ele até removeu os óculos espelhados e levantou a aba do enorme chapéu para enxergar melhor. Havia cinco cadáveres no total; quatro eram brancos e um era negro. Os brancos estavam cobertos e encharcados de sangue; o negro estava coberto de lama, e com as mãos ensanguentadas. Os primeiros policiais rodoviários a chegarem à cena do crime haviam conseguido, de forma bastante eficiente, bloquear o trânsito nos dois sentidos e deter alguns motoristas que pararam para ver o que estava acontecendo. Uma mulher branca e esguia estava debruçada sobre o capô de sua BMW, chorando com a cabeça entre as mãos. Um homem negro e grandalhão andava para lá e para cá na frente de sua picape Chevy de três quartos de tonelada enquanto mantinha um olho nervoso nos policiais rodoviários estaduais.

"Puta que pariu", disse o policial mais velho. "É uma caralhada de sangue."

"Foi feio o negócio", disse outro policial.

"Vocês identificaram algum desses caras?"

"Todos estavam com a identidade", disse o jovem policial. "Exceto o cri..." Ele olhou por cima do ombro para o homem negro perto da picape. "O homem negro não tinha identidade."

"E, definitivamente, isso não foi um roubo", disse outro jovem policial. "Aquele ali e aquele outro estavam cheios de grana na carteira, quase seis mil paus. Mas não tem nada no bolso do negro."

"Meio que parece que as bolas deles foram cortadas fora", disse um dos jovens.

"Quê?"

"Elas tão jogadas por ali."

"O que tá jogado?"

"As bolas deles. Os testículos. Todos estão com as calças um pouco arriadas. Exceto pelo… negro. Que bagulho doentio, parece coisa do Charles Manson ou de alguma seita desse tipo."

O policial mais velho ficou olhando para as vítimas mais uma vez. "Eles foram baleados?"

"Podem ter sido. Tudo que eu sei é que tem muito sangue. Mas não tem nenhuma cápsula ali. Nem arma. Não tem nada. Só os testículos deles."

"Espero que vocês, idiotas, não tenham tocado em nada."

"Você tá de brincadeira? Eu não vou tocar no saco de ninguém. Porra, eu não gosto nem de tocar no meu."

"Você tocou na carteira deles."

"Ah, é. Desculpe por isso."

86

Ed descreveu a cena na autoestrada como ela havia sido descrita para ele e Jim por seu capitão. A agente especial Hind estava sentada do outro lado da mesa, esfregando as têmporas enquanto escutava. Eles estavam numa mesa nos fundos do Capriccio Grille, o restaurante do hotel.

A dra. Quip largou o garfo e empurrou para longe seu prato de ovos mexidos, panquecas, linguiças e bacon. "Perdi a fome."

"Desculpe", disse Ed. "É trabalho."

"Tem alguma coisa muito estranha acontecendo", disse Jim. "Eu sei que isso tá bem evidente, mas acho que é uma coisa muito, mas muito estranha mesmo."

"Sul de Money", disse Ed. "Foi lá que isso aconteceu."

"O pacote completo", disse Jim. "Testículos arrancados e tudo o mais. Vítima Negra Solitária com senso estético questionável. Você tá me entendendo? Tudo igualzinho, em todos os detalhes. Chicago. Mississippi. Califórnia."

Eles ficaram sentados em silêncio por um momento.

"Acho que vamos perder os patos", disse Quip.

"O que é isso?", perguntou Hind.

"Eu li que tem patos morando aqui no terraço do hotel. Levam eles até o chafariz às onze da manhã. Eles descem no elevador, que nem gente. Eu tava querendo ver isso."

"Quem sabe da próxima vez", disse Jim.

"Mama Z", disse Hind.

"O que tem ela?", perguntou Jim.

"Tem alguma coisa rolando lá", ela disse. "Ela tá envolvida em alguma coisa. Eu consigo sentir."

"Tipo o quê?", perguntou Jim. "Ela tem cem anos de idade. Mais de cem."

"Eu sei, eu sei."

"Eu acho que a Herbie tem razão", disse Ed. "Alguma coisa não tá certa aí. Eu admito que achei aquele lenço do movimento Black Power meio forçado."

"Eu vou repetir", disse Jim. "A mulher tem cem anos de idade. Ela é velha, meio folgada e bocuda, mas, porra, ela merece. E aquele negócio que ela tava usando — só porque é vermelho, preto e verde não quer dizer que seja um lenço do movimento Black Power."

Ed olhou para Jim e ergueu as sobrancelhas.

"Tá, é um lenço do movimento Black Power. Mas e daí?"

"Tem mais coisa aí", disse Hind.

"O quê?", perguntou Quip. "O fato de ela ser muito esperta?"

"Nunca ouvi dizer que isso fosse um problema", disse Jim.

"Não é um problema", disse Hind. "Só uma observação."

"Você viu os arquivos?", Ed perguntou.

"O quê?"

"Aquela sala cheia de arquivos", disse Jim.

"Não, do que você tá falando?"

Ed pôs o guardanapo no colo e se inclinou levemente para trás. "Aquela senhora tem, na casa dela, gaveteiros lotados de dossiês sobre praticamente todas as vítimas de linchamento da história dos Estados Unidos."

"Ela não mencionou isso pra mim."

"Tô surpreso", disse Jim. "Ela parece bem orgulhosa daquilo. *Orgulhosa* não é a palavra certa. Obviamente, aquilo deu muito trabalho."

"Bom, é melhor a gente ir andando", disse Ed. "Não vai ter sobrado nada da cena lá na estrada, mas a gente precisa ver esses corpos."

"Antes que os locais percam eles", disse Jim. "Percam ele."

"Desculpe pelos patos, doutora."

"Haverá mais patos", disse Quip. "Uma frase que jamais me imaginei dizendo."

"Mas bem verdadeira", disse Jim.

Ed dirigia. Ele não pegou a rota que os conduziria direto pela estrada que leva para fora de Memphis. Em vez disso, escolheu um trajeto sinuoso por dentro da cidade degradada. "Desculpem por pegar o caminho mais longo", ele disse. "Mas é que toda vez que eu venho pra Memphis, preciso passar na frente de um lugar, não pra entrar nele, só pra parar na frente e ficar olhando."

"Graceland?", disse Hind, rindo.

"Já tive lá, mas não", disse Ed. "É aqui. O Motel Lorraine. Bem ali, no canto daquela sacada. Eu tinha dez anos. É por isso que eu sou policial."

"Hoje isso aí é um museu", disse Jim.

"Mas não devia ser", disse Ed.

"Por que não?", perguntou Quip.

"É só um motel. É isso que ele é. É tudo que ele é", disse Ed. "As pessoas deviam poder se hospedar naquele mesmo quarto e dormir naquela mesma cama e sair por aquela mesma porta pra ficar naquela mesma sacada e entender o que aconteceu ali. As pessoas deviam saber e entender que nem todas as quintas-feiras são iguais."

"Tá bom, Ed, vamos lá", disse Jim.

87

Delroy Digby e Braden Brady estavam parados olhando para o pneu murcho na viatura de Brady, coçando a cabeça um do outro. No começo estavam coçando cada um a própria cabeça, mas isso não estava ajudando. Porém, assim que Brady coçou a cabeça de Digby, Digby disse: "Talvez seja melhor a gente trocar esse pneu".

Digby fazia muita força com a chave de roda, mas as porcas não rodavam. "Brady, a gente tem WD-40 aí?", ele perguntou.

"Vou olhar no porta-malas", disse Brady. Ele parou no meio do caminho em direção à traseira do carro e apontou. "Caralho, que porra é essa?"

"O quê?"

"Esse troço vindo aí pela rua."

Digby abandonou as porcas, soltou a chave de roda e se levantou para olhar. "Caralho. Que porra é essa?"

"É o que eu tô dizendo. Que porra é essa?", disse Brady.

Movendo-se na direção deles como uma massa única e ondulante, ainda que seus movimentos erráticos não estivessem sincronizados, vinha uma multidão de homens negros. O céu, que outrora estivera limpo, agora estava escurecido por nuvens esverdeadas. Um vento bateu com força no peito dos dois policiais.

Digby e Brady começaram a andar para trás, com a mão sobre o coldre da pistola. Primeiro Brady e depois Digby sacaram suas armas.

A multidão tinha uns trinta ou quarenta homens. Velhos e jovens. Alguns andavam vigorosamente. Outros estavam quase se arrastando. Movendo-se daquele jeito, eles pareciam um bando de polvos desengonçados com os tentáculos emaranhados. Uma chuva leve começou a cair. A multidão começou a produzir um barulho coletivo, a cantar uma palavra.

"O que eles tão dizendo, Brady?"

"Sabe lá Deus." Brady levantou a pistola e gritou. "Rapazes, fiquem exatamente onde vocês tão! Vocês me ouviram?"

"Levanta", gritava a multidão, de uma maneira rouca e ríspida, e nem todo mundo junto. Soava como um canto difônico tuvano.

"O que vocês querem?", gritou Digby.

Brady enfiou o braço dentro da viatura e pegou o rádio. "Hattie, aqui é o Brady. Acho que vamos precisar de reforços aqui."

A voz carregada de estática de Hattie respondeu: "Espera, o xerife tá bem aqui".

88

"O que tá acontecendo, Brady?", perguntou Red Jetty. Ele estava parado de pé na recepção da delegacia. Hattie ficou olhando para ele. Ed, Jim, Hind e Quip tinham acabado de entrar no prédio.

"Ai, meu Deus, ai meu Senhor Jesus Cristo!" A voz de Brady vinha toda cheia de chiados pelo alto-falante de quatro polegadas em cima do balcão.

"O que tá acontecendo?", perguntou Jim.

Jetty levantou a mão. "Brady?"

"Ai, Senhor Jesus!" Tiros foram disparados.

"Brady?"

"Cuidado, Delroy!"

Tiros disparados.

"Brady!", Jetty gritou para o rádio. "O que tá acontecendo? Onde vocês tão?"

"Xerife", gritou Brady, "eles pegaram o Delroy!"

"Quem?", perguntou Jetty.

"Eles tão por todo lado!"

"Brady! Brady!"

Silêncio.

"Que porra foi essa?", perguntou Ed.

"Como é que eu vou saber, caralho?", disse o xerife. "Hattie, qual a última localização deles?"

Hattie estava tremendo na cadeira, a ponto de chorar. "O que aconteceu com nossos rapazes?", ela perguntava, puxando a manga da camisa de Jetty.

"Onde eles tão, Hattie?"

"Eles tavam na Nickelback Road, eu acho. Não sei se eles ainda tão lá. O Delroy disse que eles achavam que tavam com um pneu furado. O que tá acontecendo, Red?"

"Não sei, Hattie." Jetty olhou para os outros. "Vocês querem ir comigo até lá?" Seu tom estava diferente. Ele estava pedindo ajuda.

"Sim", disse Jim.

Ed se virou para Quip. "Por que você não fica aqui com essa mulher?", ele disse.

Quip concordou com a cabeça.

Ed, Jim e Hind acompanharam o xerife até sua viatura, onde Ed sentou-se no banco do carona. Hind conferiu seu revólver 38 e depois fechou o tambor. Jetty olhou pelo retrovisor para Jim e Hind e disse: "Obrigado".

Hind acenou com a cabeça.

O xerife pegou uma saída da cidade em direção a Small Change e, em seguida, começou a subir uma ladeira. Quando chegaram ao topo, olharam para baixo e viram o carro dos policiais.

"Eu não tô vendo eles", disse Ed, conforme iam se aproximando.

"Ali", disse Hind. Ela apontou. Nas árvores.

Pendurados nas árvores estavam os corpos de Digby e Brady, as pernas cobertas de sangue, as calças arriadas até os tornozelos, os coturnos impedindo que a peça de roupa caísse no chão. Jetty quase colidiu contra o barranco ao estacionar o carro.

"Meu Deus!", ele gritou.

Jim, Ed e Hind conservaram uma certa distância. Ed olhou para Jim e balançou a cabeça.

"Isso não é bom", disse Jim. "Isso não é nada bom."

Jetty começou a andar freneticamente de um lado para o outro, balançando a cabeça. Ele havia sacado a pistola, sem nenhum motivo.

"Olha essas marcas", disse Hind. "Parece que um exército passou por aqui. Tudo pisoteado."

"Tem marcas de sapato e de pés descalços", disse Jim, apoiado num dos joelhos, tocando de leve o chão de barro com os dedos.

Ed se aproximou de Jetty e ficou olhando para os corpos. Brady tinha sido pendurado com um pedaço de uma corrente, Digby com uma corda fininha azul de náilon, parecida com um fio de varal.

"Sinto muito, xerife", disse o grandalhão.

"Você me ajuda a tirar eles dali?"

"A gente não devia processar essa cena primeiro?"

Jetty o fuzilou com um olhar.

"Ok, xerife."

Hind se virou para ver Ed abrindo o canivete e se aproximando da base da árvore. "Não, não", ela disse, mas parou quando Ed gesticulou com a mão. Ela olhou para Jetty em seu frenesi e acenou com a cabeça, confirmando que tinha entendido.

"Rápido, vamos tirá-los daí", disse Jetty.

Ed cortou a corda. O xerife segurou o corpo ensanguentado de Digby e o deitou sobre as folhas manchadas de sangue.

Ed apontou. "A corrente tá amarrada naquele galho."

Jim olhou para cima. "Caralho, como é que alguém subiu ali?"

Jetty levantou a arma e esvaziou o pente atirando na corrente. Ele não acertou. Choveram pedaços da casca da árvore. Ele colocou um novo pente e atirou mais três vezes. A corrente se soltou e Brady despencou abruptamente no chão. O corpo de Brady não tombou imediatamente, ficando de joelhos. As costas arqueadas e os ombros caídos lhe davam a impressão de estar rezando.

Enquanto Jetty ficava parado olhando para os corpos de seus amigos, os outros se dividiram para fazer buscas pela área. Ed ligou para seu capitão, relatou o ocorrido e solicitou o envio de uma equipe de peritos para o local.

Hind deu um assobio, chamando a atenção dos homens. "Cavalheiros, eu preciso que vocês venham até aqui."

Jim e Ed percorreram rapidamente os trinta metros entre eles. Hind deu um passo para trás quando eles se aproximaram. Os três ficaram ombro a ombro, olhando para o chão. Estavam deitados à sua frente os corpos de dois homens negros desfigurados. Vestidos com roupas antigas, cobertos de lama e mortos, eles se pareciam muito com os outros cadáveres negros que eles haviam encontrado recentemente. Em suas mãos havia alguma coisa ensanguentada.

"Aquilo é...", Hind começou a pergunta.

"Tenho quase certeza que sim", disse Jim.

O xerife veio se juntar a eles e olhou para o que haviam encontrado no meio da vegetação mais alta. "Vocês só podem estar de sacanagem."

"Acho que vamos precisar de um carro maior", disse Jim.

89

Hoje, em Elaine, no Arkansas, três homens foram brutalmente assassinados no que está sendo chamado de um crime racial. As vítimas foram encontradas no porão da Igreja Batista da Segunda Vinda. Um porta-voz da polícia disse que eles acreditam que as vítimas mataram umas às outras, isso porque um dos homens estava segurando partes dos homens mutilados nas mãos. Dois dos homens eram brancos e um era negro. As autoridades ainda não conseguiram entender o que aconteceu ou determinar uma motivação para o crime. As vítimas brancas eram membros da Igreja Batista e amigos de longa data e, aparentemente, a vítima negra era desconhecida na comunidade.

Em Longview, no Texas, quatro homens brancos foram encontrados mutilados no celeiro de uma fazenda local. Uma das vítimas era dona da fazenda. O nome do homem era Carl Winslow. Ele foi encontrado pela filha adulta, que disse ter visto uma multidão de homens negros saindo do celeiro e marchando por uma pastagem. A srta. Laurel Winslow disse: "Acho que vi umas vinte pessoas saindo daquele celeiro. Foram eles que mataram meu pai, com certeza absoluta. Estavam todos se gabando daquilo, berrando, andando de um jeito todo caricato, como se fossem uns cafetões". Ela fez uma pausa para olhar para a câmera:

"Aqueles pretos mataram meu pai. E todos aqueles outros homens também".

Omaha, Nebraska.

Chicago, Illinois.

Bisbee, Arizona.

Tulsa, Oklahoma.

"Eles não eram humanos, isso eu te garanto. Vieram todos marchando pra cá. Estavam sujos e fedorentos e eram todos crioulos."

"Eles simplesmente passaram por mim. Alguns deles me olharam de cima a baixo e eu tenho certeza de que eles estavam pensando em me estuprar, mas acho que, de tanto eu gritar, espantei eles. Ouvi dizer que eles mataram oito pessoas, gente de bem, homens cristãos, bem ali no Walmart. Parece que o segurança conseguiu matar um deles. Isso é o que estão dizendo por aí. Eu não sei de mais nada, mas tô morrendo de medo."

"Eu nunca tinha visto nada assim."

"Dava pra ver que esse pessoal de cor tava tudo furioso. Olhei no rosto de um deles e achei que ia morrer ali mesmo, naquela hora. Vi o diabo, com certeza. E ele era preto que nem piche. Minha mulher me disse que a contagem de mortos já chegou a nove. Pelo menos os rapazes mataram alguns deles antes de serem mortos. Você ouviu o que esses crioulos fizeram, não ouviu? Puta que pariu."

***

Esta manhã, em Conway, na Carolina do Sul, um grupo de homens negros provocou um massacre nas ruas do centro da pequena cidade. Eles mataram seis homens brancos. Aparentemente, as vítimas foram previamente escolhidas. Diversas pessoas, incluindo homens adultos, que caíram no chão ou foram encurralados pela multidão, foram deixadas para trás, ignoradas, segundo as autoridades. O ocorrido está sendo considerado uma revolta racial e um crime de ódio. Os policiais que foram até a cena do crime dispararam contra a multidão, mas não está claro se eles atingiram algum dos arruaceiros. As seis vítimas eram moradores locais. Seus assassinos não foram reconhecidos por nenhuma das testemunhas. A tensão racial está muito elevada, e um toque de recolher foi instituído.

O governador da Carolina do Sul, Pinch Wheyface: Estamos profundamente consternados pelos eventos da manhã de hoje, bons cidadãos da Carolina do Sul, e ainda corremos um grave perigo. Nós entendemos, todos nós, que as ações de alguns poucos membros de qualquer grupo não são e não deveriam ser usadas para julgar o grupo como um todo. Isto posto, todos esses assassinos são homens negros que não têm a menor consideração pela vida humana. Esses indivíduos desconhecidos ainda estão à solta, de modo que, por questões de segurança, recomendamos a todos os bons cidadãos brancos da Carolina do Sul que tenham cuidado com indivíduos negros, especialmente os que lhes forem desconhecidos. Estou convocando a Divisão das Forças de Segurança do Estado e a Guarda Nacional para auxiliar a polícia local. Perguntas?

RUPA O'BRIEN, CNN: Governador, o ataque foi orquestrado e, nesse caso, havia algum ou mais de um indivíduo liderando o grupo?

GOVERNADOR: Vou passar essa pergunta para o xerife Pellucid.

XERIFE CHALK PELLUCID: Interrogamos as diversas testemunhas do ataque da manhã de hoje, e ainda estamos no processo de analisar essas informações. Tudo que eu posso lhes dizer, com certeza, é que a gangue que fez isso era composta de cerca de trinta homens negros, e que seis moradores brancos de Conway, cidadãos de bem, estão mortos.

BUCK ROGERS, FOX NEWS: Xerife, o que você tem a dizer sobre o fato de seus homens terem disparado mais de cem tiros contra os arruaceiros sem ter atingido ninguém? Isso não passa uma má impressão em relação ao treinamento realizado pelo departamento?

PELLUCID: Quem disse que ninguém foi atingido? De onde você é?

ROGERS: Da Fox News.

PELLUCID: Não, eu estou perguntando de onde você veio.

ROGERS: Eu nasci na Pensilvânia.

PELLUCID: Maldito ianque.

GOVERNADOR: Esperamos que as pessoas entrem em contato conosco e nos tragam informações que nos levem à prisão dos indivíduos de pele escura envolvidos neste caso.

NANCY HIPPS, JORNAL THE STATE: Existem relatos de que os agressores usaram arame farpado e cordas para matar suas vítimas. E também de que diversas vítimas foram mutiladas. O que você pode dizer sobre isso?

PELLUCID: Hmmm, ainda estamos processando a cena do crime. E é uma cena bem grande. Vai de uma ponta do centro até a outra. Tem muita coisa. Estamos felizes de ouvir que o governador vai mandar trazer ajuda da Agência das Forças de Segurança do Estado.

ALGUÉM AO SEU LADO: Divisão.

PELLUCID: Isso, Divisão. Da Divisão das Forças de Segurança do Estado.

90

Ed e Jim estavam sentados com a agente especial Hind, do FBI, em seu Cadillac Escalade alugado, na frente do Bluegum. Eram seis da manhã. Jim estava com uma cópia da carteira de motorista de Chester Hobsinger nas mãos.

"Você acha mesmo que todos esses assassinatos tão ligados?", perguntou Ed.

"Como não estariam?", disse Hind.

"Eu sei, mas como? Porra, é muita loucura. É isso que eles dizem que é jogar merda no ventilador?" Ed inclinou o corpo para a frente por entre seus parceiros e apontou, com a mão espalmada. "Lá vai ele."

Os três ficaram olhando um homem branco com as pernas e os braços compridos sair de uma SUV da KIA e caminhar em direção à porta do restaurante.

"Bom, pra mim parece ele", disse Jim. "E eu não tô dizendo isso porque acho todos os brancos parecidos." Ele olhou para a cópia da habilitação. "Você diria que ele tem um metro e noventa?"

"Por aí", disse Ed.

O homem bateu à porta sem muita força, e alguém que eles não conseguiram enxergar deixou que ele entrasse no restaurante.

"Vamos lá", disse Hind.

Ed abriu sua porta e pôs um dos pés para fora. "Espero que esse cara não seja um corredor. Odeio quando eles saem correndo."

"Doido, né?", disse Hind. "Toda essa demência acontecendo pelo país e nossa pista principal é um cara branco."

"Melhor evitar atirar nele, então", disse Jim.

"Eu digo pra gente atirar na perna dele antes que ele tenha a chance de correr", disse Ed. Quando Hind e Jim olharam para ele, Ed disse: "É muito cedo e eu não tô a fim de sair correndo atrás de ninguém. Só tô dizendo".

"Não atira nele", disse Hind.

"Eu não vou atirar nele. Agora, se ele correr, talvez."

Eles foram andando até a porta. "Bato?", Jim perguntou a Hind.

"Vamos começar por aí."

Jim bateu.

A mulher de moicano que cantou no palco ficou surpresa de vê-los na porta. "Nós ainda não estamos abertos." Ela olhou para dentro do lugar.

"Tudo bem", disse Jim. "Não viemos até aqui pra comer. Estamos atrás deste homem." Jim mostrou a imagem da carteira de motorista para ela.

"Nunca vi esse cara na minha vida", disse a mulher.

"Por que todo mundo sempre diz isso?", disse Ed, meio cochichando. Ele balançou a cabeça. "Alguém vai sair correndo, tenho certeza."

"Estranho", disse Jim. "A gente acabou de ver ele entrando aqui. Sua mentira acaba de nos dar um motivo legal pra entrar." Ele deu um passo para a frente, fazendo com que ela desse um passo para trás. Hind veio logo atrás. Ed não. "O nome do homem é Chester Hobsinger." Jim ficou olhando pelo restaurante vazio. As cadeiras ainda estavam em cima das mesas. Havia um esfregão dentro de um balde no meio do salão.

"Que tal se a gente desse um pulinho lá nos fundos?", Hind disse para a mulher.

A mulher deu meia-volta e os levou até a cozinha. Ela estava nervosa, andando com os braços paralisados ao lado do corpo; seus dedos pareciam querer tocar em alguma coisa sem conseguir tocar em nada. Jim notou aquilo e teve um pressentimento ruim. Quando ela foi esticar o braço para empurrar a porta de vaivém, Jim a impediu.

"Obrigado", ele disse. "A gente continua a partir daqui."

Ela se afastou.

Na cozinha, Jim e Hind encontraram três pessoas operando o fogão e uma mesa de açougueiro. Dois homens negros e uma mulher negra pararam para olhar os visitantes.

"Tudo bem, podem continuar o que vocês tão fazendo", disse Hind.

Os três olharam para Moicana em busca de alguma resposta. Ela assentiu com a cabeça e eles voltaram a cortar e cozinhar.

Jim viu outra porta e começou a andar em sua direção. "O que tem ali?", ele perguntou. Moicana não disse nada. Jim abriu a porta e eles ingressaram num dojo cavernoso muito bem iluminado. As cerca de dez pessoas que estavam lá pararam de fazer seus exercícios e treinos e se viraram para encarar Hind e Jim. Jim esquadrinhou o local e parou olhando nos olhos da única pessoa branca ali, Hobsinger. Jim deu um passinho para a frente e o branco usou as pernas compridas para cobrir a distância entre ele e a porta dos fundos em questão de segundos.

Jim e Hind saíram correndo sobre os tapetes variados espalhados pelo chão. Ninguém dentro da sala emitiu nenhum som. Hobsinger atravessou correndo a porta e a bateu às suas costas. Jim abriu a porta e ele e Hind emergiram para a luz ainda mais clara daquela manhã apenas para se depararem com Ed segurando Hobsinger com o rosto encostado no capô de uma picape abandonada e toda tomada pela vegetação.

"Eu disse pra vocês que ele ia sair correndo", disse Ed. Ele já estava com uma das algemas presa ao pulso esquerdo do homem.

Jim estava sem fôlego. "Preciso me exercitar mais."

Hind mal havia suado. Ela voltou até a porta do prédio, abriu-a e olhou para dentro. "Jim", ela disse.

Jim se juntou a ela e olhou para dentro do lugar. A sala grande coberta de tapetes estava vazia; todos tinham ido embora. "Mas que diabo!", ele disse.

Ed prendeu a outra algema em Hobsinger e o conduziu de volta para dentro do prédio, logo atrás de Hind e Jim. Eles cruzaram a academia e a cozinha que, agora, estava deserta. Moicana também havia sumido. Jim se virou para encarar o homem branco, deitou a cabeça de lado e olhou em seus olhos. "Chester Hobsinger?"

O homem não disse nada. "Eu conheço meus direitos", ele disse.

"Eu sei seu nome, cuzão. Tô com sua carteira de motorista bem aqui. Você quer me dizer por que saiu correndo?"

"Eu conheço meus direitos."

"Todo mundo conhece a porra dos seus direitos", disse Ed. "Televisão."

Hind foi andando até o fogão e desligou uma boca que havia sido deixada acesa debaixo de uma panela. Ela olhou para a comida. "Canjiquinha."

"Parece bom", disse Ed.

Ed empurrou Hobsinger para a frente e eles seguiram pela cozinha em direção ao salão, que encontraram igualmente vazio.

"Onde todo mundo se meteu?", perguntou Hind.

O homem branco não disse nada.

"Pelo jeito, você vai ter que esfriar a cabeça na cadeia de Money", disse Jim.

Ed riu e olhou para Hobsinger. "Vamos te levar pra passar um tempinho com alguém que não conhece seus direitos. Que tal?"

91

Caía neve de todas as direções. As oito pessoas que estavam no boteco Grick of Bold, em Rock Springs, no Wyoming, eram daquele tipo patético de bêbado destinado a ser lembrado como o mesmo tipo patético de bêbado que estava ali na noite anterior. O dono e bartender, Isaiah Washington, estava de pé na frente do bar, conversando com o primo, Kaleb Washington. Eles estavam bêbados a ponto de conseguirem assistir à CNN, ainda que incapazes de compreender a gravidade das notícias urgentes, mas não tão bêbados a ponto de ignorarem a gangue de quase trinta homens chineses que atravessaram bruscamente as portas antigas de vaivém de saloon do Velho Oeste. Isaiah Washington pegou, de forma rápida e instintiva, a espingarda calibre doze de dois canos que havia sido de seu bisavô e ficava debaixo do balcão, junto com as bebidas boas. Ele conseguiu disparar os dois tiros, que aparentemente não produziram nenhum efeito visível. Ele não conseguiu sequer abrir a arma para retirar os cartuchos usados.

Cortes.

Queimaduras.

92

Red Jetty não enfiou Chester Hobsinger numa cela. Em vez disso, ele prendeu, com uma algema, os tornozelos do homem a uma cadeira giratória colocada em cima de uma mesa numa sala onde não havia rigorosamente mais nada.

"Você percebeu que suas mãos estão livres", disse Jetty. "Se você sair dessa mesa, mesmo que cair daí, eu vou dar um tiro em alguma parte do seu corpo. Se eu sair dessa sala e ouvir um barulho, vou voltar aqui metendo bala. Vou te perguntar só uma vez se você me entendeu. Você me entendeu?"

Hobsinger concordou com a cabeça.

Jetty andava ao redor da mesa enquanto falava. "Parece que você tá, de alguma maneira, envolvido na morte dos meus homens."

"Não sei nada sobre seus homens."

"Isso lá é jeito de falar, rapaz? Você não sabe nada sobre meus homens? Bom, alguma coisa você sabe. Sua carteira de motorista diz que você é de Chicago, no Illinois." Jetty pronunciou o *s*.

Hobsinger ficou em silêncio.

"Me diga o que você tá fazendo aqui no Mississippi, sr. Hopsettler."

"É Hobsinger."

"Agora que nós sabemos que este é seu nome, podemos continuar."

Hobsinger ficou visivelmente chateado consigo mesmo.

"Sabe, rapaz, eu sou apenas um grosseirão como você tá imaginando, mas não sou tão burro quanto o lugar onde eu moro ou meu DNA pode te fazer pensar. Eu sou um tipo diferente de caipira. O mesmo caipira antes e depois de dar uma cagada."

"Quê?"

"Eu sou o tipo de caipira com o qual você não quer nem sonhar, porque não tenho limites. Eu não tenho limites. Eu sou um caipira que não finge que acredita num deus. Eu sou um caipira que sabe que é um caipira."

"Você é maluco."

"Viu, você não é tão estúpido quanto parece."

Hobsinger ficou acompanhando o xerife com os olhos.

"Você não gosta quando eu fico atrás de você, né? Ah, mas você vai adorar isso lá na colônia penal do condado. Os rapazes de lá vão adorar esse teu sotaque. Você já viu uma colônia penal, rapaz?" Jetty parou exatamente atrás do homem. "Não precisa se preocupar em deixar o sabonete cair. Não tem sabonete lá. Cacete, mal tem água na colônia. Você quer me contar o que tá acontecendo aqui?"

Hobsinger se encolheu todo. "Eu conheço meus direitos. Você vai ameaçar me linchar agora? É isso que vocês fazem, né?"

"Cala a boca."

93

Oito viaturas da polícia rodoviária do Wyoming e quatro carros pretos do Departamento de Investigação Criminal do Wyoming ocupavam toda a rua estreita em frente ao boteco Grick of Bold. O departamento de polícia de Rock Springs foi buscar os agentes de terno do FBI diretamente dos helicópteros que aterrissaram no campo de futebol americano da escola local. Não houve testemunhas do crime. Ninguém viu os agressores entrando ou saindo do bar. Tudo que se sabia era que eles eram muitos e não tinham nenhum respeito pela vida. Os oito homens brancos, bem conhecidos, terceira e quarta geração nascidas no Wyoming, foram retalhados, esfaqueados e mutilados — alguns deles queimados. Muita evidência física — cabelos, lama, impressões digitais, sangue — estava espalhada por toda a cena do crime, e um rastro delas levava para fora do bar, em direção a um terreno rochoso e coberto de lixo nos fundos. Caçadores locais tentaram fazer seus cães farejarem quem quer que tivesse cometido os crimes, mas os animais ou não quiseram, ou não foram capazes de fazê-lo.

Um ancião Shoshone se aproximou e parou ao lado de dois agentes do FBI. Eles olharam para ele e ele os olhou de volta.

"Posso ajudá-lo, senhor?", disse um dos agentes.

"Você precisa sair daqui", disse o outro. "Esta é uma cena do crime ativa. Você não pode ficar aqui."

"Eles eram chineses", disse o indígena.

"Quê?"

"Seus assassinos. Eles eram chineses."

Os homens do FBI riram. "Ah, é mesmo?"

"Talvez você possa dizer pra gente quantos eles eram."

"Vinte e oito."

"Você viu vinte e oito homens chineses saírem correndo deste lugar?"

"Não. Eu tava no bar quando eles entraram."

"Vinte e oito homens chineses entraram neste boteco, e você ficou ali, assistindo aos assassinatos?"

"Não exatamente."

"'Não exatamente como?"

"Eles entraram bem quando eu tava indo no banheiro dar uma mijada. Quando eu voltei, não tinha mais nada além de *wasi'chu* mortos. Nenhum chinês."

"Quanto tempo você ficou mijando?"

"Uns minutos. Eu voltei e vi uns *wasi'chu* pegando fogo. Foi aí que me dei conta de que tinha alguma coisa errada acontecendo."

"Pois é, gente pegando fogo costuma ser uma bandeira vermelha."

"Pois é."

"Você ficou no banheiro por uns minutos."

"Três, no máximo."

"Você andou bebendo, senhor?"

"Porra, eu tava muito bêbado. Mas eu sei como é um homem chinês quando vejo. E eu sei como é um homem pegando fogo."

"E como é um homem chinês?", perguntou um dos *wasi'chu*.

"Bem parecido com aquele sujeito ali no meio do mato."

94

O Cadillac alugado estava estacionado no acostamento da estrada, fora do campo de visão da casa de Mama Z. Hind, Jim e Ed estavam do lado de fora, subindo a rampa da garagem flanqueada por árvores.

"Me diz de novo por que a gente estacionou lá atrás", disse Ed. "Você não acha mesmo que essa senhorinha tá envolvida nisso tudo, né?"

"É exatamente isso que eu acho", disse Hind.

"Tudo que eu sei é que a tal da Gertrude mentiu pra mim", disse Jim. "Eu fico nervoso quando as pessoas mentem pra mim."

"Então, a gente vai se aproximar sorrateiramente da casa de uma mulher de cem anos de idade?"

"Basicamente", disse Hind.

O quintal da frente estava coberto de corvos. Ele estava coberto de pássaros porque o chão estava coberto de farelos e sementes.

"O que você acha disso?", perguntou Jim.

"Velha louca que alimenta passarinhos", disse Hind.

"É um alarme", disse Ed.

"O quê?", perguntou Hind.

"Um alarme. Se alguém se aproximar, os pássaros saem voando. Tudo bem, agora eu também tô começando a suspeitar da Mama Z."

"Vamos lá", disse Jim.

Eles saíram de seu disfarce e os corvos irromperam num voo barulhento.

"Funciona", disse Ed.

Na porta, Hind bateu.

Mama Z abriu. "Amigos", ela disse. "Cadê o carro de vocês?"

"Deu vontade de andar", disse Hind.

"Mas é claro, querida." Mama Z deu um passo para trás. "Entrem."

Os três entraram na casa. E seguiram a idosa até a sala de estar. A lareira estava acesa.

"Então, a que devo o prazer da companhia de vocês?"

"Dois policiais foram mortos ontem", disse Jim.

"Ao sul de Money", disse Ed.

"Minha nossa. Que terrível."

"É mesmo", disse Hind. "Você sabe alguma coisa sobre essas mortes?"

"Ah, não."

"E quanto às mortes dos Bryant e do tal Milam?", perguntou Jim.

"Só o que eu ouvi, e a maior parte foi por vocês", disse Mama Z.

"Cadê a Gertrude?", perguntou Jim.

"Ela não tá aqui."

"Tem mais alguém aqui?", perguntou Ed.

"Eu tô com uma visita. Um acadêmico tá trabalhando nos arquivos. O nome dele é Damon Thruff. Vocês querem conhecer ele?"

"Sim, queremos", disse Hind.

"Eu já volto", disse Mama Z. Ela se levantou, parecendo, de repente, ter a idade que tinha, segurando-se no braço do sofá. Em seguida, ajeitou o corpo, ficando perfeitamente ereta, sorriu para Ed e disse: "Peguei vocês". Ela deixou a sala.

"É nesse momento que a gente revira os olhos?", disse Ed. "Eu voltei a achar o que eu achava. Isso aí é só uma velhinha. Ela pode ser meio folgada, nisso eu vou concordar com você, mas ela não tá envolvida em assassinatos."

"Eu não disse isso tudo", disse Hind.

"Então, o que você tá pensando?"

"Alguma coisa cheira mal aí, é só isso que eu tô dizendo."

Jim concordou com a cabeça.

Mama Z voltou, acompanhada de um nervosíssimo Thruff. Ela os apresentou para ele como seus amigos detetives. "Detetives", ela disse. "Não é empolgante?"

"Então, por que você tá aqui, sr. Thruff?", perguntou Jim.

"Minha amiga Gertrude me convidou. Gertrude Penstock."

"Pra ver os arquivos", disse Jim.

"Na verdade, eu não tenho muita certeza do motivo pelo qual ela me convidou, mas eu tenho lido os dossiês."

"O que você faz?", perguntou Hind.

"Sou professor assistente na Universidade de Chicago. Tô no Departamento de Estudos Étnicos, o que não faz muito sentido, porque eu escrevo sobre justiça e biomecânica. Tenho alguns pós-doutorados. Tô bastante convencido de que eles me enfiaram lá só pra me enfiar em algum lugar. Tô falando demais."

"Então, você é o dr. Thruff", disse Hind.

"Acho que sim. Mas eu prefiro professor, ou senhor tá bom também."

"Faz quanto tempo que você conhece a Gertrude?", perguntou Ed.

"Desde a faculdade. Bom, ela tava na graduação e eu na pós. Em Cornell. Foi onde a gente se conheceu. Na faculdade."

"Você tá nervoso, professor Thruff?", perguntou Hind.

"Eu? Nervoso? Sim. Eu tô sempre nervoso. Pode perguntar pras pessoas."

Hind olhou para Jim e Ed e sentou-se mais para a frente. "Você ficou sabendo que tem uma série de assassinatos acontecendo aqui?"

"Não. Quer dizer, sim. Sim. Eu fiquei sabendo, mas passei a maior parte do tempo lendo os arquivos, sabe?"

"Quem te contou sobre os assassinatos?", perguntou Jim.

"A Gertrude. Foi a Gertrude quem me contou."

"Cadê a Gertrude?", perguntou Jim.

"Não faço ideia", disse Mama Z. "Ela vem, ela vai..."

"Posso usar seu banheiro, Mama Z?", perguntou Jim.

"Não tá funcionando. O vaso tá quebrado."

"E você só tem esse? Eu sou bom com essas coisas", disse Jim. "Você gostaria que eu desse uma olhada?"

"Não, não, eu dou um jeito", ela disse. "Eu só não parei pra fazer isso ainda."

"A Gertrude veio aqui te visitar três noites atrás?", perguntou Jim. "Foi três noites atrás?", ele olhou para Ed.

Ed fez que sim com a cabeça.

"Não veio, não. Por que você pergunta?"

"Eu liguei pro telefone dela e ela me disse que tava aqui."

"Então acho que ela tava. Eu sou velha e, sabe como é, minha memória não é mais como já foi. Acho que todos nós podemos dizer o mesmo, né?"

"Sr. Thruff, você se importaria se eu desse uma olhada em algum documento de identidade?", perguntou Hind. "Sua carteira de motorista?"

"Você não precisa mostrar nada pra ela", disse Mama Z, olhando a agente especial Hind nos olhos.

"É verdade", disse Hind. "Não precisa."

"Sem problemas." Thruff puxou a carteira do bolso traseiro, tirou um cartão de lá e entregou a ela. "Esse é meu crachá da faculdade. Eu não tenho carteira de motorista. Meu passaporte tá na minha bagagem. Você quer que eu vá buscar ele?"

Hind ficou olhando para Thruff por alguns segundos. "Não vai ser necessário." Ela devolveu o crachá.

"Estávamos nos preparando pra almoçar", disse Mama Z.

"Tudo bem", disse Jim. "Mama Z, você se importaria se a agente especial Hind desse uma olhada nos seus arquivos?"

"Quem sabe um outro dia", disse a idosa.

Do lado de fora, descendo a rampa em direção ao Cadillac, os três detetives não falavam nada. Jim ia na frente, um pouco mais agitado e furioso do que os outros dois. Ele parou ao chegar no carro e se virou para eles.

"Isso não é bom. Tem alguma coisa de muito errado acontecendo aqui", disse Jim.

"Aquele coitado daquele Thruff tá envolvido também, mas certamente não matando pessoas", disse Hind.

"Talvez a Mama Z seja algum tipo de bruxa, e ela faça um feitiço pra transformar esse Thruff aí num assassino", disse Ed.

Jim se encostou no carro e ficou chutando o cascalho. "Escuta o que você tá falando. Uns minutos atrás você tava dizendo que ela era apenas uma senhorinha adorável. Agora você tá dizendo que ela é uma porra duma sacerdotisa vudu ou algo assim."

"É, pois é."

Jim olhou para Hind. "O que você quer fazer?"

"Eu quero ver se aquele caipira daquele xerife conseguiu arrancar alguma coisa daquele Fodsinger, ou, seja lá qual for o nome dele. O que você acha?"

"Preciso encontrar a Gertrude."

95

O supervisor de agentes especiais do FBI da Regional Sudeste, Ajax Kinney, desembarcou de um voo comercial no Hesler-Noble Field, ao norte de Hattiesburg. Ele se encontrou com diversos outros agentes vindos das sucursais de Chicago, Dallas e DC. O agente de Dallas era um homem chamado Hickory Spit, uma lenda na força simplesmente por ser o agente mais velho em atividade na história do Departamento de Justiça. Nascido em 1934, estava prestes a completar oitenta e cinco anos. Era o único homem atualmente no FBI que havia trabalhado com J. Edgar Hoover. Texano de nascimento, ficou famoso ao liderar os esforços do FBI para desacreditar Martin Luther King Jr., tendo escrito, certa feita, uma carta a King sugerindo que ele cometesse suicídio. Ele estava lá com os outros, usando seu chapéu Stetson e suas botas de caubói, e com a arma com empunhadura em madrepérola, porque era o único membro da força a ter testemunhado um linchamento. Ele também estava lá porque o presidente dos Estados Unidos, que o considerava um herói americano, havia requisitado. Spit achava que Hoover e Eisenhower eram a mesma pessoa, não gostava do cabelo de Kennedy, odiava a política de Johnson, adorava Nixon, certa vez chegou a afirmar que possuía uma bala com o nome de Jimmy Carter escrito nela, não confiava muito em Reagan, não gostava de George H. W. Bush, investigou não oficialmente Clinton, considerava George W.

Bush parte da elite intelectual, quase morreu de um AVC quando Barack Obama foi eleito e era apaixonado pelo palhaço atual. Ele ainda possuía um distintivo e uma arma, porém mal era capaz de limpar a própria bunda. Ele rescendia a merda, Aqua Velva e pasta de queijo com pimenta. Tinha apenas um parente vivo, um filho de quem ele havia abusado sexualmente e que agora o odiava de um outro país. Clint Eastwood tinha planos de fazer um filme sobre sua vida e carreira.

O FBI montou um quartel-general nos dois últimos andares do Hotel Indigo. E era lá que todos estavam, sentados na sala de reuniões A, comendo camarão empanado do Popeye's, rosquinhas do Krispy Kreme e *hush puppies* que o restaurante do hotel alegava ser sua especialidade mundialmente famosa. Enquanto esperavam pela agente especial Herberta Hind, eles eram assolados pelas teorias de Hickory Spit.

"Eu tô falando pra vocês, rapazes, que isso que tá acontecendo nos Estados Unidos hoje começou lá atrás, com o Kennedy. Vocês sabem que eu tava lá no Dealey Plaza no dia 22 de novembro de 1963. Eu ouvi os tiros. E pra não dizer que foi um, foram oito. A maioria diz que ouviu três. Mas alguns sujeitos dizem que ouviram oito, e eles tão certos. Como vocês sabem, o rifle italiano dele tinha um pente de seis tiros, de modo que tinha que ter a bosta de um outro atirador. Só encontraram três cápsulas no depósito de livros, então, de onde vieram esses outros tiros? Eu digo de onde eles vieram, e não foi de trás de nenhuma parede. Eles tavam no terceiro andar do prédio Dal-Tex. Panteras Negras, vestidos como funcionários da limpeza. Você sabe que um faxineiro preto pode ir aonde quiser sem ser notado. Os Panteras atuavam secretamente na época, ninguém sabia sobre eles, e eles tavam putos porque o Kennedy tava quebrando as promessas que tinha feito pra eles em troca do voto dos negros. Vocês sabem que foi por isso que ele venceu, por causa do voto dos negros. Ninguém nunca fala sobre isso. De qualquer jeito, o Oswald não disparou um mísero tiro. Os russos tavam trabalhando com os pretos, mas o Lee Harvey não sabia disso. Ele achava que tava trabalhando só pros russos. Eles deram balas de festim pra ele. Vocês imaginam a surpresa dele quando as balas não acertaram nada? Mas, enfim, os Panteras nunca desapareceram. Divulgaram lá uma versão oficial no final dos anos 60, mas eles ainda seguem atuando por baixo dos panos, e foram eles que começaram essa guerra racial que todo mundo sabia que ia estourar um dia."

"Como eles tão fazendo isso, Hick?", perguntou alguém. "Matando gente e desparecendo? Como se faz isso?"

Hickory Spit olhou pela janela. "Treinamento de ninja. Os japoneses vêm ensinando os Panteras esse tempo todo. É só ver que os Panteras tão sempre carregando aquele livro da *Arte da guerra* daquele tal de Sonny."

"É Sun Tzu", disse um outro agente.

"E ele é chinês", disse outro.

"Vocês falam como se tivesse alguma diferença", disse Hickory Spit. "Eles são todos fantasmas, esses crioulos."

"É mesmo?", perguntou a agente especial Hind, parada na soleira da porta.

Ajax Kinney levou uma mão aberta ao rosto.

Hickory Spit se encolheu um pouquinho.

Jim e Ed estavam cada um de um lado dela.

"Por que você não me fala sobre esses fantasmas crioulos?", perguntou Hind. Ela foi andando na direção do idoso de pé na ponta da mesa.

"Quem é você?", perguntou Hickory Spit.

"Sou a agente especial Herberta Hind", ela disse. "Sou a chefe das investigações aqui. Quem e o que é você?"

"Agente especial H-h-h… Hickory Spit, de D-d-d-Dallas."

"Prazer em conhecer", disse Hind. "Agora, senta e fecha a matraca."

"O presidente quis ele aqui", disse Kinney.

"É claro que quis."

"O que você trouxe pra dividir conosco, agente especial Hind?", perguntou Kinney.

Hind ficou olhando para o rosto dos homens brancos e se deteve longamente na pele destroçada de Hickory Spit. "Não temos nada a relatar", ela disse. "A investigação ainda tá em andamento, e a gente não conseguiu ligar pontos suficientes pra elaborar uma teoria."

"Isso eu entendo, mas você tá aqui justamente pra nos falar sobre esses pontos", disse Kinney.

"É, e quanto a esses pontos?", disse Hickory Spit.

"Cala a boca", disse Hind. Ela lhe deu as costas e saiu andando. Ed e Jim foram atrás dela.

No elevador, Jim disse: "Como é que dizem as crianças?".

"Isso foi irado", disse Ed.

"Muito engraçadinho", disse Hind.

"O que deu em você?", perguntou Ed.

"Só de olhar pra esse monte de rosto branco eu fiquei injuriada. Essa porra desse Hickory Spit. Fodam-se, todos eles. Tão todos reunidos numa sala só esperando que a gente dê uma permissão pra eles saírem atirando em alguém. E vocês sabem muito bem quem são essas pessoas em quem eles querem atirar."

Eles entraram no elevador e ficaram olhando a porta se fechar.

"Não consegui localizar o endereço da Gertrude Penstock", disse Jim. "O restaurante contratou ela como Dixie Foster, e o endereço que consta lá é falso, assim como na previdência social."

"Então você acha que ela tá foragida?", disse Hind.

"Por algum motivo, acho que não", disse Jim.

"Eu estaria", disse Ed.

"Vou voltar lá na Mama Z", disse Jim.

Hind assentiu com a cabeça. "Nós todos vamos até lá, e vamos falar com o Hobsinger também."

De volta à sala de reuniões A:

"Já contei pra vocês, rapazes, sobre o linchamento que eu presenciei em 1946? Eu tinha apenas onze anos de idade. Meu pai me acordou e disse, vem cá, ele queria me mostrar alguma coisa. A gente entrou na picape Ford toda detonada que ele tinha e foi num lugar que ficava depois dos campos de petróleo. Meu pai era um figurão no ramo do petróleo, costumava apagar os incêndios. Vocês viram aquele filme com o John Wayne? Bom, ele foi baseado no meu pai. Ele também tinha o cabelo ruivo. Porra, parecia que a cabeça dele tava pegando fogo. Mas enfim, ele dirigiu até lá, e esses sujeitos tavam arrastando um crioulo pra fora do barraco dele e, vou dizer uma coisa pra vocês, como esse rapaz esperneava e gritava. Esses caras não têm fibra moral nenhuma. Ele disse que não tinha feito o que quer que fosse que tavam dizendo que ele tinha feito, e aí eu perguntei pro meu pai o que ele tinha feito, e ele me disse que aquele crioulo tinha dito oi pra uma garota branca na frente da farmácia. Eu não acreditei naquilo. A mesma farmácia onde aquela garota tinha comprado seus produtos femininos. É claro que eu não sabia nada sobre essas coisas na época, mas eu sabia que aquilo era ruim. O que ia vir depois disso? Era isso que meu pai queria saber. Ele dizia que os pretos começariam a dizer olá pras garotas brancas em todos os cantos do país e, quando você se desse conta, só ia ter bebê mestiço por toda parte, e aquilo ia ser o fim da raça branca, com certeza absoluta. Ele tava bem no meio daquele campo, e só tinha uma árvore lá, e era evidente que nenhum galho daquela árvore ia sustentar aquele preto por tempo suficiente pra estrangular ele ou quebrar o pescoço ou sei lá mais o que é capaz de te matar quando você é enforcado. Mas, então, aquele negrinho endireitou o corpo e parou de resistir. Ele ficou olhando pra todos os homens e se deteve no Fabric Wilke, o líder do bando, e disse, em alto e bom som: 'Vocês podem até me matar, seus lixos. Mas meu pau é maior do que o de todos vocês. Pergunta pra tua mulher'. O Fabric ficou vermelho que nem uma beterraba e deu uma coronhada nele com a espingarda. O crioulo mal se dobrou. 'Pergunta pra tua mãe, também.' O Fabric começou a chorar, e ninguém dizia uma palavra. Em seguida, o negrinho olhou pra outro cara, e depois pra outro, e pra outro, e foi repetindo: 'Pergunta pra tua mulher. Pergunta pra tua mãe. Pergunta pra tua filha'. Vou te contar, aqueles rapazes ficaram possessos e tentaram apedrejar o crioulo até a morte. Mas, se as pedras tavam machucando, ele não tava demonstrando. Depois começaram os tiros, mas, como esses caras tavam num círculo, o que eles conseguiram foi atirar uns nos outros. No fim, aquele neguinho caiu de joelhos no chão e, com sangue escorrendo pelos cantos da boca, disse: 'Eu vou morrer agora, mas é só por um tempo. Eu vou voltar. Todos nós vamos voltar'."

A sala caiu num silêncio mortal. Os homens brancos ficaram ainda mais pálidos.

"Esta é nossa guerra." E bem ali, naquele instante, na sala de reuniões A, no quarto andar do Hotel Indigo, em Hattiesburg, no Mississippi, Hickory Stonewall Spit aparentemente sofreu um AVC e ficou em silêncio.

Ajax Kinney não se moveu da cadeira. "Ele tá morto?"

O agente de Chicago esticou o braço, procurando pela pulsação no pescoço do idoso. Fez que sim com a cabeça.

Kinney olhou pela janela. "Graças a Deus."

96

Os gritos foram tudo que se conseguiu ouvir. Não deu nem pra ouvir o alarme disparado por trás deles. Agentes do serviço secreto corriam com suas MP5 da Heckler & Koch e suas submetralhadoras FN P90 penduradas no ombro e prontas para disparar. Atravessavam rapidamente os corredores da Ala Oeste da Casa Branca, alguns deles em direção ao Salão Oval, outros em direção à Sala Roosevelt. O alerta havia mobilizado todos os agentes que estavam no local. Alguns ainda usavam seus chapeuzinhos pontudos de festa, de uma comemoração que acontecia no restaurante da Marinha. Reginald "Razorback" Reynolds, ex-senador pelo Alabama, e não Arkansas, apesar de seu apelido,* era agora o ex-secretário do Tesouro, ex porque jazia morto sobre a mesa retangular no centro da Sala Roosevelt. Sua barriga estava toda ensanguentada.

O presidente estava escondido debaixo da Mesa do Resolute, no Salão Oval. O serviço secreto ocupava todo o espaço da sala, guardando portas e janelas enquanto o vice-presidente tentava convencer o presidente a sair de seu esconderijo.

"Todos os homens portando armas estão dentro dessa sala agora", disse o vice-presidente. "Ninguém pode entrar aqui."

* O apelido remete aos times esportivos do estado do Arkansas, como o Arkansas Razorbacks. [N. E.]

"Você ouviu aqueles gritos? Foram os gritos mais altos que eu já ouvi em toda a minha vida. É inacreditável o quanto eram altos."

"Sim, senhor, mas agora está seguro, pode sair."

"Eu tô preso. Puta merda, tô preso. Meus joelhos tão prensados contra minha barriga. Chama alguém aqui pra me ajudar, seu palhaço grisalho."

O vice-presidente gesticulou para alguns agentes virem ajudar.

A P90 de um dos homens escorregou de seu ombro e caiu perto do rosto do presidente.

O presidente deu um grito. "Meu Jesus Cristinho, cara, e se essa merda dispara? Podia ter acontecido. Nunca se sabe. Primeiro eu descubro que esses cuzões tão se articulando pelo meu impeachment e agora isso. Que gritaria toda foi essa? Eu ainda tô preso aqui. Porra, grudou alguma coisa no meu cabelo."

"É chiclete, sr. presidente", disse um agente.

O presidente apontou um dedinho para o vice-presidente. "Você andou sentando de novo na minha cadeira. Eu vou te pegar. Puta merda."

Outro agente se aproximou e se ajoelhou ao lado do presidente. "Senhor, o secretário Reynolds está morto."

"E daí, porra? Me tira daqui. Alguém liga pro meu cabeleireiro. Tem chiclete por todo lado aqui." Ele cheirou os dedos. "Juicy Fruit." Apontou novamente para o vice-presidente. "Foi você. Porra de Juicy Fruit." Os homens o ajudaram a se levantar.

"O Reynolds foi assassinado, sr. presidente", disse o agente.

O presidente tentou voltar para debaixo da mesa.

"Nós pegamos o assassino."

"Ah, que bom." O presidente alisou as roupas e tentou ajeitar o cabelo. "Muito bom. Preparem meu helicóptero real. Preciso ir pra Camp David."

"Senhor, isso é uma cena de crime. Todos nós precisamos ficar aqui por um tempo. Não sabemos se há mais invasores no perímetro."

"O quê?"

"Os testículos do secretário Reynolds foram arrancados do corpo."

"Como é?"

"O assassino é um homem negro, e ele também está morto. Estranhamente, ele parece estar morto há bastante tempo."

"As bolas dele foram cortadas? Isso não é bom." O presidente ficou olhando para os agentes de segurança dentro da sala com ele. "Tranquem as portas."

"Elas já estão trancadas", disse o vice-presidente.

"Cala a boca, sr. Juicy Fruit."

"Senhor, a primeira-dama está em segurança."

"Quem?"

"Sua esposa, senhor."

"Ah, a Melanie."

"Melania, senhor."

"Ah, isso. Como foi que o assassino entrou aqui? Esse era pra ser o lugar mais protegido do planeta. Como, cara? Como?"

"Não sabemos, senhor."

"Me levem pra porra do meu bunker. Eu quero meu bunker. Cadê o secretário de Habitação e sei lá mais o quê? Ele é preto. Foi ele quem matou o fulano?"

"Não, senhor. O homem ainda não foi identificado." O agente pôs um dedo no ouvido para escutar melhor seu ponto. "O perímetro está seguro, senhor"

"Chama o exército. Manda cercarem essa porra deste lugar."

"Senhor, o perímetro está seguro."

"Eu quero meu exército aqui, agora!"

97

Branquelos pálidos de Terre Haute, Greencastle, New Castle e Muncie andavam, com os pés sujos de lama, pra lá e pra cá, patrulhando as ruas de Indianápolis. Eles portavam rifles M16A2 de segunda mão que nunca haviam disparado mais do que seis tiros num único dia. Usavam uniformes militares para o deserto que mais destacavam sua presença do que os camuflavam. Eles não tinham a menor ideia do que estavam procurando ou do que estavam protegendo. A maioria das autoridades ficou bem longe das ruas, assim como muitos brancos. Algumas lojas estavam fechadas, outras estavam no processo de instalar porteiros eletrônicos. Os negros, em sua maioria, estavam em casa, por causa dos rapazes brancos portando rifles pelas ruas.

Jornais e emissoras tentavam conectar os incidentes violentos espalhados pelo país. A Fox News chamou de "uma guerra racial, pura e simples". A contagem de mortos chegava a vinte e cinco pessoas brancas. O placar estava vinte e cinco a cinco. Havia, claramente, uma conspiração negra e asiática, cujos mecanismos eram secretos, complexos e muito bem organizados. Havia espiões por toda parte. Não se podia confiar em ninguém. Como é que aquele negro conseguiu entrar na Casa Branca para matar Razorback Reynolds? Ele só pode ter tido ajuda de dentro. As equipes de cozinha e limpeza foram detidas e aprisionadas numa área improvisada no próprio terreno da Casa Branca, bem no meio da elipse.

***

Na península superior de Michigan, na ilha Drummond, vários líderes de diversos grupos supremacistas brancos se reuniram para discutir a elaboração de uma estratégia. Eles iriam para a guerra, mas onde, como e contra quem? Todos concordaram que precisavam atacar primeiro, de forma imediata e inesperada, mas onde eles atacariam? E com que tipo de arma?

Dempsey Hauser, o comandante supremo da Legião do Poder Branco do Meio-Oeste, era quem conduzia a reunião, uma vez que era em seu refúgio de pescaria que ocorria o encontro. "Homens, sempre achamos que seríamos nós quem daríamos o primeiro golpe nesta guerra que todos sabíamos que aconteceria. Mas, claramente, demoramos demais, muito confortáveis com nossa TV a cabo e nossos telefones celulares e todos esses brinquedinhos com os quais os comunistas nos envenenaram. Nós não percebemos que os crioulos, os chinas e os japas estavam se juntando. Não podemos perder nossos Estados Unidos para eles. Vocês estão comigo?"

Au. Au. Au.

"Eu sei que temos muitas lojas de armamentos e munições. Por que é nisso que nós somos bons, em acumular armas e balas e coisas que explodem. Mas precisamos ter um plano se quisermos ganhar essa coisa. Parece que o inimigo tem o dele. E eles saíram em vantagem em relação a nós. A reunião está aberta a sugestões sobre quais devem ser nossos próximos passos."

"Meu pai disse que esse dia ia chegar", disse Kyle-Lindsey Beet, de Tuscaloosa, no Alabama. Ele era a Grande Serpente da Fraternidade Revivida dos Protetores Brancos. "Meu pai me disse pra pedir desculpas pra vocês por não ter matado mais crioulos quando ele teve a chance."

"Como ele tá?", alguém perguntou.

"Ele tá com Alkhammer agora e, na maior parte do tempo, não sabe nem o que é um sapato, mas ainda tem seus momentos. Ele consegue lembrar do placar de todos os jogos do time do Alabama da época anterior aos crioulos, quando era comandado pelo Bear Bryant, mas não consegue limpar o próprio cu."

"Ele já não fazia isso antes do Alzheimer", disse uma voz do fundo do salão.

"Vai se foder", disse Beet.

"Ok, vamos nos acalmar", disse Hauser.

Larry LaChemise se levantou. "Sim, a gente tem toneladas de armas e milhares de cartuchos e até granadas, mas não temos tanta gente assim. Acho que a gente deveria contratar uma agência de propaganda pra tentar aumentar nossos números. Fazer uma campanha de anúncios. Botar uns comerciais na Fox. Naquele programa do Hannity."

"Senta aí, Larry", disse Hauser. "Nós não temos esse tempo. A gente precisa atacar agora!"

LaChemise olhou para o chão. "Não sei quanto a vocês, rapazes, mas eu só consigo atirar com duas armas ao mesmo tempo."

"O Larry tem um ponto aí", disse um homem no fundo. "Nós somos quinze, e cada um de nós tem cerca de dez homens nos nossos grupos, o que totaliza, sei lá, uns noventa homens? Duas armas por homem dá cento e sessenta armas, o que não é tanto poder de fogo assim. Deve ter milhares de crioulos por aí."

"Milhões, seu idiota", disse outro. "Por onde você tem andado?"

"Utah, seu cuzão. Por onde você tem andado, porra?"

"Ok, vamos nos acalmar", disse Hauser.

Uma pedra quebrou a janela atrás de Hauser. Ele se abaixou. Outra pedra, ainda maior, caiu a poucos centímetros de distância do seu pé.

"Mas que porra é essa?", disse LaChemise. Os homens se espremeram, encostados na parede dos fundos, onde estava pendurada uma bandeira confederada.

Fez-se um breve silêncio. Hauser bradou: "Soldados, em prontidão".

Antes que um único homem pudesse juntar os lábios finos para assobiar as primeiras notas daquele velho clássico americano, "Dixie", a sala de reuniões já estava tomada de homens negros mortos, com os olhos vidrados e cobertos de lama.

98

Enquanto Jim dirigia no sentido norte, em direção a Money, Hind e Ed haviam tirado Chester Hobsinger da cela em que ele estava detido e o algemaram a uma mesa dentro de uma sala de interrogatório. Eles ficaram olhando pelo vidro enquanto o homem mexia em seus grilhões, embora estivesse bem claro que ele não estava tentando se soltar.

"Acho que eu vou fazer o policial bonzinho", disse Ed.

Hind olhou para ele.

"Faz sentido, não faz?"

"Porque seria irônico o fato de que uma mulher seja a policial má?", perguntou Hind.

"Não, porque eu sou um cara legal e você é, bom, você sabe, você é meio pau no cu", disse Ed. "Sem ofensa."

"Você não quis dizer que eu sou uma 'cuzona'?", perguntou Hind.

"Isso é você quem tá dizendo."

"Isso eu não posso discutir com você."

"Vamos lá."

Eles entraram na sala em que Hobsinger estava e sentaram-se na mesa, à sua frente.

"Estão te tratando bem, sr. Hobsinger?", perguntou Ed. "Chester, posso te chamar de Chester?"

"Claro."

"Eu sou o Ed."

Hobsinger olhou para Hind.

"Agente especial Hind", ela disse.

"Fala pra gente sobre o caminhão, Chester", disse Ed. "Há quanto tempo você trabalha pra Acme Cadaver Supply Company?"

Hobsinger não disse nada.

"Como você e o caminhão desapareceram? Você foi assaltado? Eu detesto quando isso acontece. Você vem dirigindo, levando uma carga de gente morta, e alguém salta do meio do mato e rouba sua caçamba. Você já tinha feito fretes pra Acme antes ou esse foi seu primeiro trabalho?", perguntou Ed.

Nada de Hobsinger.

Hind se inclinou para a frente e apoiou os cotovelos na mesa. "Sr. Hobsinger, eu quero que você saiba que tá mergulhado na merda até o pescoço. Você tá ligado a assassinatos que podem ser facilmente enquadrados como crimes de ódio; talvez dê até mesmo pra considerar terrorismo. Você entende as consequências disso? Isso significa que nós podemos te trancafiar por bastante tempo enquanto decidimos o que fazer com você."

Hobsinger olhou para Ed.

Ed encolheu os ombros. "Eu não ia querer isso. Mas você tá ligado a esses assassinatos. Eu queria entender melhor, pra poder te ajudar. A gente sabe que você cortou os testículos do Milam."

"O quê?"

"Encontramos seu DNA nas bolas do cara", disse Ed.

"Mas isso é impossível."

"A gente também sabe que foi você quem cortou os dedos do Bryant e enfiou na boca dele", disse Hind.

"Não tinha dedo nenhum na boca dele."

"Exatamente, sr. Hobsinger", disse Hind.

"Merda."

99

Jim recebeu uma ligação de Ed dizendo que Chester Hobsinger havia fornecido a localização de uma casa que membros de seu grupo usavam como esconderijo e onde, provavelmente, seria mais provável encontrar Gertrude. Ele seguiu suas indicações, dobrando inúmeras vezes em estradas de chão batido, e acabou estacionando o carro na frente de um enorme casarão típico da região, comprido e todo dilapidado, com colunas de tijolo altíssimas. Uma varanda de aparência frágil ocupava a frente e a face norte da casa. Jim olhou para a porta. Não havia sinal de ninguém. Se eles estivessem certos, e essas pessoas estivessem envolvidas nos assassinatos, então muito provavelmente elas eram perigosas. Ele tirou a pistola do coldre, puxou o pente, o conferiu, bateu de leve em seu punho e o colocou de volta. Puxou lentamente o ferrolho da arma e engatilhou uma bala. Era pouca coisa além do meio-dia, e estava quente; ele estava sentindo aquele carro se transformar num forno. Deixou o casaco em cima do banco e foi andando em direção à casa.

Pisou no primeiro degrau rachado que levava até a varanda só para ouvir o segundo rangendo ruidosamente, para que nenhuma criatura na vizinhança tivesse qualquer dúvida de que ele estava ali. Imaginou os cômodos da casa lotados de cadáveres da Acme Cadaver Supply de Chicago. Imaginou-os se movendo, membros mortos se deslocando no espaço. Parado na frente da porta, ele puxou a tela lentamente apenas para ter sua presença anunciada por ela também. Depois do degrau e da tela não havia mais como ele ser uma surpresa, de modo que girou a maçaneta e empurrou a porta para entrar na casa. Não havia cadáveres lá, mas sim Gertrude, sentada numa cadeira Shaker bem no meio da sala.

"Srta. Penstock."

"Detetive especial Davis."

Jim ficou olhando por toda a sala e depois pelo corredor, até a porta dos fundos. Ele ficou escutando, mas não ouviu nada. A sala estava confortavelmente mobiliada, organizada e limpa. Pedaços de tecidos muito finos estavam pendurados no teto, num estilo meio hippie, suavizando a luz de uma lâmpada potente. "Tem mais alguém aqui?"

"Não. Todo mundo tá foragido."

Jim concordou com a cabeça. Ele pegou, do lado do sofá, outra cadeira Shaker pelo encosto e a colocou na frente de Gertrude. "Posso me sentar aqui?"

"Por favor."

Jim ficou examinando o rosto de Gertrude. Ele conhecia muito bem aquele olhar, já o vira muitas vezes. Ela estava tentando fazer de conta que estava tranquila quando não estava. "Então, Dixie, Gertrude, Cruzada Encapuzada, seja lá qual for seu nome, você fez parte de tudo isso desde o começo?"

"Meu nome é Gertrude."

"Penstock?"

"Harvey."

"Você é parente da Mama Z?"

"Não."

"Eu nunca teria suspeitado de vocês se você não tivesse mentido pra mim", disse Jim. "A mentira sempre volta pra te morder."

"Suspeitar de quê?"

"Bom, é justamente o que a gente tá tentando descobrir aqui, né? Por que você não me conta por que seus amigos precisam estar foragidos, como você disse?"

Gertrude não respondeu, só ficou olhando pela janela atrás de Jim. Depois disse: "Todo mundo fala de genocídio em todos os cantos do mundo, mas quando a matança é lenta e espalhada ao longo de um século, ninguém percebe. Se não tiver covas coletivas, ninguém percebe. Quando um americano se escandaliza, é sempre por aparência. E a indignação sempre tem um prazo de validade. Se aquele livro do Griffin se chamasse *Na pele de um linchado*, talvez os Estados Unidos tivessem aberto um espaço pra dar uma olhadinha em meio aos seus jantares ou jogos de beisebol ou sei lá o que eles fazem hoje em dia. Twitter?"

"Você ficou aqui sentada ensaiando esse discurso?"

"Basicamente."

"Você matou pessoas?"

"Depende do que você quer dizer quando diz pessoas."

"Isso não cabe a mim. Você tá envolvida no assassinato do Wheat Bryant?" Jim olhou para a pistola que ainda estava em sua mão, sentiu-se constrangido por um instante e a enfiou de volta no coldre. "Você esteve presente durante seu homicídio?"

"Não estive."

"Você esteve envolvida no planejamento do crime? Deixa eu reformular isso. Você esteve presente durante o planejamento do crime?"

"Deixa eu te dizer o seguinte: gente que eu conheço tá envolvida em três assassinatos, e é isso. Não que três não seja muita coisa, mas é só isso. Três."

"Então eu devo acreditar que uma mulher de cem anos de idade é a líder de uma seita assassina?"

Gertrude não respondeu.

"Me fala sobre a Mama Z."

"O que você sabe sobre ela é verdade."

"Os três homicídios — Wheat Bryant, Junior Junior Milam e Carolyn Bryant."

Gertrude balançou a cabeça. "A velha não. Tudo que a gente fez foi pôr o cadáver no quarto dela. Foi decidido de última hora."

"Então, qual foi o terceiro?"

"O Milam de Chicago. E foi isso. A gente não sabe o que tá acontecendo no resto do país. Eu juro. Tipo, na Casa Branca? Quem é que consegue fazer uma coisa dessas?" Gertrude segurou a própria mão, pois estava tremendo.

O telefone de Jim vibrou e ele o atendeu. "Tô na casa e não tem ninguém aqui. Alguém esteve aqui, mas agora ela tá vazia. Eu vou dar uma olhada no lugar. Te ligo de volta depois." Ele pôs o telefone de volta no bolso. "Era o Ed. Ele é meu parceiro e meu melhor amigo, e eu acabo de mentir pra ele."

"Obrigada."

"Não precisa me agradecer. É só não mentir pra mim. A Mama Z tá por trás disso tudo?"

"Sim."

"O cara branco, Hobsinger, como ele se envolveu nisso?"

"Ele é bisneto da Mama Z. Seu vô preto foi morto pela KKK por ter se envolvido com sua vó branca."

"Quantos vocês são?", perguntou Jim.

"Dezesseis, sem contar a Mama Z."

Jim se levantou, foi andando até a janela e olhou para seu carro. "Porra, tem mais alguma coisa acontecendo aqui, isso é certo."

"Você vai me deixar ir? Foi por isso que você mentiu?"

"Eu quero falar com a Mama Z. Ela também tá foragida?"

“Ah, não. A Mama Z nunca fugiria.”

Ouviu-se um estalo tremendo, a luz do teto diminuiu de intensidade e uma vibração e um zunido tomaram conta da sala. Jim a questionou com um olhar.

“É o freezer.”

100

Não havia homens suficientes nas forças de segurança. Colfax, em Louisiana. Omaha, no Nebraska. Tulsa, em Oklahoma. Chicago, em Illinois. Trinta e cinco brancos mortos. Pânico nas ruas. Rosewood, na Flórida. Uma multidão de homens negros de olhar vidrado deixou seis mortos em sua passagem. O governador da Flórida pediu que a população permanecesse calma. Pouco tempo depois, ele foi encontrado morto no lavabo de seu escritório. Detroit, em Michigan. Springfield, em Illinois. East St. Louis, em Illinois. Homens negros marcharam pelas delegacias de polícia, deixando mortos em sua passagem. O exército foi convocado e se posicionou em torno da Casa Branca e do Capitólio. Longview, no Texas. Uma cidade inteira foi exterminada. Wounded Knee, em Dakota do Sul. Os indígenas do povo Lakota os chamaram de Dançarinos Fantasma. Os brancos fugiram. Treze mortos nas Black Hills. Elaine, no Arkansas. Sangue por toda parte. Rock Springs, no Wyoming. Uma multidão de vinte homens chineses não demonstrou medo diante das forças policiais e devastou Rock Springs, partindo em direção a Rawlins e Laramie. Na cidade de Nova York, um policial gordo atirou num jovem negro no Central Park apenas para se deparar com homens negros cobertos de lama esperando por ele em seu carro de patrulha.

101

O freezer era uma câmara frigorífica feita pela GE. Gertrude soltou a trava da porta pesada. Jim sacou instintivamente sua arma.

"Tem alguém aí?", ele perguntou.

"De certa maneira, sim", disse Gertrude. Ela puxou a porta, abrindo-a. O ar gelado escapou para fora. Ela acionou um interruptor e acendeu a luz.

Havia prateleiras repletas de frios embalados, presunto, peito de peru e mortadela. Também havia pessoas ensacadas penduradas no teto. Jim não podia ver seus rostos, ou sequer seus membros, só os contornos gerais de corpos humanos.

"São da caçamba roubada?"

"Sim. Nós tínhamos planos de fazer isso de novo." Ela percebeu que aquilo era uma confissão. "Mas aí outras coisas começaram a acontecer. Será que tem alguém nos imitando?"

Jim encolheu os ombros. Ele empurrou um dos sacos com a ponta da pistola e ficou olhando-o balançar. "Isso nem me perturba mais."

"Eu tô com medo", disse Gertrude. "É como se a gente tivesse dado início a alguma coisa."

A porta grande se fechou com uma batida. Jim e Gertrude se viraram e ouviram o som da trava sendo colocada em seu lugar.

"Isso não é bom", disse Jim.

Gertrude correu até a porta e tentou abri-la. Ela se virou para encarar Jim. "Eu não sabia que tinha alguém aqui", ela disse. "Juro."

Jim pegou o telefone. Sem sinal.

"O que nós vamos fazer?"

"Você me pegou. Não dá pra atirar nela."

"Talvez tenha alguma ferramenta por aqui", disse Gertrude, vasculhando as prateleiras.

Jim ficou examinando a porta. "Um pé de cabra seria uma boa."

"E que tal uma chave de fenda bem grande?"

"Talvez funcione." Ele pegou a ferramenta das mãos dela. "Ok, como você sugere que a gente faça isso? Eu não sou a pessoa mais habilidosa com esse tipo de coisa."

Gertrude enfiou a chave de fenda entre o batente e a fechadura e tentou forçar a porta. Jim ajudou a empurrar. Nada.

"Tá congelando aqui dentro", disse Jim.

"É um congelador."

102

Florence, na Carolina do Sul. Macon, na Geórgia. Hope Mills, na Carolina do Norte. Selma, no Alabama. Shelbyville, no Tennessee. Blue Ash, em Ohio. Bedford, em Indiana. Muscle Shoals, no Alabama. Irmo, na Carolina do Sul. Orangeburg, na Carolina do Sul. Los Angeles, na Califórnia. Jackson, no Mississippi. Benton, no Arkansas. Lexington, no Nebraska. Nova York, em Nova York. Rolla, no Missouri. Perth Amboy, em Nova Jersey. Elsmere, em Delaware. Tarrytown, em Nova York. Grafton, na Dakota do Norte. Oxford, na Pensilvânia. Anne Arundel, em Maryland. Otero, no Colorado. Coos Bay, no Oregon. Chester, na Carolina do Sul. Petersburg, na Virgínia. Laurel, em Delaware. Madison, em Maryland. Beckley, na Virgínia Ocidental. Soddy-Daisy, no Tennessee. Fort Mill, na Carolina do Sul. Niceville, na Flórida. Slidell, na Louisiana. Money, no Mississippi. DeSoto, no Mississippi. Quitman, no Mississippi. Elmore, no Alabama. Jefferson, no Alabama. Montgomery, no Alabama. Henry, no Alabama. Colbert, no Alabama. Russell, no Alabama. Coffee, no Alabama. Clarke, no Alabama. Laurens, na Carolina do Sul. Greenwood, na Carolina do Sul. Oconee, na Carolina do Sul. Union, na Carolina do Sul. Aiken, na Carolina do Sul. York, na Carolina do Sul. Abbeville, na Carolina do Sul. Hampton, na Carolina do Sul. Franklin, no Mississippi. Lowndes, no Mississippi. Leflore, no Mississippi. Simpson, no Mississippi. Jefferson, no Mississippi. Washington, no Mississippi. George, no Mississippi.

Monroe, no Mississippi. Humphreys, no Mississippi. Bolivar, no Mississippi. Sunflower, no Mississippi. Hinds, no Mississippi. Newton, no Mississippi. Copiah, no Mississippi. Alcorn, no Mississippi. Jefferson Davis, no Mississippi. Panola, no Mississippi. Clay, no Mississippi. Lamar, no Mississippi. Yazoo, no Mississippi. Mississippi. Mississippi. Mississippi. Mississippi. Mississippi. Mississippi. Mississippi. Mississippi. Mississippi. Mississippi. Mississippi.

103

URGENTE

O presidente dos Estados Unidos:

Quinhentos anos atrás, me diz meu pessoal, e eles são uma gente muito boa, eles sabem muita coisa, e eles gostam de mim porque eu sei muita coisa, eles me disseram que, nessa época, o pessoal da Europa salvou os africanos uns dos outros. Até onde eu sei, os reis africanos vendiam seus próprios filhos a outros reis, e nós mandamos nossa marinha, a melhor marinha do mundo, para salvá-los. Nos últimos dois anos, estivemos muito preocupados com os criminosos, traficantes e estupradores que entravam ilegalmente pela nossa fronteira no Sul, e eu fiz esforços tremendos, mais do que qualquer outro presidente na nossa história, pra resolver esse problema, e nós construímos até uma cerca, não é mesmo? Uma cerca linda, e nós temos uma economia excelente, a melhor da história de todo o mundo. É uma coisa e tanto, não é mesmo? Mas, pelo jeito, parece que há uma verdadeira ameaça, e eu venho dizendo isso faz tempo, mas ninguém dá ouvidos pra *moi*, que quer dizer *eu* em francês, não é mesmo? Não, ninguém me dá ouvidos. Não é terrível esse jeito como me tratam? O presidente de toda uma nação, depois da maior vitória de todos os tempos, e sem nenhum tipo de conspiração. Sem conspiração. E sem obstrução. Mas eu disse, e eu venho dizendo, que é com os negros que nós temos que nos preocupar e, pelo jeito, também com os chineses e os índios, mas o ponto é que eles não são brancos como os americanos deveriam ser. Temos que tornar os Estados Unidos grandes novamente. Tem uma coisa terrível acontecendo nas nossas cidades e nas nossas ruas. As pessoas de bem, brancas, americanas, estão sendo alvo de violência, estão sendo mortas como animais. Eu vou pôr um fim nisso. Acreditem em mim. Eu estou criando uma nova divisão no Departamento de Justiça, a Agência de Segurança Popular, pra combater esses crimes. Também estou convocando minha base, de cidadãos de bem, leais, que me ama e que eu amo também, eu estou convocando eles pra que peguem em armas contra essa ralé. Eu queria poder me encontrar com o líder desses pretos. Eu daria um soco bem na cara dele. Vocês sabem que eu daria. Eu daria um tremendo socão nele, e não seria sorrateiro, porque ele me veria dando o soco. Pau. Eu sei como lidar com essa gente. Bandidos. Nossos maravilhosos policiais estão lá, na linha de frente, lutando contra eles, e eu os apoio. Eu lhes dei o único aumento que eles tiveram nos últimos vinte anos, então eles me adoram e eu também os adoro. De verdade. Vocês nunca viram uma coisa igual. Mas esses crioulos passaram do ponto e de todos os limites, e eles precisam ser parados. Eu farei isso por vocês, mas eu quero seu apoio.

[*coloca a mão no ouvido e fica escutando*]

Eu não usei a palavra *crioulo*. Eu nunca diria essa palavra. Eu sou a pessoa menos racista que você conhece. Algumas fontes de fake news vão dizer que eu usei a palavra *crioulo*. Eu nunca diria essa palavra. Alguns desses democratas e uns caras na CNN vão dizer que eu usei a palavra *crioulo*, mas eu não usei. Pergunte a qualquer um que está aqui. Eu disse *crioulo*? Você, aí, eu disse *crioulo*? Eu usei a palavra *crioulo*? *Crioulo. Crioulo. Crioulo.* Eu entendo que pode parecer que eu disse. O que eu disse foi, nós temos que sair desse *rolo*, querendo dizer confusão. É como naquela expressão que o pessoal usa, *isso aí vai dar rolo*. É um pessoal bem colorido, não é mesmo? E eles me amam, votaram em mim como nunca haviam votado em ninguém. Eu não disse *crioulo*, eu nunca diria *crioulo*. Minha boca nem consegue pronunciar essa palavra. *Crioulo. Crioulo. Crioulo.* Eu não disse isso. Sem conspiração.

URGENTÍSSIMO

Acaba de chegar a informação de que o líder da maioria no Senado foi assassinado. Ele foi encontrado num quarto no Ritz-Carlton, em Georgetown, por uma massagista. A jovem tatuada desceu correndo as escadas em direção ao lobby gritando que o senador estava ensanguentado e, aparentemente, morto, ao lado de seu amante negro. Como a mulher estava histérica, não temos muita certeza do que ela quis dizer com isso. O que está claro neste momento é o fato de que o líder da maioria no Senado está morto.

Como assim eles me interromperam? Eu sou a porra do presidente dos Estados Unidos. Não tô nem aí se ele tá morto. Eu tava falando. Quando foi que eles me cortaram? Eu tava quase convencendo esses idiotas de que eu não tinha dito *crioulo*. Ha ha ha. Eu sou o melhor. Eu poderia vender gelo pra um esquimó. Porra, eu podia vender uma corda pra um crioulo. O quê? Nós estamos no ar? Eu não disse o que você acha que acabou de me ouvir dizendo.

105

Jim se arrependeu de ter deixado o casaco no carro. Ele se aproximou da porta e tentou usar o telefone mais uma vez, porém ele continuava sem sinal. Olhou para Gertrude tremendo ao lado da silhueta de um homem gordo morto.

"Se eu estivesse com meu casaco, daria ele pra você", ele disse. "Uma prova do cavalheirismo dos dias de hoje. Seja lá o que isso quer dizer."

Gertrude forçou um sorriso. "Sinto muito."

"Então, quem trancou a gente aqui?", perguntou Jim.

Gertrude balançou a cabeça. "Achei que todo mundo tinha ido embora. Todo mundo tinha mesmo ido embora."

"Tem que ter algum jeito de sair daqui."

"A única outra ferramenta que tem aqui é essa chave de boca ajustável."

Jim sentiu o peso da chave na mão e ficou olhando para ela. Ele voltou até a porta e pensou em golpear a fechadura. A ferramenta pesava quase o mesmo que sua pistola. "Preciso de um recipiente pequeno. Uma sacola plástica. Qualquer coisa."

"E se a gente pegar um pedaço disso aqui?" Ela apontou para a ponta de um saco de cadáver. "Você tem uma faca?"

Jim deu a ela seu canivete.

Enquanto Gertrude cortava o saco, um pouco de água condensada, formaldeído ou alguma outra coisa molhou seus dedos, e ela parou, com nojo. Levantou-se e ficou olhando ao redor novamente. Havia um frasco de limpa forno em cima de uma prateleira. Ela o pegou e tirou sua tampa.

"Isso vai dar", disse Jim. Ele tirou o pente da pistola e removeu as balas. Em seguida, usou a chave de boca para separar o chumbo do bronze e virou a pólvora dentro do copinho de plástico.

"Agora entendi", disse Gertrude.

"Não sei se eu entendi", disse Jim. "Mas vamos tentar."

"Sinto muito", Gertrude disse mais uma vez.

Jim tentou afastar a fechadura da porta, mas só conseguiu abrir uma fresta de uma fração de centímetros. "Essa é uma ideia muito idiota", ele disse. "Se der certo, eu te levo pra jantar. Provavelmente vou acabar explodindo a mão. Mas não faz diferença, porque em breve estaremos mortos e congelados."

"Você tá tentando ser engraçado?"

"Como eu tô me saindo?"

"Mal pra caralho."

Jim socou a pólvora dentro do copinho com o máximo de pressão possível, e então parou. "Você fuma?"

"Nunca fumei. Por quê?"

"Que pena. Eu também não. Não temos fósforos."

"Ah."

"Bom, eu ainda tenho uma bala. Eu posso tentar acender isso aqui com um tiro. Eu tava guardando pra pessoa que trancou a gente aqui dentro."

"Ok"

"Vai lá pra trás dos corpos."

Gertrude foi. "E agora?"

"Eu só tenho uma bala e quase não passei na última prova de tiro que eu fiz. Tá pronta? Isso vai fazer um barulhão. Tapa os ouvidos." Ele puxou um lenço de papel do bolso, rasgou-o no meio e enfiou nos ouvidos. "Lá vamos nós."

Jim puxou o gatilho. Acertou a fechadura e pensou ter ouvido a bala ricochetear, mas nada aconteceu. A fechadura ficou marcada, mas a pólvora permaneceu intacta. "Já era. Sinto muito, Gertrude."

Ela não disse nada.

"Por mais que isso vá soar completamente inapropriado e antiético, eu acho melhor a gente compartilhar nosso calor corporal."

"Concordo."

"Com quê?", perguntou Jim. "Que é inapropriado ou que devemos compartilhar o calor?"

"As duas coisas."

Eles sentaram num caixote encostado na parede e se abraçaram.

106

Ouviu-se um barulho na porta. A maçaneta se moveu um pouco, tremeu e parou. Depois ela caiu, após um tremendo estrondo.

Jim sacou sua pistola sem balas.

"Jim?" Era Ed.

"Jesus, vocês tão bem?", perguntou Hind. Ela tirou o casaco, foi na direção de Gertrude e o colocou sobre os ombros dela.

Jim tentou ficar de pé. Ed o ajudou. Enquanto eles saíam da câmara frigorífica atrás de Hind e Gertrude, Jim segurou Ed pelo braço. "Vocês encontraram alguém aqui?"

"Ninguém."

"Tá escuro", disse Jim, olhando pela janela no topo da escada. "Parei de olhar as horas já faz um tempo."

"Eu não tava conseguindo falar com você pelo telefone, então vim até aqui. Nós vimos seu carro parado aí na frente. Se tinha alguém aqui, já foi embora."

"Bom, alguém trancou a gente lá dentro."

"Qual é o lance da Gertrude?", perguntou Ed.

"Eu te conto. O que tá rolando aí fora?"

"Ih, cara."

107

Alguns chamaram de *turba*. Um repórter de campo usou a palavra *horda*. Um ministro da Igreja Metodista Episcopal Africana no condado de Jefferson, no Mississippi, chamou de *congregação*. Seja lá como fosse chamado, o grupo tinha, pelo menos, quinhentos membros, estava crescendo de tamanho e havia abandonado completamente a discrição. Quando se aproximava de uma cidade a congregação parecia uma onda, formando uma crista em seu cume, e depois despencando sobre ela com a força de um tornado. E, assim como um tornado, ela destruía uma vida e deixava outra, ao seu lado, intacta. Ela produzia um barulho. Um lamento que preenchia o ar. *Levanta*, ela dizia, *Levanta*. Ela varreu cidades inteiras. Famílias foram devastadas. Famílias tiveram de encarar seu passado. Ela era como uma mudança no tempo. *Levanta*. Era como uma nuvem. Era como uma frente, uma frente de ar frio e de morte. Sobreviventes relatavam que o ar parecia ficar denso e pesado quando eles chegavam, acumulado perto do chão, como a fumaça de gelo-seco. Houve nuvens no Alabama, no Arkansas, na Flórida. Elas pareciam estar por toda parte. As nuvens foram se juntando a nuvens cada vez maiores, o som de seus lamentos foi ficando cada vez mais alto, a cada novo passo, a cada nova morte. *Levanta*.

108

A casa de Mama Z estava completamente escura, exceto por uma pequena chama que tremulava por trás das cortinas, na sala de arquivos. Jim e Ed chegaram pela porta da frente. Hind ficou com Gertrude, perto dos carros. A porta da frente estava escancarada. Os homens ligaram as lanternas e entraram. Ouviam-se estalos, como os de uma máquina de escrever muito antiga, vindos de outro cômodo. Eles estavam no meio da sala quando Gertrude entrou.

Hind veio logo atrás dela. "Ela saiu correndo."

"Fiquem pra trás."

"Isso é uma máquina de escrever?", perguntou Hind.

Jim e Ed seguiram andando em direção à sala dos arquivos e abriram a porta.

Mama Z estava sentada na outra ponta da mesa, com uma vela acesa à sua frente. Damon Thruff estava sentado ao lado dela, datilografando numa máquina de escrever. Ele não tirava os olhos do papel.

"Por favor, sentem-se", disse Mama Z.

Os quatro sentaram-se à mesa.

"Mama Z?", disse Gertrude.

"Sempre existem mais coisas além do que a gente vê", disse a idosa.

"Damon?"

"Ele tá ocupado", disse Mama Z.

"O que ele tá fazendo?", perguntou Hind.

Damon tirou a folha da máquina de escrever e a colocou em cima de uma enorme pilha à sua direita, pôs uma folha em branco que pegou de uma pilha à sua esquerda e voltou a datilografar.

"Ele tá escrevendo nomes", disse Mama Z. "Um nome de cada vez. Um de cada vez. Todos os nomes."

"Nomes", disse Ed.

"Devo interromper ele?", perguntou Mama Z.

Jim olhou para Ed, e depois para Hind. Gertrude estava claramente confusa. Todos estavam confusos e, ao mesmo tempo, não estavam.

"Devo interromper ele?", perguntou novamente a idosa.

Do lado de fora, à distância, no meio da noite, um grito abafado começou a ser ouvido. *Levanta. Levanta.*

"Devo interromper ele?"

Grafia atualizada segundo o Acordo Ortográfico da Língua
Portuguesa de 1990, que entrou em vigor no Brasil em 2009.

capa
Oga Mendonça
composição
Jussara Fino
preparação
Silvia Massimini Felix
revisão
Ana Alvares
Tomoe Moroizumi

Dados Internacionais de Catalogação na Publicação (CIP)

Everett, Percival (1956-)
As árvores / Percival Everett ; tradução André
Czarnobai. — 1. ed. — São Paulo : Todavia, 2024.

Título original: The Trees
ISBN 978-65-5692-604-9

1. Literatura norte-americana. 2. Ficção contemporânea.
3. Segregação racial. 4. Racismo. I. Czarnobai, André.
II. Título.

CDD 813

Índice para catálogo sistemático:
1. Literatura norte-americana : Romance 813

Bruna Heller — Bibliotecária — CRB-10/2348

todavia
Rua Luís Anhaia, 44
05433.020 São Paulo SP
T. 55 11 3094 0500
www.todavialivros.com.br

fonte
Register*
papel
Pólen natural 80 g/m²
impressão
Ipsis